Bisher von Don Both erschienen:

Immer wieder samstags

Immer wieder samstags – reloaded

Immer wieder Verführung

Immer wieder Verführung – the End

Immer wieder Sehnsucht – Philip & Katharina

The Tower – Mad Love

The Tower – Bad love

Corvo – Spiel der Liebe

Dark Demand

Don Both

Unzähmbar

Liebe ohne Hard Limits

A.P.P.

Deutsche Erstausgabe Juni 2015

Kontakt: bethy86@hotmail.de
https://www.facebook.com/pages/DonBoth/248891035138778
Lektorat: Belle Molina
Korrektorat: Sophie Candice, WORTplus
Weitere Mitwirkende: Nicole Zdroiek
Cover: Babels Art
Erschienen im A.P.P.-Verlag
Peter Neuhäußer
Gemeindegässle 05
89150 Laichingen
978-3-945786-73-4 – mobi
978-3-945786-74-1 – epub
978-3-945786-75-8 - Print

Anonymität, Distanz und Kontrolle – das ist David Porter.
Bis die rebellische Buchhändlerin Elisabeth Baker seinen Weg kreuzt. Und zwar ausgerechnet in jenem Luxushotel, wo er Tag für Tag die verschiedensten Frauen zum Spielball seiner dominanten Vorlieben macht.
Als ihn eines Abends eine Wette dazu bringt, die einsame Frau an der Bar zu verführen, ist es mit der Eintönigkeit in seinem Leben schlagartig vorbei. Zum ersten Mal in seinem Dasein ist er gezwungen, sich um jemanden zu kümmern außer sich selbst. Doch sogar im betrunkenen Zustand raubt Elisabeth ihm völlig den Atem und überrascht ihn wie noch keine zuvor.
Genauso wie er sie,
obwohl sie gegensätzlicher nicht sein könnten.
Auch wenn die gesellschaftlichen Hürden unüberwindbar scheinen.
Wird Liz dazu imstande sein, ihr Naturell zurückzudrängen und sich David zu unterwerfen, um dieser ungewöhnlichen Liebe eine Chance zu geben?

»Elisabeth hat die Angewohnheit, ihre Krallen auszufahren. Schön, dann werde ich eben Dompteur.«

Die Dark Love Reihe – Liebe ohne Hard Limits.

Romantisch/erotische Geschichten über Dominanz und Unterwerfung, Grenzüberschreitungen, falsche Motive, die einzig wahre Liebe und wie sich Menschen für diese ändern können.

Alle Teile handeln von anderen Protagonisten und sind in sich abgeschlossen.

Kapitel 1

»Die haben alle echt 'nen soooo langen Stock im Allerwertest'n … dass er aus'm … Mund schon wieda rausschaut!«, lalle ich und hebe mein Glas dem netten Barkeeper zum Nachschenken entgegen. Er runzelt zwar die Stirn, folgt aber meiner Aufforderung. Schließlich befinden wir uns in einem LUXUS-HOTEL und hier hat jeder Unwürdige zu springen, sobald es die anwesenden Gockel und Hennen verlangen. Denn ja, das sind sie. Aufgeplustert, unecht, nur am Gackern und Krähen.

Was wissen die schon von den Problemen einer 25-jährigen Buchladenbesitzerin, die sich mehr schlecht als recht durchs Leben schlägt und lediglich per Zufall einen einwöchigen LUXUS-Aufenthalt in dieser Irrenanstalt gewonnen hat? Nichts. *Gar nichts!*

Dabei habe ich nicht mal bei dem Gewinnspiel mitgemacht, sondern meine Schwester! Sie meinte, ich müsse endlich mal die Nase aus den Büchern nehmen und stattdessen am wahren, am *normalen* Leben teilnehmen, einfach mal rauskommen. Aber wenn dieser Albtraum hier das wahre und normale Leben sein soll, dann bin ich eine Kuh in roten High Heels. Schön schwarz-weiß gefleckt und permanent wiederkäuend.

Ähnlich wie die Frau drei Hocker weiter …

Ich proste ihr mit einem »Muuuuh!« freundlich zu, worauf sich ihre stark geschminkten Augen weiten und ich kichern muss, bevor ich mir den aktuellen Drink in einem Zug genehmige. Wenn ich hier schon den All-Inclusive-Wahnsinn habe, dann muss ich ihn auch nutzen! Nüchtern ist diese Prahlerei unmöglich zu ertragen!

Im Augenwinkel sehe ich, wie sie sich bei ihrem Kerl beschwert, einem dickbäuchigen Anzugträger, der natürlich nicht direkt für seine Frau einsteht, sondern es an einen der Kellner weiterleitet. *Lusche!*

Formvollendet werde ich von diesem zurechtgewiesen, woraufhin ich nur abwinke und ein »Ja, ja, du mich auch …« murmle. Dann proste ich dem Pärchen nochmals zu und knalle mein Glas derart laut auf den Tresen, dass sie zusammenzucken. Wenigstens eine kleine Genugtuung, bevor ich mich vom Hocker schiebe, den beiden Snobs noch zuwinke und die Toiletten ansteuere. Dabei ahme ich die aufgetakelten Tussis um mich herum nach, indem ich versuche, übermäßig elegant zu wirken, auch wenn meine Umgebung stark ins Wanken gerät.

Mein Geschäft erledige ich, ohne danebenzutreffen, obwohl ich die frei schwebende Prinzessin mache. Als würde ich mich in diesem Nobelschuppen, in dem es nur auf den Schein ankommt, hinsetzen. Wahrscheinlich hole ich mir hier schneller etwas weg als auf jedem x-beliebigen Bahnhofsklo.

Das Händewaschen vergesse ich auch nicht, reinlich, wie ich bin, und befeuchte meinen Hals mit etwas kühlem Wasser, denn mein Gesicht glüht förmlich. Das passiert immer, wenn ich Alkohol trinke, was aber noch nie in diesem Ausmaß geschehen ist. Aufgrund meiner hellen Haut erinnern meine roten Wangen dann immer ein wenig an den Weihnachtsmann. Nicht gerade attraktiv. Genauso wenig wie meine langweiligen braunen Haare mit dem ekelhaften roten Stich, die grüne Bluse und die braune Cordhose – mit Schlag! Das ist schließlich voll im Trend – zumindest war es das, als ich das letzte Mal eine Modezeitschrift las – so ungefähr vor zehn Jahren.

Glücklich zurückgetorkelt lasse ich mich wieder auf meinen Hocker plumpsen und bestelle die nächste Runde. Die Uhr an der Wand verwischt bereits, zeigt aber, dass ich noch genug Zeit habe, um mich ins Koma zu befördern.

Die nächste Erdnussladung muss daran glauben, während ich meinen Blick durch die stilvoll eingerichtete, jedoch komplett unpersönliche Bar schweifen lasse, in der Fünfzigerjahre-Musik spielt. Mir wäre ein bisschen Rock lieber! Aber die Anwesenden würden sicher einen Kulturschock bekommen, also einen noch größeren als den, den allein mein Auftreten verursacht.

Egal, wohin ich schaue, mir bietet sich immer das gleiche Bild: Arroganz, Überheblichkeit und Geld!

Wenn emotionale Armut der Preis für materiellen Luxus ist, dann bin ich nicht bereit, diesen zu zahlen. Denn die Menschen um mich herum wirken wie ferngesteuerte Roboter. Unecht. Sie stellen ihren Status zur Schau, weil sie es nicht anders kennen, und nichts anderes als diesen zu bieten haben. Dabei interessieren sie ihre Mitmenschen einen Dreck. Schon allein, weil sie der Meinung sind, Geld mache sie zu etwas Besserem. Dabei sind sie allesamt gefühlskalt und innerlich tot.

Einer wie der andere …

Als wäre er von einer unsichtbaren Macht angezogen, strandet mein Blick in einem anderen – stechenden, intensiven … und mir stockt der Atem, sobald mir klar wird, dass ich gerade einem dieser Gockel frontal in das attraktive Gesicht starre! Verdammt!

Schnell senke ich die Lider, fühle aber, wie meine Wangen noch heißer werden, und wende mich dem Kellner zu, um noch einen Drink zu bestellen. Wenig später sauge ich verhalten an dem Strohhalm. Dabei frage ich mich, ob der mich immer noch ansieht, und als ich versuchsweise wieder zu ihm linse, realisiere ich, dass er mich nicht nur immer noch anstarrt, sondern auch noch GRINST.

Auffordernd, selbstsicher, mit einem Lächeln wie aus der Zahnpastawerbung!

VERDAMMT! Jetzt hat er mich schon zweimal beim Starren erwischt und wertet es mit Sicherheit als Aufforderung … *Er steht auf!*

Ich stelle den Drink zur Seite, drehe mich ganz von ihm weg, zeige ihm die kalte Schulter, und versuche, mein plötzlich rasendes Herz zu beruhigen. Und obwohl ich es nicht will, spähe ich wieder zu ihm … nur um mit Horror zu bemerken, dass er die schummrige Bar einfach in einen Laufsteg verwandelt, über den er locker auf mich zuschlendert.

Mit seinem blöden schwarzen Markenhemd und eine Hand lässig in seiner blöden schwarzen Markenhose vergraben. Mit seinem blöden dunklen, gelbearbeiteten Haar und … noch blöderen stechend hellen Augen, die mich fixieren, als wäre ich ein saftiges Steak und kein denkendes, intelligentes Wesen!

Sein Auftreten bringt mich völlig durcheinander.

Kann er nicht diese High-Heels-Kuh ihrem fetten Kerl ausspannen, muss er sich direkt neben mir an der Bar platzieren, seine Ellbogen locker hinter sich anlehnen und mich mit schief gelegtem Kopf anstarren?

Ich merke es ganz genau, auch wenn ich wieder in mein fast leeres Glas blicke. Geräuschvoll sauge ich am Strohhalm, bis es blubbert, ignoriere ihn komplett, obwohl mich mein Herz inzwischen von innen erschlagen will.

Währenddessen lege ich mir bereits die passende Abfuhr zurecht. Aber der Kerl quatscht mich einfach nicht an! Egal, wie lange ich schlürfe!

Was soll das denn jetzt?

Er starrt. Aber er sagt nichts. Ist der ein Psychopath? Ein bisschen hohl in der Birne? Also noch hohler als der Rest hier?

Was ist das denn jetzt für ein Spiel?

Dann spricht er, aber nicht etwa mit mir. Knapp wendet er sich an den Barkeeper, und ob ich will oder nicht, diese geschmeidige, tiefe Stimme setzt sofort meinen Unterleib in Brand.

»Sie bekommt nichts mehr!«

WAS?

Ich wirble zu ihm herum, zu baff, um im ersten Moment die richtigen Worte zu finden. Aber er nimmt nur mysteriös grinsend drei Gläser mit irgendeinem nicht zu identifizierenden Inhalt entgegen, die er nicht mal bestellt hat, ignoriert mich nun völlig und marschiert mit seinem Gesöff davon!

Das ist ja wohl …!

»Du hörst jetzt aber nicht auf den Gockel, oder?«, frage ich den Keeper völlig entrüstet, nachdem ich mehrmals geschluckt und meinen Blick von ihm losgerissen habe.

Der poliert lakonisch seine Gläser und zuckt die Schultern. »Ich muss.«

»Aha …«

Ich sehe zu ihm und seinem blöden Tisch, an dem er mit zwei anderen hirnlosen Anzugträgern sitzt und lacht. Und er sieht verdammt atemberaubend dabei aus!

Dieser Gedanke und der Umstand, dass er mir den Alkohol genommen hat, lässt mich meine Fäuste ballen und die Augen verengen!

Das bedeutet Krieg!

Bereit zu allem schlüpfe ich vom Hocker, nur um im letzten Moment mit einem beherzten Griff zu verhindern, dass ich auf die Nase falle, und taumle auf ihn zu. Dabei fühle ich mich ein wenig wie ein Zombie, als wäre ein Bein zu kurz und das andere zu lang und irgendwie sind meine Knie auch ganz wabblig.

Trotzdem humple ich tapfer weiter und schere mich nicht darum, wie ich auf andere wirke.

Dem werde ich zeigen, mit wem er sich gerade angelegt hat!

Kapitel 2

Und wie ich es ihm zeige!
Kommentarlos stelle ich mich direkt vor ihn.
Gerade in dem Moment, als er seinen Drink hebt und an seinen zugegeben ziemlich schönen Mund führt – aber Schönheit ist hier ja nichts Außergewöhnliches –, schnappe ich mir sein Glas direkt aus seiner Hand und schütte es mir mit einem Ruck in den Rachen!
Es ist Whiskey oder etwas anderes Hochprozentiges und meine Kehle brennt sofort lichterloh. So hartes Zeug bin ich einfach nicht gewöhnt. Eigentlich wollte ich ihn dann noch ganz cool anlächeln und davonmarschieren, stattdessen fange ich an, wie eine Verrückte zu husten.
Verdammt!
Kann nicht einmal etwas NICHT schiefgehen in meinem Leben?
Zuerst ist er damit beschäftigt, mich absolut baff anzustarren – allein der Ausdruck war diese Aktion wert –, doch dann reißt ihn einer seiner Gockel-Freunde aus der Starre, indem er ihm seinen Ellbogen in die Seite rammt und verhalten fragt: »Ähm … solltest du ihr nicht auf den Rücken klopfen, bevor sie umkippt?«
Er verdreht die Augen, schmunzelt boshaft, verschränkt die Arme und lehnt sich entspannt zurück, als wäre er im Kino!
»Wieso?«
WAS FÜR EIN ARSCH!

Der Ellbogen-Spießer erbarmt sich schließlich, steht auf und übernimmt es an seiner statt.
Gleichzeitig bestellt er ein Glas Wasser. Dann nimmt er mich an den Schultern und drückt mich auf seinen Stuhl, während ich nun damit kämpfe, dass das Husten nicht ins Würgen übergeht und Tränen meine Wangen hinablaufen. DAS IST SO PEINLICH!

Am liebsten würde ich im Erdboden versinken! Und als wäre das noch nicht genug, beugt sich der Arsch über den Tisch direkt zu mir, sieht er mir tief in die Augen und grinst mich teuflisch an.

»Siehst du … das passiert, wenn kleine Mädchen mit den Großen spielen wollen.« Seine Stimme ist wie flüssiges Feuer, das mich sofort in Brand setzt.

In diesem glorreichen Moment stellt der Kellner das Glas Wasser zwischen uns auf den Tisch, welches ich reflexartig ergreife und ihm den kompletten Inhalt ins Gesicht schütte. Wieder ist sein Ausdruck Gold wert, und ich erhebe mich – nun selber breit grinsend.

»Und das passiert, wenn man ein Idiot ist!« Somit drehe ich mich um und … marschiere davon … taumelnd … und stolpernd. Aber mit erhobenem Kopf!

***

ER

Was für ein mutiges, kleines Miststück!

Dieses Feuer in ihren dunklen Augen!

Wenn sich ein Lamm derart mit einem Löwen anlegt, dann muss es mehr zu bieten haben, als es den Anschein macht, oder total wahnsinnig sein! Aber vielleicht ist sie auch selber eine Löwin …

Das geht mir spontan durch den Kopf, als sie absolut besoffen davonwankt und um die Ecke biegt. Ich checke nicht mal ihren Arsch ab oder andere körperliche Attribute, die bei einer Frau von Bedeutung sind. Da existiert nur dieser eine Gedanke in mir. Wild und ungezügelt. Rau und … alles einnehmend.

Sie soll nicht nur mir gehören! Oh nein! Dieses Miststück soll darum BETTELN, mir gehören zu DÜRFEN!

Ich weiß nicht, wer sie ist, woher sie kommt oder ob sie rein visuell meinen Ansprüchen genügt, aber eins ist klar: So etwas lasse ich mir nicht bieten!

Von keiner!

Niemals!

Also erhebe ich mich kurzerhand, ohne mich um das Wasser zu kümmern, das aus meinem Haar auf meine Schultern tropft und über mein Gesicht rinnt, und … stapfe ihr hinterher. Die Hände zu Fäusten geballt. Nur ein Ziel vor Augen. Ihre Unterwerfung!

***

Als ich um die Ecke biege, sehe ich gerade noch, wie sich die Türen von einem der drei Aufzüge hinter ihr schließen, aber nichts da. Mit einem Sprung überbrücke ich die Distanz und kann gerade noch meinen Fuß in den Spalt schieben. Die Türen gleiten wieder auf und riesige braune, verängstigte Augen starren mich schockiert an.

Ich grinse mein Verführergrinsen und schiebe mich zu ihr in den verspiegelten Raum. Sie drängt sich mit dem Rücken an die Wand, als ich an ihr vorbeigreife, meine Karte in den vorgesehenen Schlitz stecke, und mein Stockwerk auswähle. Dann drücke ich auf den Knopf, damit die Türen umgehend zugleiten, ehe andere Hotelgäste in unseren Aufzug steigen können, und wende mich ihr zu.

Mit einem »So!« stütze ich den Arm neben ihr an der Wand ab und dränge sie somit in die Ecke – nicht nur bildlich gesprochen.

Jetzt im Moment ist das Feuer etwas kleiner, etwas verhaltener, weil sie so schockiert ist, dass ich ihr gefolgt bin, doch sie wird sich schon bald erholen und für den nächsten Knaller sorgen. Dem muss ich vorbeugen und ihr erfolgreich den Kopf verdrehen, so wie jeder anderen Frau, die meinen Weg kreuzt!

»Du meinst also, ich bin ein Idiot? Dann frage ich mich, ob ein Idiot das hier kann!« Mit diesen Worten packe ich mit einer Hand ihr Gesicht, drücke sie ruckartig mit meinem Körper in die Ecke, sodass sie sich nicht mehr rühren kann und … küsse sie!

Kapitel 3

SIE

WAS BILDET DER SICH EIN?
Das ist mein erster Gedanke, als sich seine Lippen erbarmungslos auf meine legen.
DIE SIND ABER WEICH!
Ist mein zweiter!
ABER *ER* IST HART!
Ist mein letzter …
Dann verabschiedet sich mein Gehirn, denn ich stöhne auf, und mit diesem Stöhnen öffnet sich mein Mund. Sobald das geschieht, berührt seine Zunge meine. Seine seidig weiche, süße Zunge und dann … stellt er Dinge mit meinem Mund an, die mich an Sex erinnern – an harten, tabulosen, versauten Sex. Nicht dass ich solchen schon mal selber in der Art genossen hätte, aber ich weiß aus etlichen Erotikromanen, die ich an einsamen Abenden verschlungen habe, wovon ich rede. Und das hier … ist besser als jeder Roman! Eindeutig!
Alle Männer vor ihm waren absolute Kussstümper! Das wird mir nun klar … und meinem Körper auch, der schon so lange auf kaltem Entzug ist, dass er eigentlich nicht mehr wissen sollte, was als Nächstes zu tun ist. Er weiß es aber … sehr wohl!
Ein Bein hebt sich ganz von alleine und schlingt sich um seine Hüfte, sofort reibe ich mich an der harten Delle in seiner Hose, was ihm ein verwundertes Stöhnen entlockt und mich nur noch mehr anheizt.

Ich schwöre, ich bin bereits kurz davor zu kommen, doch gleichzeitig … erhebt sich plötzlich mein Mageninhalt aus einem mysteriösen Grund und … ich kann ihn gerade noch von mir stoßen, bevor der gesamte Alkohol des Abends mit einem unliebsamen Platschen neben uns auf dem Teppichboden des Aufzugs landet.

ER

»Verdammte Scheiße!«, fluche ich total angewidert, während ich angeekelt auf das Desaster vor mir blicke. Sie auf Knien, im Grunde so, wie ich sie gern möchte, nur leider am Würgen. Mir kommt die Galle hoch und verzweifelt schlage ich auf irgendwelche Knöpfe ein, um diesem Horror zu entrinnen, doch es gibt kein Entkommen, zumindest nicht in den nächsten Sekunden. Kalter Schweiß bricht mir aus allen Poren; vehement versuche ich durch den Mund zu atmen und kämpfe gegen den Drang, mir die Ohren zuzuhalten. Ich kann so etwas einfach nicht ertragen – zumindest, wenn es sich um eine fremde Person handelt!

Bevor die Türen des Aufzugs mit einem erleichternden *PLING* aufgehen können, ist sie schon fertig und lehnt sich abgekämpft nach hinten an die Wand.

Und dann lacht sie!

»Siehst du! Du bist nicht nur ein Idiot, sondern auch zum Kotzen!«

Im nächsten Moment schluchzt sie plötzlich auf, schlägt die Hände vors Gesicht und rührt sich nicht, bis wir in der richtigen Etage ankommen. Es macht *PLING*! Endlich! Die Türen gleiten auf und ich … stehe da und starre auf die nun schluchzende, winzige Frau hinab, die mir gerade mein Hirn aus dem Schädel geküsst hat. Und egal, wie sehr ich es versuche, ich kann mich nicht dazu bringen, sie in diesem Zustand allein zurückzulassen.

Selbst ich bin nicht so ein Arschloch, und so seufze ich schließlich, gehe vor ihr in die Hocke und weiß, ich werde es bereuen, als ich sie auf meine Arme hebe. Natürlich passe ich dabei tierisch auf, um ja nicht etwas von ihrem Mageninhalt zu berühren, der immer penetranter stinkt.

Sie ist total hinüber, schluchzt und schnieft und rotzt mein Armani-Hemd voll, klammert sich aber an mir fest und lässt zu, dass ich mit ihr mein Penthouse betrete.

»Es is alles so scheiße!«, lallt sie, während ich mir die Schuhe abstreife und in mein Gästezimmer marschiere. »Ich hab kein Geld, keine Freunde, nur meine Schwesta und imma … passiern mir die … peinlichst'n … Sach'n … Wieso immer ich?«, jammert sie weiter und ich verdrehe die Augen.

Statt einer Antwort, die ihr sicher nicht gefallen würde, lasse ich sie unsanft auf einen Sessel plumpsen und will in mein Schlafzimmer verschwinden. Hauptsache weg von diesem Kotzgeruch!

Doch sie packt plötzlich meine Hand und hält mich auf, klammert sich daran fest, als würde es um ihr Leben gehen. Ratlos stehe ich vor der weinenden, kleinen Löwin, die plötzlich jeglicher Mumm verlassen hat und nun wie ein begossener Pudel wirkt – einer mit Kotzspritzern. »Wieso … kann ich nich einfach … normal … sein?« Mit ehrlicher Verzweiflung im Blick sieht sie zu mir auf und fordert tatsächlich eine Antwort.

Während ich ihr Gesicht betrachte, bemerke ich es das erste Mal: Sie ist schön. Eben WEIL sie nicht dem gängigen Bild entspricht!

Dafür sind ihre Lippen zu schmal, ihre Nase zu krumm und ihre Augenbrauen einen Tick zu dick. Aber ihre Haare sind fest, glänzend, mit leichten Wellen und naturfarben dunkelbraun – andere Frauen würden für solches Haar sicher töten.

Ihre Wangenknochen sind hoch, obwohl sie durch die tomatenrote Färbung im Moment nicht gerade edel wirken. Ihre Augen sind groß und unschuldig, rein und offen. Die Iris schimmert in dem appetitlichsten Honigbraun – eine wirklich seltene Farbe! Und ihr Auftreten vorhin war tatsächlich alles andere als normal.

Sie hat es geschafft, mich innerhalb von Minuten zur Weißglut zu treiben – das gelingt nur den wenigsten – und mich sofort damit gefesselt. Ob ich wollte oder nicht.

Diese Frau entspricht dem völligen Gegenteil von dem, was ich brauche! Aber vielleicht ist es an der Zeit, neue Wege zu beschreiten.

Sie hat die Angewohnheit, ihre Krallen rauszufahren. Schön, dann werde ich eben Dompteur.

Mit wilden Löwen ist es umso vieles aufregender als mit zahmen, abgerichteten Lämmern.

Allein der Gedanke fühlt sich aufregend an, so aufregend wie schon lange nichts mehr …

Was eigentlich als Wette angefangen hat, entwickelt sich in rapider Geschwindigkeit zu etwas ganz anderem.

Ja, das tun wir jeden Abend. Wir sitzen in diesem Hotel, in dieser Bar, und der Arsch des Abends bekommt von den anderen die Vorgabe, welche Tussi er abschleppen soll. Je schlimmer, desto besser! Uns ist eben langweilig! Dieses Mal war ich an der Reihe und meine Begleiter zeigten sofort auf sie.

Mein Glück, das ihnen entging, was in diesen grauenhaften Klamotten steckt. Allein ihr Kuss deutete an, was sie draufhat!

Alles Weitere will ich liebend gern auch erfahren, diese Lippen noch an ganz anderen Körperteilen spüren, aber nur wenn sie verdammt noch mal nicht nach Kotze stinkt!

Ich werde sie waschen. Und danach kann ich sie in aller Ruhe vögeln – die ganze Nacht.

Also zucke ich mit den Schultern und erinnere mich an ihre Frage. »Normal ist keiner.«

Kurzerhand bücke ich mich und ziehe sie auf die Füße. Mit einem Quietschen knallt sie mit voller Wucht gegen meinen Körper. Sie ist wirklich total wacklig auf den Beinen, und ich überwinde mich erneut und hebe sie auf meine Arme. Dort hängt sie wie ein Sack Kartoffeln, aber nicht mehr heulend, sondern kichernd.

»HUI!« Wild fuchtelt sie mit den Armen und tut so, als würde sie fliegen, während ich so schnell wie möglich losgehe. Etwas zu schnell! Ihr Kopf knallt gegen einen Schrank, und ich zucke zusammen. »Woahhhhh …!«, ruft sie und fasst sich an die Stirn. Sie ist also nicht tot.

»Jetzt … is mir wieda schlecht!«, beschwert sie sich und ich bin versucht, sie kurzzeitig ganz K.O. zu setzen. Das tue ich natürlich nicht, sondern renne los. Ich achte darauf, dass sie sich nirgendwo erneut anschlägt, auch nicht am Türrahmen, als ich das Bad stürme und sie gerade so vor dem Klo platzieren kann. Sie wankt gefährlich, aber trifft, und ich flüchte aus dem Raum, um ein paar Pfefferminzbonbons zu organisieren.

Als das epische Gewürge vorbei ist und Ruhe über Manhattan einkehrt, linse ich vorsichtig durch den Spalt. Sie hängt nach wie vor über der Kloschüssel und atmet langsam ein und aus. Außerdem schnarcht sie! Verdammt!

Jetzt ist sie auch noch eingepennt!

Murrend und motzend stapfe ich zur ihr und spüle als Allererstes diesen widerlichen Gestank weg. Als Nächstes reiße ich das Fenster auf und versprühe eine gute Portion Raumspray.

Erst dann tippe ich sie mit dem Fuß an. »Hey!« Sie regt sich nicht, weshalb ich seufzend vor ihr in die Hocke gehe, ihr das feuchte Haar aus dem verschwitzten Gesicht streiche, und hauche: »Aufwachen, Dornröschen, wir müssen noch ficken!«

Sie schlägt verschlafen mit der Hand nach mir.

»Geh weg! Noch fünf Minut'n!«

Nichts da!

Ich bin ein Mann mit einer Mission und von der wird mich ein bisschen Rumkotzerei nicht abhalten!

Entschlossen greife ich nach dem sauberen Glas am Waschbecken, fülle es mit kaltem Wasser und schütte es ihr ins Gesicht.

Sie schreckt sofort auf. »NICHT SCHON WIEDER DER PINGUIN!«, schreit sie total zusammenhanglos, ich hebe sie aber schon an den Oberarmen auf die Toilette und drücke sie gegen die Wand, damit sie nicht umfällt.

»Ich geb dir gleich Pinguin!«, murmle ich und stopfe ihr zwei von den Minzdingern in den Mund. Sie lutscht brav mit einem »Mhhmmmm«, während ich mich bereits darauf konzentriere, sie schnell und effizient zu entkleiden. Eine meiner Königsdisziplinen, und in diesem Fall wirklich angebracht, es schnell zu tun. Nur nicht hinsehen, lautet die Devise! Wie bei über sechzig Jährigen am Strand.

Ich kann allerdings nicht ignorieren, dass ihre Unterwäsche aus exquisitem Stoff besteht.

Als die Verpackung entfernt ist und sie schwankend und mit geröteten Wangen vor mir steht, verschlägt es mir die Sprache.

Nicht nur ihr Blick ist rein und unverbraucht, auch ihr Körper. Absolut natürlich, dennoch makellos, mit weiblichen, aber nicht zu ausschweifenden Rundungen an genau den richtigen Stellen und von hektischen roten Flecken überzogen. Ich liebe es, ihre Reaktionen auf meinen Blick so direkt beobachten zu können. Sie könnte ihre Erregung nicht einmal im Traum vor mir verstecken. Wetten, dass rote Striemen auf diesem Kunstwerk absolut genial aussehen würden … Ich sehe sie bereits vor mir … an ihren runden Brüsten mit den rosa empfindlichen Nippeln … an ihrem

Bauch, aber vor allem auf ihren Oberschenkeln und einem Hintern, welcher der Vorderseite sicher in nichts nachsteht. Aber natürlich muss ich das erst überprüfen. Ausgiebig.

Das Gefühl, sie besitzen zu wollen, wird immer stärker und erschreckt mich in seiner Intensität. Ich kann kaum atmen, möchte sie sofort an mich reißen und ihr zeigen, wem sie gehört. Aber das geht nicht.

Erstens: die Kotze.

Zweitens: Sie hat einen Busch und der ist dichter als jede verdammte Hecke!

Den gilt es vor allen weiteren Maßnahmen zu beseitigen, also kommandiere ich mit einem strengen Blick: »Sitz!«, und gehe zur Badewanne, wo ich Wasser einlaufen lasse und etwas Öl hineinträufle. Sie setzt sich tatsächlich auf die Toilette, lehnt ihren Kopf an die Wand und … fängt dann in Zeitlupe an herunterzurutschen!

Verdammt!

Sofort bin ich wieder bei ihr und hebe sie hoch, lege die paar Schritte zur Wanne zurück und lasse sie vorsichtig in das Wasser gleiten. Sie seufzt wohlig und lächelt, entspannt sich so sehr, dass ich es nicht wage, meine Arme wegzuziehen. Die Wanne ist für mindestens zwei Personen gedacht, sie würde gnadenlos absaufen ohne Rettungsanker, so sehr entspannt sie sich.

»Braves Mädchen …«, wispere ich und beobachte verträumt ihr schönes Gesicht.

Mindestens eine kleine Ewigkeit lang.

Als mir aufgeht, *was* ich da tue, lasse ich meinen Blick über ihren Körper schweifen und stöhne verhalten, während es in meiner Hose zuckt. Mit einiger Willenskraft besinne ich mich auf meine eigentliche Aufgabe, halte sie mit einer Hand und wasche mit der anderen ihren Körper. Sie seufzt dabei auch noch lüstern und drängt sich meinen Fingern entgegen.

Ihre Haut ist so weich und seidig und glitschig, dass es an Folter grenzt, sie zu säubern, ohne in meine Hose zu kommen.

Ich schaffe es!

Knapp …

Als dieser widerliche Geruch nicht mehr an ihr haftet und sie stattdessen frisch duftet – inklusive ihrer Haare –, hebe ich sie aus der Wanne.

Sie spielt währenddessen immer noch die Entspannte und lässt sich völlig hängen.

Mit einer Hand drücke ich sie an mich – dass meine Kleidung nass wird, ist dabei zweitrangig –, mit der anderen zerre ich zwei Handtücher aus dem Regal und klemme sie mir zwischen die Zähne.

Dann hebe ich sie wieder hoch und trage sie zum Bett. Mit einigem Geschick platziere ich ein Handtuch unter ihr, denn ich hasse nasse Bettlaken, mit dem anderen trockne ich sie ab … während sie genüsslich aufstöhnt. Feuchtigkeit glitzert einladend zwischen ihren Beinen und ihre Hände verkrallen sich in den Laken.

Der Schweiß rinnt mir bereits über den Körper, aber ich muss sie erst rasieren. Ich bin froh über die Selbstbeherrschung, die ich mir mit all den Frauen vor ihr aneignen konnte.

»Ruhig, Baby …«, wispere ich und lasse sie kurz zurück, um eine Schüssel Wasser und meinen Rasierer zu holen. Allerdings verzichte ich auf den Rasierschaum, der würde nur das Bett ruinieren und ihren natürlichen Geruch überdecken.

»Beweg dich nicht, sonst binde ich dich fest!«, fordere ich. Sie gehorcht jedoch nicht, und das ist mir zu heikel. Auf keinen Fall darf ich diese perfekte Haut verletzen!

Weswegen ich kurzerhand aufstehe und zu meinem schwarzen Schrank gehe.

»Ich habe dich gewarnt!«, murmle ich düster und befestige ihr langes, Gott sei Dank rasiertes Bein in der Schelle, die durch eine Kette am Bettpfosten verbunden ist. Die Kette ist dort immer, genau genommen gibt es eine an jedem Bettpfosten. Es existiert auch ein Himmelbett, nur nicht aus Stoff, sondern aus Gitter, an dem ich gewisse Fesselungsutensilien befestigen kann. Und obwohl es eher wie das Bett eines Teufels wirkt, nehmen alle an, sie hätten es mit Gott zu tun, wenn sie sich in diesem befinden.

So wird es ihr auch gehen … *wenn* sie noch so lange wach bleibt.

Etwas Gutes hat ihr ständiges Wegnicken, sie stört mich nicht weiter während der penibelsten Rasur, die ich jemals in meinem Leben vorgenommen habe. Genüsslich schmatzend schlummert sie vor sich hin, und schon bald bietet sich mir das schönste Bild, welches ich jemals gesehen habe. Ihre blank rasierte Vagina.

Ich möchte mich vorbeugen und mein Gesicht darin vergraben, dann will ich diese schimmernde Feuchtigkeit genüsslich von jedem Zentimeter dieser süßen Haut lecken, bevor ich meinen Schwanz an ihr reibe und … Stopp! Zurückspulen … So weit sind wir noch nicht. Noch lange nicht.

Erst … wird sie betteln.

Ich mache ihre Beine wieder los, weil ich sie so wehrhaft haben will wie da unten an der Bar, stehe auf und entkleide mich.

Dann lege ich mich neben sie auf das Bett, streiche ihr mit dem Handrücken über die Wange und murmle: »Nein, normal bist du wirklich nicht …«, bevor ich weiter hinabgleite, über ihren Hals, das zarte Schlüsselbein und zwischen ihren Brüsten entlang.

Sie regt sich, stöhnt leise, ihre Lider flattern, aber sie offenbart mir nicht das Feuer in ihren Augen. Sie bleiben geschlossen und trotzdem streckt sie mir ihre Hüften entgegen und hebt sie leicht nach oben, als ich an ihrem Bauch hinabgleite … bis zu ihrem Venushügel.

Mit zusammengebissenen Zähnen fixiere ich ihr Gesicht, und so bemerke ich natürlich genau ihr erzürntes Stirnrunzeln, als ich im letzten Moment abdrehe und meine Hand wieder nach oben wandern lasse – diesmal zu ihren Brüsten, was ihre aufkeimende Wut etwas besänftigt und sie leise aufstöhnen lässt.

Dabei windet sie sich ein wenig, lässt sich völlig gehen und genießt meine trägen Bewegungen. Sie ist so unsagbar erotisch …

Aus einem Impuls heraus, der mich auch schon vorhin im Fahrstuhl überfiel, beuge ich mich vor und küsse sie. Sanft … und vorsichtig. Nicht so wie sonst …

Sie seufzt wieder, als wäre sie tatsächlich im Himmel und reagiert hauchzart auf meine Lippen. Langsam weckt sie der Kuss aus ihrer Trance, immer gieriger werden ihre Zunge und ihre Laute … bis sie sich plötzlich auf mich rollt und ihre Hände tief in meinen Haaren vergräbt!

WOW!

Mit einem Mal sitzt sie auf mir, hat die Oberhand und küsst mir das Hirn aus dem Kopf.

Ich weiß nicht mehr, wo unten und oben ist, und kann nur noch hinnehmen, wie ihre Hand gierig über meinen Körper gleitet. Laut stöhnend umfasst sie meinen steinharten Penis und positioniert sich dann direkt darüber.

Sie muss mich nicht anketten, ich kann mich das erste Mal im Leben nicht gegen eine Frau wehren oder sie gar kontrollieren, als sie mit meiner Spitze über ihren feuchten Eingang streicht. Ihr Blick hängt dabei in meinem Gesicht, ist verschleiert, aber nicht vor Müdigkeit oder Alkohol, sondern vor Lust.

In Zeitlupe lässt sie sich herab, beißt sich dabei auf die Unterlippe und runzelt die Stirn, während wir beide den Atem anhalten.

Ich bin mir sicher, jeden Moment in einem gigantischen Orgasmus zu explodieren und muss die Augen schließen, um mich davon abzulenken. Der Ausdruck in ihrem Gesicht allein würde mir sonst den Rest geben. Verzweifelt balle ich die Hände zu Fäusten, um sie gewähren zu lassen, und es gelingt mir. Nach den quälendsten Sekunden in meinem Leben bin ich in ihr – bis zum Anschlag.

Einige Sekunden bewegt sie sich nicht.

Dann legt sie los … und beginnt, ihre Hüften mit einem weiteren Stöhnen, das mich fast explodieren lässt, zu kreisen. Ihre Hände gleiten wie von Sinnen über ihren Körper, über diese festen Brüste, in ihre Haare und wieder zurück.

Ich bin völlig hin und weg, kann sie nur anstarren.

Und mich davon abhalten zu kommen.

Im Gegensatz zu ihr!

Sie kommt! Und wie!

Mit einem sehr passenden »Oh Gott!« beugt sie sich mit einem Mal vor und küsst mich, absolut reglos verharrend. Ich fühle, wie sich ihre Muskeln ruckartig um mich herum zusammenziehen und bin mir sicher, jeden Moment vor Leidenschaft ohnmächtig zu werden, schaffe es aber, mich zusammenzureißen. Denn ich darf unter keinen verdammten Umständen in ihr kommen! Allein schon, dass ich vergessen habe, einen Gummi zu benutzen, ist ein Desaster, aber dann auch noch meine kostbaren Gene in ihr zu verewigen, könnte meinen Untergang bedeuten.

Also halte ich mich nun WIRKLICH mit allem, was ich habe, zurück.

Sobald sie fertig ist, werde ich sie dazu bringen, dass sie es mit diesem wunderbaren Mund beendet, doch aus dem Plan wird nichts. Denn sofort danach sackt sie völlig leblos auf mir zusammen und … schnarcht mir ins Ohr!

Augen verdrehend liege ich unter ihr und kämpfe noch ein bisschen damit, nicht bei der kleinsten Bewegung zu detonieren. Währenddessen kuschelt sie sich enger an mich und schmatzt an meinem Hals genüsslich vor sich hin.

Ich möchte sie von mir schieben, stattdessen schließen sich meine Arme um sie.

Sie riecht köstlich und fühlt sich noch köstlicher an. Besonders, als sie sich vertrauensvoll an mich schmiegt. Noch nie hat eine so nah bei mir geschlafen und ich hätte niemals gedacht, dass es mir gefallen könnte. Aber das tut es, sie ist so warm und weich und duftend ...

Jetzt gehört sie mir! Wie noch keine zuvor.

Doch nicht einmal das gönnt sie mir!

Plötzlich nuschelt sie ein verschlafenes »Danke!«, küsst meinen Hals und rollt sich von mir runter. Als Nächstes dreht sie mir den Rücken zu und pennt weiter. Seelenruhig.

Und ich liege sprachlos da und kann sie nur anstarren.

Das oder ich schreie.

Kapitel 4

Sie

Hier riecht es schrecklich. Nach irgendwelchen Lufterfrischern – süß und chemisch. Außerdem ist es zu hell und … zu warm! Besonders in meinem Rücken. Etwas Schweres liegt auch noch auf meiner Hüfte … auf meiner nackten Hüfte!

Und hinter mir … ist … irgendwas … NACKTES!

Mit einem Ruck reiße ich die Augen auf und fühle mich prompt in einen Horrorfilm versetzt, denn ich bin nicht allein in diesem Bett!

Irgendwer ist noch hier!

Jetzt ist es passiert! Das erste Mal in meinem Leben war ich betrunken und schon hat mich jemand abgeschleppt! Sicher einer dieser fetten Anzugträger! Oder irgendein korrupter Politiker! Oh Gott!

Doch als ich nach unten blicke, bin ich erst einmal beruhigt. Der Arm, der auf meiner Hüfte liegt, ist tätowiert – irgendwelche Tribals –, außerdem sehnig … muskulös und braun gebrannt.

Genau betrachtet sieht er verdammt gut aus!

Also kann ich den fetten Politiker schon mal aus meinem Kopf streichen … Doch als stechend grüne Augen in meinen Erinnerungen aufblitzen, wird das Horrorszenario erst richtig perfekt!

Es ist ER.

Ich weiß es ganz genau, ohne dass ich mich wirklich an gestern Abend erinnern kann!

Aber je mehr ich es versuche, umso mehr Erinnerungsfetzen foltern meinen Geist und mir wird immer übler … Kotze im Aufzug … Geheule … seine perfekt manikürten, aber dennoch männlichen, Hände auf mir … ganz viele Pinguine … eine riesige Traum-Badewanne … seine Lippen auf meinen … das Kratzen seines Dreitagebartes, meine Fingernägel, die sich in seine muskulöse Brust krallen und … *er in mir.* Tief und unnachgiebig. Sein perfekter harter Körper, schweißglänzende Muskeln, sein erregendes Stöhnen, und vor allem: dieser Blick … und die Pinguine!

Ich frage mich, was die in meinen Erinnerungen zu suchen haben.

Auf jeden Fall ist eins vollkommen klar:

Ich muss ihn angekotzt haben, dann hat er mich in dieses Zimmer mitgenommen und den Rest habe ich geträumt.

Denn das ist GENAU der Stoff aus meinen Romanen. So etwas KANN in Wirklichkeit NICHT passieren! So gut aussehende Männer und solch atemberaubenden Sex GIBT ES NICHT! Und doch befürchte ich, dass es wahr ist.

Ich hab mich zur Volldeppin gemacht – zur absoluten!

Und das nur nach einer Nacht in diesem verdammten Hotel!

Glückwunsch Liz, das hast du ja toll hingekriegt, und jetzt schau, dass du abhaust, aber schnell, und ohne ihn zu wecken!

Es wäre einfach zu peinlich, ihm noch einmal in die Augen sehen zu müssen! Diesen Spott zu ertragen!

Also hebe ich in Zeitlupe den zweideutig heißen Arm und bewege meine Hüften millimeterweit von ihm weg.

Sofort löst er sich ruppig aus meinem Griff, umfängt meinen Bauch und zieht mich bestimmend zurück – umklammert mich wie ein gemütliches Kissen.

»Keine Chance, Baby …«, murmelt er auch noch verschlafen und vergräbt sein Gesicht in meinem Nacken, was ziemlich kitzelt.

Super …

Ich mag es ja echt gern, arroganten, nackten Ärschen als Kissenersatz zu dienen!

Wenn er die sanfte Variante nicht will, dann bekommt er eben die andere!

»GEHT'S NOCH!« Wild winde ich mich aus seinen Armen und springe auf die Beine.

Mir ist klar, dass ich total nackt bin, also suche ich etwas, womit ich meine Blöße bedecken kann. Mein Blick fällt auf ein perfekt drapiertes Kissen auf einem Sessel neben dem Bett, was ich mir sofort schnappe, um es vor mich zu halten. Leider mit mäßigem Erfolg.

Denn sobald er aufgehört hat, sich angestrengt stöhnend über das Gesicht zu reiben, richtet er sich mit einem »Was soll das?« auf den Ellbogen und will gerade noch etwas hinzufügen, als sein Blick über meinen Körper schweift und er abrupt verstummt. Stattdessen entkommt ihm ein herzhaftes »FUCK, bist du heiß!«

Dann lässt er sich zurück in die Kissen fallen und wirft einen Arm über die Augen.

»Entweder du kommst jetzt sofort zurück in dieses Bett und lässt dich diesmal ordentlich von mir vögeln oder du ziehst dich an und wir frühstücken! Ich hab verdammten Hunger! Auf das eine oder das andere!«, knurrt er.

»Oh, wie nett, der Herr lässt mir eine Wahl. Und was heißt hier überhaupt *diesmal*?« Ein Grinsen huscht über seine Züge – ein teuflisches – und er stützt sich erneut auf den Ellbogen, von der Morgensonne angestrahlt, mit Tätowierungen und Muskeln, die Decke bis zu seinen Hüften und diesem V herabgerutscht. Oh Himmel …

»Was denkst du denn, was du die Nacht in diesem Bett gemacht hast, Baby?«

»Babyn Sie mich nicht!«

Er ignoriert meinen Einwand. »Du hast mich geritten wie noch keine zuvor, und jetzt gilt es, mich zu revanchieren, das ist nur fair!«

»Sie haben Sie doch nicht mehr alle!« Wild schweift mein Blick umher, während ich versuche, von seinen Lügen nicht heiß zu werden. Was allerdings gar nicht so leicht ist. Nirgendwo existiert hier Kleidung, aber splitterfasernackt kann ich mich unmöglich aus diesem Zimmer wagen!

»*Du* hast sie nicht mehr alle, wenn du denkst, ich lasse dich gehen!«

Ich lache grell auf. »Was? Wollen Sie mich jagen?«

Sein Blick verdunkelt sich sofort. »Wenn es nötig ist.« Und seine Stimme hat sämtliches Verspielte verloren, ist nun genauso dunkel wie seine Ausstrahlung. Meine Kehle wird trocken.

Dieser Mann ist wahnsinnig! Aber er ist ja auch ein reicher Schnösel! Da gehört das zur Grundausstattung!

»Jetzt hören Sie mir mal zu!« Ich versuche trotz meiner Nacktheit, die kaum durch das winzige Kissen kaschiert wird, autoritär zu klingen. »Wenn Sie mich jetzt nicht gehen lassen, werde ich Sie anzeigen!«

»Aufgrund welches Vergehens?« Das fragt der noch?!

Der Typ muss ECHT irre sein! In dem Moment fallen mir auch die Fesseln am Bett auf … und … sind das Peitschen an der Wand? Ebenso wie die anderen Einrichtungsgegenstände, die eindeutig NICHT in ein normales Schlafzimmer gehören.

»Sie sind ja total pervers!«, rufe ich aus, als ich die Gesamtlage endlich erfasst habe, aber er hat nichts Besseres zu tun, als zu lachen – leise und anziehend.

»Manche nennen es pervers, andere kreativ! Auf jeden Fall hat dir meine *Perversität* gestern allzu gut gefallen!« Ich versuche einen Schwall Blut daran zu hindern, meine Wangen zu fluten, aber versage. Langsam glaube ich, dass es vielleicht doch kein Traum war, was DAS HIER, die Realität, zu einem wahren Albtraum macht! WENN wir gestern wirklich Sex hatten oder so was Ähnliches … DANN ist das absolut unverzeihlich.

»WENN mir gestern etwas gut gefallen haben SOLLTE, DANN nur, weil ich völlig betrunken war und neben mir stand! Und Sie haben diesen hilflosen Umstand schamlos ausgenutzt!« Die Tragweite dessen, was er somit getan haben KÖNNTE, ist unglaublich!

»Jetzt wirfst du mir sicher gleich vor, dass ich für diesen Zustand verantwortlich war, wenn du dich weiter so belügst! Aber ich will dir mal eins verraten: Du warst gestern GEIL auf mich, weil ich dich absolut heißmache – in welchem Zustand auch immer!« Wieder entkommt mir ein humorloses Lachen, doch es hört sich etwas hysterisch an. Er zeigt zwischen meine Beine. »Und was ist dann das? Du bist auch jetzt völlig feucht, allein wenn du mich ansiehst!«

Mein Blick gleitet nach unten, und erst jetzt bemerke ich es. In dem ganzen Trubel ist mir das überhaupt nicht aufgefallen. »SIE HABEN MICH RASIERT!«

»Klar! Ich mag keine Schamhaare im Mund!«

DAS IST DIE HÖHE!

Und wirklich höchste Zeit von hier zu verschwinden, andernfalls werde ich zur Mörderin.

Ohne ihn vorzuwarnen, stürme ich drauflos, direkt ins Bad, auf der Suche nach einem Bademantel, und ich werde fündig. Wie verrückt reiße ich ihn vom Haken und laufe weiter.

Wahllos öffne ich die erstbeste Tür und sehe mich in dem edlen, kühlen Raum um.

Eindeutig ein weiteres Schlafzimmer. Ich fühle mich wie in einem Labyrinth eingesperrt und stürme wild fluchend weiter.

Er lacht nur und liegt immer noch völlig entspannt im Bett, einen Arm unter dem Kopf, als ich die nächste Tür aufreiße und dort ein riesiges Wohnzimmer inklusive Luxusküchennische ausmache.

Während ich in den Bademantel schlüpfe und ihn schließe, durchquere ich das Wohnzimmer und finde mich in einem ausladenden Flur mit geschlossenen Aufzugtüren wieder. Mit meinem Zeigefinger drücke ich auf den Knopf ein, als wollte ich ihn erstechen, drehe mich immer wieder nach ihm um, weil er vielleicht hinter mir herkommen könnte, aber er kommt nicht … genauso wenig wie der Aufzug.

Nicht einmal ein Lämpchen leuchtet auf.

»Du brauchst meine Karte, um den Fahrstuhl zu benutzen. Dies ist eine spezielle Etage«, informiert er mich locker und seine Stimme kommt näher. Eindeutig.

Dabei fühle ich mich, als würde ich einsam und verlassen im Meer schwimmen und sich mir ein weißer Hai nähern.

Lässig kommt er in den angrenzenden riesigen und völlig verglasten Wohnraum geschlendert, vor dem sich eine imposante Skyline ausbreitet – völlig nackt!

Ich hebe schnell eine Hand vor die Augen, während er in die Küche weitergeht und somit aus meinem Sichtfeld verschwindet. Irgendetwas klappert und summt dann. Kaffeebohnen werden gemahlen ... Das Geräusch kenne ich, denn es ist eines meiner liebsten überhaupt.

»Willst du Eier und Bacon?«

Kopfschüttelnd überlege ich, wie ich diesem Irrsinn entkommen kann, bin mir aber sicher, dass es nur diese eine Fluchtmöglichkeit und eine Karte gibt, die überall sein kann. Ich bin tatsächlich mit diesem irren Nudisten eingesperrt!

Und als hätte ich nicht schon genug Probleme, sticht es auch noch unentwegt in meinem Kopf. Der nächste Schmerz ist so stark, dass ich davon aufstöhne und mir an die Stirn fassen muss. Ich werde nie, nie wieder in meinem Leben auch nur einen Schluck Alkohol anrühren, und das ist zur Abwechslung mal nicht nur eine leere Phrase, wie sie der Großteil mit einem Kater von sich gibt, sondern ich meine es todernst.

»Ich will keine verdammten Eier, ich will ein Aspirin!«, brumme ich also und erschrecke mich, als er ruft:

»Dann komm her und hol es dir!« Ich dachte, er hätte mich nicht gehört, doch bevor ich hier weiterhin blöd rumstehe, gehe ich zu ihm und versuche mit ihm zu reden – normal. Falls das möglich ist. Er steht mit dem Rücken zu mir in der Küche und brät tatsächlich Eier und Speck an – der Snob kann also kochen und lebt nicht nur vom Zimmerservice. Außerdem ist er immer noch nackt … die Tätowierungen auf seinem Rücken sind echt freaky …

Ein riesiger Totenkopf starrt mich von dort aus dunklen Höhlen an. Eine silberne Waffe wird von einer weiblichen, rot manikürten Hand an dessen Stirn gehalten. Auf dem Lauf steht: ›*Passion*‹

Damit hat er wenigstens recht! Den meisten Menschen bläst die Leidenschaft wirklich den Kopf weg.

Schweigend setze ich mich auf den Hocker vor dem Tresen, wo ich bereits eine weiße Tablette und ein Glas Wasser vorfinde.

In der Hoffnung, dass er mich nicht unter Drogen setzt, schlucke ich das Aspirin und trinke das Wasser, während ich ihn nicht aus meinem misstrauischen Blick lasse. Er zupft von seinem Kräutergarten frische Petersilie ab, schneidet sie klein und streut sie über das fertige Essen. Es duftet köstlich, und mein Magen zieht sich verlangend zusammen, als er es vor mir platziert. Mir läuft das Wasser im Mund zusammen, und ich muss gleichzeitig ein Lächeln unterdrücken, denn er hat alles zu einem Smiley angerichtet, was irgendwie verdammt süß ist ...

»Jetzt iss endlich!«, fordert er halb lachend, wahrscheinlich, weil ich das Ei so sehnsüchtig ansehe. »Ich verspreche, es ist nicht vergiftet!«, ergänzt er noch zwinkernd, und ob ich mich dagegen wehre oder nicht, bei diesem Zwinkern haut es mich fast rückwärts vom Hocker, oder direkt auf den Tresen – breitbeinig.

Was sind das nur für Gedanken?

Kopfschüttelnd nehme ich das bereitliegende Besteck und stürze mich auf das fettige, köstliche Essen, anstatt auf ihn.

Und was macht er? Er steht mir mit verschränkten Armen gegenüber, mit einer Erektion, die immer härter wird, und beobachtet mich. Ich esse alles andere als ladylike, gerade aus Protest, was ihn nur noch mehr zu faszinieren scheint.

Irgendwie fühle ich mich gerade ein bisschen wie in *Pretty Woman*, nur dass ich keine Nutte bin und er … bei Weitem nicht so ein Gentleman wie Richard Gere.

Bei seinem »Ich will jetzt diesen Mund ficken!« verschlucke ich mich fast und muss mit Kaffee nachspülen, um das Schlimmste zu verhindern.

Wirklich alles andere als ein Gentleman!, denke ich sarkastisch, doch gleichzeitig beginnt es bei seinen Worten, seinem Tonfall und vor allem seinem Blick, den er auf meine Lippen gerichtet hat, wieder zwischen meinen Beinen zu pochen. Extrem.

Gerade so kann ich mich davon abhalten, die Schenkel aneinander zu reiben. Aber irgendwie scheint er meine Erregung trotzdem zu bemerken und stellt seinen Kaffee zur Seite.

»Weißt du was?«, murmelt er und lehnt sich zu mir vor, mit den Ellbogen auf den Tresen zwischen uns. Fasziniert sehe ich in seine Augen, denen ich bei Tageslicht noch nie so nah war. Sie sind grün, mit hellen Sprenkeln, und strahlen eine gewisse Dominanz aus. Das ist mir bis jetzt noch nicht aufgefallen. »Ein Kuss, dann darfst du gehen!«

OH GOTT! Automatisch gleitet mein Blick zu seinen vollen einladenden Lippen, dann wieder in seine intensiven Augen. Ich lecke mir nervös über die Unterlippe und versuche es, ins Lächerliche zu ziehen und trocken zu klingen. »Weißt du nicht, was gestern nach dem Kuss passiert ist?«

»Jetzt bist du nüchtern – zumindest fast.« Wahrscheinlich schon mal vorsichtshalber schiebt er mir ein paar Strähnen aus dem Gesicht. Es ist nur eine zarte Berührung seiner Fingerspitzen, aber sie setzt mich in Brand. Ich beiße mir auf die Lippe.

»Ich weiß nicht mal deinen Namen …«, murmle ich, weil mir die Argumente genauso wie arbeitende Gehirnzellen ausgehen, weiche aber nicht zurück, als er sich langsam vorbeugt.

»Namen sind unwichtig … ich will dich«, wispert er direkt an meinem Mund und ich denke mir, wenn mich ein Kuss aus seiner Gefangenschaft befreit, dann werde ich es wagen!

CUT!

Kapitel 5

SIE

Seine Lippen sind so unsagbar weich und er nimmt sich Zeit. Lässt mich kommen, beugt sich nur so weit nach vorne, dass er mich kaum streift, obwohl ich mit der ersten Berührung *alles* will.

Es ist, als gäbe es meinen gesunden Menschenverstand nicht mehr. Nur noch das Ziehen zwischen meinen Beinen hat Bedeutung und dessen Linderung.

Dass er es kann, weiß ich zu gut. Selbst sein Kuss verspricht es, in den ich mich nach ein paar Sekunden mit einem verlangenden Stöhnen weiter hineinlehne.

In dem Moment weicht er zurück.

»Siehst du, war doch gar nicht so schlimm! Jetzt darfst du gehen!« Somit dreht er sich einfach um und schlendert davon. »Der Aufzug funktioniert!«, ruft er mir noch zu, da hänge ich immer noch vor dem Tresen und starre den teuren Marmor an.

Verwirrung und Wut umspülen mein vernebeltes Hirn.

Was zum Teufel sollte das?

Das fühlte sich nicht nach *Good Bye*, sondern nach *Hello, come in!* an.

Und doch soll es das jetzt gewesen sein?

Wild schüttle ich meinen Kopf, um meine Gedanken zu klären, denn nun bin ich wirklich total verwirrt. Ich kann ihn nicht einschätzen!

Außerdem will ich weitermachen und das ärgert mich zutiefst!

Schließlich war alles, was ich eigentlich an diesem Morgen wollte, von ihm wegzukommen! Jetzt kann ich das, also werde ich das auch tun! So!

Entschlossen raffe ich meinen Morgenmantel zusammen, ignoriere den Ignorierer völlig und stürme zum Aufzug.

Tatsächlich leuchtet der Knopf auf, als ich ihn drücke. Die Türen gleiten auf, und ich stelle mich in die Kabine. Doch ich habe keine Karte für mein Zimmer und brauche meine Kleidung …

Wie gerufen erscheint er – nun in einem Muskelshirt und einfachen schwarzen Hosen. Völlig distanziert und eiskalt. »Deine Kleidung ist in der Reinigung. Du kannst sie und deine Zimmerkarte an der Rezeption abholen!«

Er steckt seine Karte in den Schlitz, wählt das Stockwerk der Lobby und verlässt den Fahrstuhl.

Er sieht nicht zurück, nicht einmal ein Tschüss bekomme ich, und mir steigen die Tränen in die Augen. Wieso, weiß ich nicht, aber ich unterdrücke sie gekonnt.

Er ist so ein Arsch!

Mich so loszuschicken!

Hoffentlich betritt keiner den Aufzug! Immerhin bin ich unter dem dünnen Stoff völlig nackt! Und ich muss im Bademantel auch noch zur Rezeption marschieren, um überhaupt in mein Zimmer zu gelangen. Barfuß!

Vorsorgehalber brennen meine Wangen schon mal lichterloh, dann bin ich schon unten angekommen und muss die Kabine verlassen.

Alle starren mich an, und im Moment kann ich nur sehr schwer damit umgehen.

Selbst die Rezeptionistin hat ihre Gesichtszüge nicht unter Kontrolle und mustert mich abwertend wie einen Außerirdischen, als ich sage: »Wurde meine Kleidung und meine Karte bei Ihnen abgegeben? Zimmer 111 …«

Sie verzieht die Lippen und runzelt geringschätzig die Stirn, während sie auf ihrem Computer rumtippt und dann verkündet: »Ja, Ihre Sachen sind hier. Wenn Sie mir bitte folgen würden.« Emsig arschwackelt sie davon und ich dackel hinter ihr her.

Es könnte peinlicher nicht sein, aber doch, es geht!

In dem Raum, in den sie mich führt, befindet sich der Barkeeper von gestern Abend. Seine Augen werden kurz dunkler, als er mich erkennt, während sie über meinen Körper schweifen. Dann grinst er – wirklich fies. Die erste ehrliche Reaktion, die ich hier bekomme!

Ich strecke ihm die Zunge raus und er lacht, woraufhin ich ein bisschen lächeln muss. Er hat einen Tunnel im Ohr, das macht ihn sympathisch!

Wie ein Zombie gehe ich danach in mein Zimmer und betrete den winzigen Raum, so wirkt er zumindest, im Gegensatz zu dem Palast, den er in der obersten Etage bewohnt.

Wer ist er nur? Und wieso kann ich irgendwie nur noch an ihn denken?

Ich habe ungefähr zehn Anrufe von meiner Schwester auf dem Handy, aber ich ignoriere sie. Mir ist jetzt gerade wirklich nicht danach, mit ihr zu sprechen, oder mit irgendwem sonst.

Ich fühle mich … verletzt und … zurückgewiesen. Dabei wollte ich doch gar nichts von ihm!

Um mich abzulenken, packe ich meinen türkisen, einfachen Badeanzug – nein, keinen Bikini – und ein Handtuch ein und begebe mich in den All-inclusive-Spa-Bereich.

Dort werde ich äußerst freundlich von dem Mitarbeiter begrüßt, weiß aber genau, dass die Freundlichkeit nur gespielt ist. Wie bei allen, die hier angestellt sind. Da könnte ich gleich ganz auf sie verzichten! Ich hasse so etwas! In meinem angeschlagenen Zustand könnte mich selbst diese Heuchelei zum Heulen bringen. Dabei heule ich nur sehr selten.

Im Pool tummelt sich nur eine Horde Frauen, die mich mit schiefen Blicken bedenken, als ich die Halle betrete.

Das Schwimmbecken ist kleiner, als es auf den Fotos im Internet schien, aber es ist okay. Ich ignoriere die Weiber, höre aber ihre genuschelten Lästereien. Wenn sie wüssten, wen ich gestern Nacht unter mir hatte … würden sie vor Neid zergehen!

Oh mein Gott, habe ich das gerade gedacht?

Wieder schüttle ich meinen Kopf, lege das Handtuch auf eine der Liegen und begebe mich zu der Treppe, die in das erfrischende Nass führt. Es ist eiskalt, so kommt es mir zumindest vor, und ich habe Muskelkater … an wirklich eindeutigen Stellen. Als mir das auffällt, werde ich wieder knallrot, gleite ins Wasser und schwimme verbissen einige Bahnen.

Die Frauen verziehen sich, als ich sie *ganz aus Versehen* vollspritze und ihre heiligen Frisuren zerstöre.

Mit einem leichten Grinsen schwimme ich weiter – den Pool nun für mich allein. Ich sollte die Ruhe genießen, denn ich mag es für mich zu sein, trotzdem fühle ich mich einsam.

Ein wenig probiere ich die Massagedüsen aus, was sich allerdings anfühlt, als würde mein Rückgrat brechen und lasse es sofort wieder sein.

Das sind keine Massagedüsen, sondern Folterinstrumente!

Als die verglaste Tür aufgeht, muss ich wieder grinsen, denn der Barkeeper von vorhin hat sich wohl auch dazu entschieden, seine freie Zeit zu nutzen und ein paar Bahnen zu schwimmen.

»Hi!«, grüßt er mich locker und ich grüße genauso locker zurück, froh, wenigstens einen einzigen Menschen hier gefunden zu haben, der keinen Stock im Allerwertesten hat! Er ist am ganzen Körper tätowiert und hat zwei Nippelpiercings, was er am vergangenen Abend komplett unter einem eleganten Anzug versteckt hat. Außerdem nutzt er wohl auch öfter den Fitnessraum, denn seine Muskeln sind gut ausgearbeitet.

Elegant gleitet er ins Wasser und schwimmt auf mich zu. »Du bist wohl nicht oft in solchen Hotels?«

»Ganz sicher nicht!« Lächelnd schwimme ich neben ihm her.

»Das merkt man! Und ich finde es absolut cool! Endlich mal eine, die nicht so gekünstelt und arrogant ist … Wie kommst du hierher?«

»In diese Irrenanstalt?«

Er lacht. »Ja, so kann man es durchaus nennen!« Dann begibt er sich in Rückenlage, sodass er mich beim Sprechen beobachten kann.

»Kleine nervige Schwester!«, nuschle ich wütend und er lacht wieder. Er lacht viel und ehrlich und hat sehr gerade, gepflegte Zähne.

»Kenne ich! Ich habe drei davon!«

»Drei kleine Schwestern?«, rufe ich empört aus. Den Horror will ich mir gar nicht vorstellen!

»Oh ja!« Mit Todesmiene nickt er und ich muss auch kichern.

»Das erklärt, wieso du hier arbeiten kannst, ohne wahnsinnig zu werden und Amok zu laufen!«

»Wahrscheinlich!«

Absolut nicht mehr einsam fühle ich mich, als wir einträchtig nebeneinander durch das Wasser pflügen. Irgendwann bricht er die Stille. »Darf ich dich was fragen?«

Ich seufze. »Wenn's sein muss …«

»Wieso rennst du im Bademantel durch das Hotel, wenn nicht, um die Schickimickis zu schocken?« Wieder muss ich lachen, doch es vergeht mir sehr schnell, als ich an den Grund dafür denke.

»Das ist eine lange Geschichte und ich will dich nicht mit Details langweilen!«, murre ich wütend.

»Ich mag Details!«

»Diese nicht!«

»Wieso?«

»Ich sage nur Alkohol und Kotze!«

»Das tut mir leid!«

»Was kannst du denn bitte dafür?«

»ICH habe eingeschenkt, schon vergessen?«

»Ich bin Gast und somit König!«

»Aber ich bin der Kaiser!« Wieder muss ich lachen, was sich erleichternd anfühlt. Mittlerweile sind wir am Ende des Pools angekommen und ich keuche auf, als er mich plötzlich an sich zieht.

»Und ich finde dich unsagbar faszinierend! Ein ungeschliffener Diamant … zwischen dem eintönigen Glitzer«, murmelt er plötzlich, während ich erstarre.

Ich weiß ehrlich nicht, was ich davon halten soll, jetzt schon wieder einen Kerl an der Backe zu haben, der augenscheinlich … *mehr* von mir will. »Ähm … kannst du mich bitte loslassen?!« Ich meine … dieser hier sieht gut aus und ist WAHRSCHEINLICH KEIN ARSCH, aber trotzdem …

»Wieso denn?« Verschmitzt grinst er mich an, hält mich aber noch immer umschlungen.

»Weil ich nicht interessiert bin!«

»An mir oder an Männern allgemein?«

Ich verdrehe die Augen. Mein Nacken prickelt unangenehm und ich packe seine Hände, um sie notfalls mit Gewalt von mir zu lösen.

»Daniel!«, blafft eine schneidende Stimme plötzlich und wir beide zucken erschrocken auseinander. Als ich meinen Kopf drehe, steht ER mit verschränkten Armen in piekfeinem Hemd und Hose am Poolrand und starrt mich an – tödlich.

Mir läuft bei diesem Blick aus diesen grünen Augen eine Gänsehaut über den Rücken, gleichzeitig regen sich wieder die Muskeln in meinem Unterleib.

»Der Pool ist nicht für Angestellte!«, knurrt Mister Obersnob eiskalt.

»Aye, aye, Sir! Bis dann!« Daniel wuschelt mir durch die Haare, was ich unter normalen Umständen hasse, aber bei ihm stört es mich irgendwie nicht, und strahlt mich an, bevor er sich aus dem Pool schwingt, ganz der Gute-Laune-Mensch, und an IHM vorbei nach draußen schlendert.

ER schenkt dem Angestellten keine Beachtung, weil er nur mich anstarrt. Dann wagt er es auch noch zu sagen:

»Ich sollte dir den Arsch versohlen.«

Und da ist sie wieder. Die Wut … und gleichzeitig ein kleiner Funken Erregung, der droht, alles andere in Brand zu setzen.

»Ohhh, Mister Geldsack, ich entscheide immer noch selber, von wem ich mir den Arsch versohlen lasse und von wem nicht!«

Mit diesen Worten begebe ich mich aus dem Pool, bereit, für meine Flucht alles zu tun, vor allem, weil wir ganz alleine in dieser großen Halle sind und mir schon wieder die unanständigsten Dinge den Kopf fluten. »Genau genommen lasse ich das von gar keinem, erst recht nicht von dir!« Mit diesen Worten will ich an ihm vorbeistürmen, aber er macht einen Schritt zur Seite und stellt sich somit direkt vor die Tür.

Seine Augen … brennen – sind eine einzige Herausforderung. Ich presse die Lippen aufeinander, um nicht zu schreien.

»Lass mich vorbei!«

Er antwortet nicht, sondern verschränkt nur die Arme.

»Du bist wirklich irre, weißt du das!?« Ich traue mich nicht, ihn anzufassen, außerdem würde es sowieso nichts bringen, weil er mir körperlich überlegen ist.

»Geh heut Abend mit mir essen, sonst feuere ich Daniel!«

WAS? OH mein Gott! Jetzt erpresst der mich auch noch, aber darauf falle ich nicht rein.

»Du bist nur ein kleiner Gast hier, du kannst gar keinen feuern. Auf diesen Bluff falle ich nicht rein!«

»Ich heiße David Porter …«, meint er nur lapidar und ein kleines arrogantes Lächeln umspielt seine Mundwinkel.

Oh scheiße! Das ist nicht wahr!

Das Hotel, in dem ich mich befinde, heißt: *Porters* … eine Kette, die sich mittlerweile in der ganzen Welt etabliert hat. Meine Augen werden groß und meine Kehle trocken.

»DIR gehört dieses Hotel?«

»Nicht nur dieses«, antwortet er spöttisch, während er mich weiterhin intensiv anstarrt. »Das ist mein Angebot, Miss Baker. Du gehst heute Abend mit mir essen, das Kleid dafür liegt bereits auf deinem Bett.

Danach haben wir eine Session und heißen Sex. Nur so wird er seinen Job behalten!«

»Was zum Teufel ist eine Session?«

»Ich werde dich dominieren und du dich mir unterwerfen.«

»HA! In deinen Träumen vielleicht!«

»Dann ist Daniel ab heute arbeitslos.«

»Als ob es mir was ausmachen würde, wenn ein fremder …«

»Wirklich anständiger Mann mit einem tragischen Schicksal wegen dir gefeuert wird? Oh, ich denke, es *wird* dir was ausmachen! Was würde dann aus seiner kleinen Schwester werden, sie hat eine unheilbare Krankheit«, sinniert er vor sich hin … »Er finanziert mit seiner guten Bezahlung, die jeder Angestellte von mir erhält, eine spezielle Behandlung.

Wenn er seinen Job verliert, muss sie zukünftig darauf verzichten. Außerdem füttert er auch seine zwei anderen Schwestern durch, weil seine Eltern bei einem tragischen Unfall ums Leben kamen.

Dieser Job ist alles, was er hat und wofür er lebt. Wenn du willst, kannst du gerne seine Akte durchlesen.« Er ist nicht nur irre, er ist auch ein *Monster!*

Vor lauter Wut treten Tränen in meine Augen und ich balle meine Hände zu Fäusten. »Nur ein Essen, du Bastard! Ohne Sex!«

»Essen *und* Sex!« Seine Augen blitzen warnend, während meine vernichtend glühen.

Ich würde ihn am liebsten umbringen!

Seine skrupellose Art macht mich immer sprachloser. Ich weiß nicht mehr, was ich tun soll, außer loszuheulen oder ihm an die Gurgel zu gehen. Ich fühle mich ihm gegenüber so schrecklich machtlos …

»Zwei Stunden hast du Zeit, dich zu entscheiden. Meine Durchwahl ist die Sechs.« Mit diesen nicht weniger dominanten Worten, als seine gesamte Art ausstrahlt, tritt er zur Seite und macht somit den Fluchtweg für mich frei. »Und wage es nicht, dich nicht zu melden oder gar zu flüchten. Ansonsten werde ich kommen und dich holen! Ich kriege immer, was ich will!«

Kapitel 6

SIE

Ich weiß nicht, was ich tun soll. Zu gerne würde ich meine Schwester um Rat bitten, denn sie kennt sich, obwohl sie drei Jahre jünger ist, mit Männern viel besser aus als ich. Aber andererseits ist es mir auch so schrecklich peinlich. Vor allem, weil sie Dinge aus mir rauskitzeln würde, die ich ganz sicher nicht zugeben will – besonders nicht vor mir selbst.

Denn obwohl er ein gewissenloses Monster ist und dazu noch ein Snob … finde ich ihn unsagbar attraktiv.

Die Erinnerungen an die vergangene Nacht lassen sich nicht vertreiben. So etwas habe ich noch nie erlebt und mir ist klar, es kann nur noch aufregender werden. Jedoch lasse ich mich nicht erpressen – von gar keinem!

Seine skrupellose, dominante Art stellt verrückte Dinge mit mir an. Löst völlig gegensätzliche Gefühle in mir aus.

Wut!

Ja, alles verschlingende Wut! Und Begierde! Das Gefühl, ihm gehören zu wollen, sein zu sein!

Andererseits habe ich Angst – vor dem, zu was er fähig ist –, schließlich ist er mir völlig fremd. Aber vor allem fürchte ich mich davor, mich zu sehr in dem zu verlieren, was der Sex mit ihm in mir auslösen könnte.

Das gestern ging schon viel zu tief unter meine Haut und dabei kann ich mich nicht mal richtig daran erinnern und war völlig betrunken.

Wie wäre es erst, nüchtern mit ihm zusammen zu sein, ihn mit allen Sinnen zu spüren. Wahnsinn … es wäre Wahnsinn.

Allerdings bin ich nicht wahnsinnig – soweit ich weiß.

Vielleicht kann ich die nächsten Tage eine Ausnahme machen, aus mir herausgehen, etwas erleben, das ich einmal meinen Enkeln erzählen kann und was sie mir sowieso nicht glauben werden, weil es sich zu sehr nach einem Hollywood-Film anhört.

Einmal waghalsig sein, einmal etwas riskieren und dann die Erinnerungen pflegen, denn eins ist sicher: Erinnerungen werden alles sein, was er mir lässt.

Wenn ich nicht aufpasse, wird er mich verschlingen – und zwar alles von mir –, aber … ein kleiner Teil in mir WILL GENAU DAS! *Unbedingt!*

Seufzend berühre ich das schwarze, edle Paket, das auf dem Bett liegt, hebe den Deckel ein wenig an, linse hinein, und keuche auf, als mich scharlachroter Stoff anschimmert.

Gegen so ein Kleid ist wohl keine Frau immun, und ich staune mit funkelnden Augen und einem ehrfürchtigen Gesichtsausdruck, als ich es aus der Verpackung hole.

Es ist so dekadent, kostet sicher ein Vermögen, ist aber dennoch wunderschön.

Noch nie habe ich so etwas Schönes getragen.

Die Zeit ist fast um, und aus einem Impuls heraus greife ich nach dem Telefon und wähle die Sechs.

Nach dem zweiten Klingeln hebt er ab.

»Du magst es, es spannend zu machen, hm?« Ich verdrehe die Augen und meine Wangen werden rot, denn seine Stimme hört sich selbst über die knarzende Leitung zu samtig an, um wahr zu sein.

»Was wäre das Leben ohne ein bisschen Spannung *und Schokolade* …«, säusle ich und er lacht leise, woraufhin sich mein Unterleib tatsächlich ruckartig und sehr verlangend zusammenzieht und beginnt, warm zu pulsieren.

»Du gefällst mir immer mehr. Wir treffen uns um sechs Uhr im Restaurant.«

»Ich habe noch nicht zugesagt!«, empöre ich mich.

»Du willst aber zusagen.« Verdammt …

»Woher … woher weißt du das?«, frage ich das erste Mal in meinem Leben wahrscheinlich wirklich schüchtern.

»Weil du an der verbotenen Frucht genascht hast, Baby, und weil du neugierig bist, ob es da noch mehr gibt! Ich kann dich fast vor mir sehen, den Blick gesenkt, gerötete Wangen und erregt bis unter die Haarspitzen.«

Oh mein Gott!

»Atme!«, befiehlt er auch noch und ich lasse die angestaute Luft meinen Lungen entweichen und nehme einen tiefen, sehr, sehr tiefen Atemzug.

»Siehst du, es ist gar nicht so schwer, mir zu gehorchen.« Seine Stimme ist so sanft … so schön, dass meine Lider genüsslich zugleiten.

Dann reiße ich sie mit aller Kraft wieder auf.

»Ich bin um sechs da!«

Schon habe ich aufgelegt.

Kapitel 7

ER

Ich schicke ihr mein bestes Team, und als sie am Abend erscheint, haut es mich fast aus den Latschen.

Zum Glück lehne ich an einer der Marmorsäulen in der Lobby, während sie die Treppen heruntergleitet wie ein Traum. Ihr Haar, das einen kirschroten Stich besitzt, der mir bis jetzt noch nie auffiel, ist glatt, wellt sich nur an den Spitzen und passt perfekt zu dem edlen Kleid, welches absolut tödlich ihre weiblichen Kurven umschmeichelt. Und dann erst dieser Schlitz … und ihr glänzendes, blasses Bein in dem Heel … Ich muss meinen Schwanz in meiner Hose verlagern, während sie mich grimmig anblickt – nicht etwa schüchtern anlächelt und wie eine Prinzessin, die auf ihren Prinzen zugeht, das Haar hinters Ohr streicht.

Auf der letzten Stufe stolpert sie auch noch und nimmt mir somit jegliche Illusion.

Gerade so kann sie sich am Geländer festkrallen, während meine Hände zucken, um sie aufzufangen.

Humpelnd geht sie auf mich zu, wie eine Bäuerin, die gerade aus dem Kuhstall kommt, und flucht bei jedem zweiten Wort so heftig, dass alle Köpfe sich nach ihr umdrehen und ich laut lachen muss.

Das ist meine Löwin!

Mit verschränkten Armen bleibt sie vor mir stehen und tötet mich mit Blicken – zumindest versucht sie es.
»Hier bin ich.«

»Das ist kaum zu übersehen!« Ich kann nicht aufhören, sie fasziniert anzustarren, den dunkelroten Lippenstift, der so appetitlich schimmert, die blasse Haut und die dunkel geschminkten Augen. Sie sieht so edel aus, wie ich es niemals erwartet hätte Diamanten glitzern an ihren Ohren, eine dezente Kette lenkt meine Aufmerksamkeit auf ihre zarten Schlüsselbeine. Alles in allem kann sie locker mit JEDER hier anwesenden Frau mithalten, und nicht nur das: Ihr Strahlen überdeckt sie alle, denn es kommt von innen.

»Wie haben sie *das* nur geschafft?« Damit meine ich mein Team, das sie sicher nicht fröhlich empfangen hat, ganz zu schweigen von dem Umstyling.

»Nach einstündiger Verhandlung …«, kontert sie und grinst leicht triumphierend. Ein Grinsen, welches mein Herz schneller schlagen lässt. Fuck! Mein Körper scheint bei ihr eindeutig ein Eigenleben zu entwickeln!

»Diese Netz-Strümpfe waren ein absolutes NO-GO! Ich bin doch keine Bordsteinschwalbe!«

»Die habe ich selbst ausgesucht!«, knurre ich.

»Gerade deswegen! Ich weiß nicht, was ihr Männer euch dabei denkt, Frauen in so etwas zu zwängen! Gehen wir jetzt oder was, ich sterbe vor Hunger!?«

»Sehr gern, Mylady!« Mit einem leisen Lachen halte ich ihr meinen Arm hin, aber sie zeigt mir lediglich einen Vogel und stapft los, Richtung Restaurant.

Trotz ihrer High Heels muss ich mich beeilen, um ihr zu folgen. Ich hechte zum Tisch, will ihr einen Stuhl in einer lauschigen Ecke, in MEINER lauschigen Ecke, rausziehen, aber sie nimmt prompt einen anderen. Dieses Abendessen verspricht interessant zu werden, ebenso wie alles, was danach kommt, wenn sie weiter so gegen mich kämpft. Mein Schwanz beruhigt sich gar nicht mehr, besonders, als sie sich gelangweilt vorbeugt, einen Ellbogen auf den Tisch stützt und ihr Kinn auf die Hand bettet. Dieser Ausschnitt gleicht einem Himmelstor.

Raul, unser heutige Kellner, wirft mir einen erstaunten Blick zu, als er bemerkt, wie desinteressiert meine Begleiterin wirkt. So eine Frau hatte ich noch nie dabei. Sonst hängen sie bereits jetzt an meinen Lippen – wortwörtlich, sodass es schwer für mich ist, überhaupt etwas zu essen. Diese hier allerdings knabbert gelangweilt an einer langen Gebäckstange und bröselt alles voll.

Als sie eine Cola bestellt, werden Rauls Augen geradezu riesig, so weit reißt er sie auf, und ich glaube, er muss sich zwanghaft das Lachen verkneifen, als er meine Irritation bemerkt.

»Sie nimmt Wein …«, ordere ich stattdessen und wähle den teuersten auf der Karte.

»Den kannst du dann gerne allein trinken. Ich trinke nicht!«

Ich ziehe eine Augenbraue hoch, leichte Wut wallt das erste Mal auf, weil sie vor anderen so mit mir spricht. »Gestern hast du auch etwas getrunken.«

»Gestern war gestern. Heute ist heute. Eine GROSSE Cola, bitte.« Raul notiert schmunzelnd ihre Bestellung, während ich sie düster anstarre und es trotzdem bei dem Wein, dann eben nur für mich, belasse.

Als Raul weg ist, studiert sie eingehend die Karte. »Also … ich tendiere zu dem Burger … oder zu dem Schweinekotelett … Glaubst du, dazu gibt es auch Pommes?« Mir bleibt nichts anderes, als den Kopf zu schütteln.

»Willst du keinen Salat? Die sind hier genial …«

»Sehe ich aus wie ein verdammter Hase?«

Ich lege den Kopf schief und betrachte sie so lange eingehend, bis sie ein wenig grinst und die Augen verdreht. »Nein, du siehst aus wie eine RICHTIGE Frau«, meine ich schließlich schulterzuckend, worauf sie die Nase krauszieht, etwas, was sie immer tut, wenn ihr irgendwas nicht gefällt. So viel habe ich bereits herausgefunden.

»Hör endlich auf zu schleimen! Ich habe doch sowieso zugesagt. Nur für diese eine Nacht!« Allerdings meidet sie bei ihren Worten meinen Blick, während ihre Wangen knallrot werden. Ich möchte sie sofort auf diesem Tisch ficken, tue es aber nicht, sondern komme zum nächsten Punkt der Tagesordnung und zücke mein Scheckheft.

»Wo wir gerade dabei sind …« Sie starrt den Stift düster an, den ich aus meiner Innentasche befördere. »Wie lange dauert dein Aufenthalt hier noch?«

»Sechs Tage«, grummelt sie misstrauisch.

»Das ist gut … also …« Ich klopfe mit dem Kugelschreiber auf den Tisch und sehe sie abwartend an. »Wie viel willst du?«

Sie betrachtet mich an, als wäre ich ein rosa Nashorn – zweiköpfig.

»Wie bitte?«, knurrt sie schließlich kaum beherrscht. Also … eigentlich dachte ich, sie wäre um einiges schlauer!

»Wie viel es mich kosten wird, dich die gesamten sechs Tage zu besitzen.« Zuerst weiten sich ihre Augen, doch dann scheint sie zu verstehen.

»Warte. Ich schreibe es auf den Scheck!«, meint sie ganz geschäftlich und ich grinse selbstzufrieden. JEDE Frau ist käuflich, also auch sie. Triumphierend reiche ich ihr mein Scheckheft.

Sie kritzelt etwas drauf, mit verschlossenem Gesichtsausdruck, und schiebt es wieder zu mir.

Ein fröhliches

FICK DICH!

hat sie über das ganze Blatt Papier geschmiert und ich sehe wieder zu ihr hoch – ETWAS wütend.

»Was soll das?«, frage ich knapp.

»Ich bin nicht käuflich. Danke!« Mit einem Lächeln nimmt sie die Cola von Raul entgegen und nippt daran. Unwirsch winke ich ihn weg.

»JEDER Mensch ist käuflich, wenn nicht mit Geld, dann mit etwas anderem!« Ich nehme ihr das Glas ab und stelle es laut auf den Tisch. »Sag mir einfach, wie viel du willst und hör mit den beschissenen Spielchen auf!«

»Ich spiele nicht!« Bestimmt nimmt sie die Cola und trinkt weiter.

»Dann bist du wohlhabend?« Sie lacht, als hätte ich den Scherz des Jahrtausends gemacht.

»Ganz sicher nicht.«

»Dann bist du vergeben?« Wieder lacht sie, als wäre dieser Umstand so abwegig.

»Nö!« Mittlerweile hat sie die Cola fast ganz ausgetrunken, vermutlich allein aus Protest. Ich verdrehe die Augen und nehme sie ihr wieder ab, bevor sie ihr Gehirn vereist. Diesmal stelle ich sie aber außer Reichweite.

»Okay … du willst kein Geld, was willst du dann? Urlaub?«

»Bin ich doch gerade!«

»Dann … willst du Kleider?«

»Nope!«

»Handtaschen?«

»Also bitte!«, kontert sie nur abwertend.

»Massagen?«

»Nö!«

»Ein Auto?«

»Nope!«

»Einen Stern?«

Sie schüttelt den Kopf.

»Ein Flugzeug?« Mir gehen langsam die Angebote aus!

»Ich habe Höhenangst!«

»Willst du ein Haus?« Sie verdreht die Augen.

»Neihein! Mein Gott bist du hartnäckig!«

»Eine Reise zum Mond?«

»Mir wird schon in der Achterbahn schlecht!«

»Was willst du dann?«, brülle ich schon fast und die anderen Gäste sehen mich tadelnd an, doch ich achte nicht weiter darauf, sondern starre sie wütend an. Mit geballten Fäusten und zusammengebissenen Zähnen.

»Maoam!«, antwortet sie auch noch schmunzelnd und ich bin kurz davor, ihr sofort den Arsch zu versohlen. »Du hast nichts, was ich haben will!« Sofort wird ihr bewusst, was sie gesagt hat und ein Lächeln gleitet über meine Züge.

»Ist das so, Miss Baker?«, säusle ich mit Verführerstimme.

»Gib mir meine verdammte Cola wieder!« Sie will danach greifen, aber ich stelle sie noch weiter weg.

»Hab ich also doch etwas, was du willst!«

»Idiot! Gib her!« Sie springt auf und ich hebe den Arm, halte sie mit der anderen Hand von mir ab und muss genauso lachen wie sie.

»Nur, wenn du *Ja* sagst!«

»Dann eben nicht!« Schmollend lässt sie sich wieder auf ihren Stuhl fallen. Ihre Haare sind jetzt ein bisschen zerzaust, ihre Augen funkeln und das Lächeln ist absolut echt. »Du bist wirklich ein Gockel!«, ergänzt sie noch und ruft dann Raul an unseren Tisch, bestellt sich den Burger mit Majo und Ketchup sowie extra Pommes und verzieht über meinen Salatwunsch das Gesicht, während sie irgendwas von »Schlimmer als jede Tussi« murmelt.

Als wir auf das Essen warten, gestehe ich mir ein, wirklich Feuer und Flamme für diese Frau zu sein. Egal, was sie tut, es fasziniert mich immer mehr.

»Als was arbeitest du?«

»Ich habe eine eigene Buchhandlung.«

»Also ein Bücherwurm?«

»Kann man so sagen …«

»Ich lese auch viel.«

»Verarsch mich nicht!«

Ich lache, weil sie einerseits so einfach, aber andererseits so kompliziert ist und mich absolut unterschätzt.

»Baby, ich habe schon mehr Bücher in meinem Leben gelesen als Frauen gevögelt.«

»Und DAS soll schon was heißen, Mister Obermacho … hm?«

»Ja.«

Sie verdreht die Augen.

»Das ist so widerlich! Hast du keine Angst, dir irgendwas einzufangen?«

»Ich verhüte.« Sie zieht nur eine Augenbraue hoch, und ich lache leise.

»Als du dich auf mich gestürzt hast, hatte ich keine Chance mehr, einen verdammten Gummi überzuziehen, und das habe ich bei dir auch in Zukunft nicht vor.

Ich nehme mal an, du verhütest.« Natürlich schützt sie sich vor einer ungewollten Schwangerschaft, schließlich tut das mittlerweile fast jede Frau.

»Tu ich nicht!« Sie sagt es derart trocken, dass ihr die Staubflocken aus dem Mund rieseln müssten, und ich werde sofort käsebleich, kann aber nicht darauf reagieren, weil Raul gerade das Essen auftischt. Ich bin zwar nicht in ihr gekommen, aber Lusttropfen waren zur Genüge vorhanden!

Sobald er weg ist, beuge ich mich nach vorne, fühle immer noch, wie bleich ich bin.

»Sag mir, dass das ein Scherz war!«

»War es!« So ein Biest! »Ich nehme die Pille, beruhig dich, Brauner …«

»Haha!«, kontere ich nur wenig amüsiert. Während ich mich nach hinten lehne, tupfe ich mir die Schweißperlen von der Stirn und funkle sie düster an. »Mach das nie wieder!«

»WASCH DENN?«, fragt sie fröhlich, den Mund bereits voll mit Burger.

»Mich verarschen!«

»Das macht aber so viel Spaß! Dein Gesichtsausdruck eben war unbezahlbar!«

»Wenn du wüsstest, was dich dafür später erwartet, hättest du jetzt nicht so eine große Klappe …«, murmle ich, weil ich langsam die Schnauze voll davon habe, ihr ständig die Oberhand zu überlassen und schneide seelenruhig meine Hähnchenstreifen.

»Klär mich auf!«, fordert sie auch noch provozierend, aber nicht mehr ganz so selbstsicher.

»Das wüsstest du jetzt gerne …« Ich versenke eine Tomate in meinem Mund und kaue sie gründlich, ohne mich weiter dazu zu äußern. Sie verdreht ihre Augen.

»Mach das noch einmal und ich ficke dich sofort.«

Sie stockt. HA!

Dann wirft sie mir einen unsicheren Blick zu, den ich absolut ungerührt erwidere. Sie schluckt trocken *und* verdreht die Augen!

Oh yeah!

Offensichtlich überrascht von ihrer eigenen Courage visiert sie nun ziemlich ängstlich die Serviette an, mit der ich mir in aller Ruhe den Mund abtupfe. Als ich sie weglege, sind ihre Wangen schon wieder rot und ihre Augen verschleiert.

Sie will es – genau jetzt und hier … Wer bin ich, ihr das zu verwehren?

»Das machst du sowieso nicht!«, zischt sie kämpferisch, doch ich stehe auf. Ihre Augen folgen jeder einzelnen meiner Bewegungen.

Ich habe keinen Appetit mehr, zumindest nicht auf das Essen vor mir.

Kapitel 8

SIE

Bevor ich mich versehe, ist er aufgestanden, hat sich vorgebeugt und mich über seine Schulter geschmissen!
Ich bin so erschrocken, dass ich im ersten Moment nicht einmal schreien kann, als er mich aus dem Restaurant trägt. Aber nicht etwa zu den Fahrstühlen, sondern in den kleinen Gang, der zu den Toiletten führt. Dort stellt er mich ab.
»Du hast förmlich danach gebettelt!«, meint er noch und wirbelt mich schon herum, drückt mich mit dem Gesicht voran gegen die Wand.
Es geht alles so schnell, dass sich mein Kopf dreht.
Seine Hände wissen genau, was sie tun, als er mein Kleid über meinen Hintern nach oben schiebt und dann an seiner Hose rumnestelt. »Du wirst still sein und nicht kommen!«, fordert er verbissen. Schon schiebt er meinen Tanga weg und ich spüre, wie er mit seiner harten Erregung ansetzt. »Auf die Zehenspitzen!«, knurrt er und zieht meine Arme mit einer Hand über den Kopf.
Mit der anderen hält er sich fest, als er auch schon tatsächlich in mich eindringt – bis zum Anschlag –, was mir einen kleinen Schrei entlockt. Seine Hand landet auf meinem Mund. »Ich werde diesmal so was von in dich reinspritzen …«, murmelt er mir heiser ins Ohr und ich stöhne hilflos. Versuche diesem Überfall irgendwie standzuhalten.

Nicht zu zerlaufen, nicht zu laut zu stöhnen, während ich bete, dass keiner um die Ecke biegt und uns erwischt, auch wenn es sowieso egal wäre. Man kann ihn ja wohl kaum aus dem Hotel schmeißen.

Seine Stöße sind hart und bestimmt, denn er hat nur ein Ziel: Seine Befriedigung, nicht meine, und trotzdem ist es das Heißeste, was ich jemals erlebt habe.

Seine Finger gleiten von meinem Mund, krallen sich in meine Haare. Bestimmend zieht er meinen Kopf zurück und knurrt in mein Ohr: »Du gehörst mir!«

Dann fühle ich schon, wie er in mir kommt. Ganz tief … und heftig pulsierend.

Mir wird fast schwarz vor Augen, nur seine Hände halten mich davon ab, zu fallen. Und die sind stark und sicher.

Sofort, als er fertig ist, grinst er an meiner Wange, gibt mir noch einen Kuss und tätschelt meinen Hintern. »Das war nicht schlecht!«

Vorsichtig zieht er sich aus mir zurück, richtet mein Höschen und mein Kleid. Genau in dem Moment kommt ein Kerl um die Ecke getorkelt, leicht angetrunken, und bleibt wie erstarrt stehen, sobald er uns erblickt. David Porter hält immer noch meine Arme über meinem Kopf fest, und ich schließe hilflos die Augen.

»Ja! Du siehst richtig und jetzt verpiss dich!«, knurrt er dem Kerl zu und der gehorcht in einem Tempo, als hätte ihn eine Tarantel gestochen. Dann lässt er mich los und dreht mich um.

Im Gegensatz zu diesem erbarmungslosen Überfall nimmt er zärtlich mein Gesicht zwischen seine großen, starken Hände und streicht mit seiner Nasenspitze über meine. »So schnell bin ich noch nie in einer Frau gekommen …« Sanft küsst er mich … und ich kann nicht anders, bin noch zu aufgeheizt, spüre ihn nach wie vor tief und hart in mir und vor allem seine Lust, die aus mir läuft, und schmiege mich bereitwillig an ihn, wühle in seinem chaotischen Haar und bettele stumm nach mehr – nach Erlösung, nach allem.

Er gibt es mir nicht – und weicht wieder zurück, sobald ich so heiß bin, dass es heißer nicht geht.

»Wenn du nach meinen Spielregeln spielst, bekommst du mehr …« Seine Worte lösen in meinem Körper ein erwartungsvolles Kribbeln aus, trotzdem funkele ich ihn wütend an. Er lacht leise und küsst mich erneut, nur ganz kurz. Oh Gott … Küssen ist eine Disziplin, die er bis zur Vollendung beherrscht. »Lass dich darauf ein …« *Kuss* ... »Schalte deinen Kopf aus …« *Innigerer Kuss* ... »Nur heute Nacht.« Und das *Bitte*, welches er nie sagen würde, weil er ein Mann ist, der nun mal um nichts bittet, offeriert mir sein Mund.

Ich seufze … wollte ich nicht genau das? Nur heute Nacht?

Und ich weiß, es wird wahrscheinlich mein Untergang … aber genauso wird mir klar, dass ich nicht mehr zurück kann, und so höre ich mich selber ein schüchternes »Okay!« murmeln, gehe auf die Zehenspitzen und küsse im Gegenzug mal ihn in den Wahnsinn!

***

Wir beenden einvernehmlich unser Essen, ohne weitere Diskussionen. Sogar etwas Wein probiere ich, schon allein, um meine flatternden Nerven zu beruhigen. Und ich kann es nicht leugnen, aber er ist wirklich lecker. Anschließend wechseln wir in die Clubetage.

Dort zieht er mich auf die Tanzfläche, direkt an seinen Körper, und James Bays Stimme tut neben seinen Berührungen den Rest, um mir völlig den Kopf zu vernebeln. Dabei bewegen wir uns recht züchtig, langsam wiegen wir uns …

David Porter kann so gut tanzen, dass es verboten werden sollte!

Er hält meine Hand, meine Wange ruht an seiner Schulter, sein Arm an meiner Hüfte und ich rieche ihn, fühle ihn … lasse mich von ihm führen und bin verwundert, wie einfach es mir fällt, seinen Schritten zu folgen … mich von ihm leiten zu lassen.

I breathe in slow to compose myself
but the bleeding heart I left on the shelf
started speeding up
beating half to death
'cause you're here and you're all mine
So I press my lips down to your neck
and I stay there
and I reconnect

… singt James Bay mit seiner unsagbar gefühlvollen Stimme und spricht mir irgendwie aus der Seele.

Ich halte es kaum noch aus, aber er denkt nicht einmal daran, seine Worte wahr zu machen und mir mehr zu geben als zarte Küsse und verlangende Berührungen, von denen er GENAU weiß, wie sehr sie mich um den Verstand bringen. Aber ich revanchiere mich und so treiben wir uns gegenseitig in den Wahnsinn.

***

Wenig später spielt R n B.

Ich stehe mit dem Rücken zu ihm, seine Hände sind auf meinen Oberschenkeln, fast am Ansatz, und BRENNEN sich förmlich durch den Stoff.

Auch sein Mund strahlt eine unbändige Hitze aus, genauso wie sein heißer, erregter Atem in meinem Nacken, und von der Härte, die sich an meinen Hintern presst, fange ich hier besser gar nicht an.

Kurz: Mein gesamter Körper steht in Flammen, während er mich auf der Tanzfläche trockenfickt.

»Wenn du so weitermachst, diesen heißen Arsch an mir zu reiben, dann komme ich in meine Hose …«, knurrt er und versucht meine Hüften zu stoppen.

Seine Worte, der erregte Klang seiner Stimme und das Zucken seiner Hände lassen mich leise stöhnen, den Kopf nach hinten werfen und meine Finger in seine Haare krallen.

»Meinst du so?«, murmle ich dunkel und nun ist es an ihm, hilflos zu stöhnen.

»Fuck!«

Er weicht ruckartig vor mir zurück und gibt mir einen schnalzenden Klatscher auf den Hintern, von dem ich aufschreie. »Genug jetzt! Du setzt dich an die Bar! Ich gehe pissen!«

Ich reibe mir mürrisch meinen Arsch und starre ihn schmollend an. Doch er verdreht nur die Augen, bevor er sich abwendet und davonschlendert.

Dafür wird David Porter büßen – irgendwann, irgendwie!

Die Nacht ist ja noch lang …

Schon ein wenig angeheitert und mit schmerzenden Füßen stöckele ich zur Bar und habe einige Mühe, meinen Körper auf einen der Bahrocker zu befördern. Mir egal, wenn mir jemand zusieht, denn der Einzige, der heute Abend zählt, ist gerade sowieso nicht da, und vor ihm muss ich mich nicht beweisen, mich nicht verstellen und so tun, als wäre ich grazil oder gar eines dieser überkandidelten Hühner.

Irgendwann thront mein Hintern erfolgreich auf der winzigen Fläche und der Barkeeper dreht sich nach einem »Huhu!« zu mir um.

Es ist Daniel, dem ich diesen Mist irgendwie zu verdanken habe, und bei dessen Anblick ich trotzdem sofort strahlen muss.

»Hi!«, grüße ich grinsend.

»Hi!«, grüßt er genauso zurück. »Hier ist aber jemand glücklich«, gibt er noch hinzu und macht sich bereits daran, irgendetwas zu mixen, während ich mich sofort ertappt fühle. Bin ich wirklich GLÜCKLICH?

Um nicht weiter zu grübeln, konzentriere ich mich auf den Mann vor mir.

»Nur angeheitert …«

»Oh, oh …« Er trägt ein schwarzes Hemd, nicht mehr ganz so edel, und eine schwarze Hose, allerdings keine Fliege, und seine dunklen Haare stehen wirr ab. Wirklich ansehnlich – also wie er die Cocktails mixt!

»Nicht so wie gestern, keine Sorge!«, kontere ich lachend.

Er stellt das eben vorbereitete Glas perfekt garniert vor mich und setzt noch ein Schirmchen oben drauf. Dann verschränkt er die Arme vor der Brust. »Du bist zwar nicht so betrunken wie gestern, aber trotzdem hast du Grund zur Sorge.

Hast du eigentlich auch nur den Hauch einer Ahnung, mit wem du da gerade Sex auf der Tanzfläche hattest?«

Wie auf Befehl werde ich knallrot und senke den Blick auf meinen Cocktail. »Was ist das?«

»Alkoholfrei!«, grollt er und ich nehme einen zaghaften Schluck.

»Oh mein Gott, ist das lecker! Was ist da drin? Orange? Mango? Ananas?«

»Weich nicht vom Thema ab! Eigentlich sollte es mir echt scheißegal sein, aber du bist ein wirklich nettes Mädchen, und deswegen ist es mir nicht egal. Ich sage nur so viel: Geh hoch in dein Zimmer, pack dein Zeug und verschwinde!« Die Eindringlichkeit seiner Worte lässt eine Gänsehaut meine Arme hinabrieseln. Gleichzeitig mag ich es nicht, bevormundet zu werden, da reicht mir schon der Mann, der gerade auf dem Klo ist!

»Okay. Hör *mir* zu. Ich bin schon ein großes Mädchen und kann selbst auf mich aufpassen. Trotzdem danke für den Tipp und für den Cocktail!« Ich möchte mich vom Barhocker schwingen …

Mit einem Mal ist er mir aber ganz nahe, hält meinen Arm fest, während er sich über den Tresen lehnt, und tippt mir an die Stirn. »Hör zu, verdammt!«, murmelt er fest. »Er ist gefährlich … Er ist ein …« Doch ehe er weiter ausführen kann, schiebt sich ein dunkler Schatten neben uns und meine Gänsehaut nimmt zu.

»Ich kann dich nicht mal zwei Minuten alleine lassen, ohne dass sie sich auf dich stürzen wie Mistfliegen!«, knurrt David Porter und legt einen Arm um meine Hüfte.

»Na vielen Dank auch …«, murmle ich.

Daniel sieht ihn starr an, rückt aber von mir ab, zuckt mit den Schultern, dreht sich wieder um und macht sich an die Arbeit.

Mit einem Mal bin ich völlig verspannt, möchte aus irgendeinem Grund am liebsten laufen – möglichst weit weg von ihm.

»Hey …« Er hat sich auf den Hocker neben mich gesetzt und dreht meinen zu sich. »Was hat er gesagt?« Ich schüttle den Kopf, kann ihn nicht ansehen und will auch nicht antworten. Außerdem befürchte ich, er könnte die Angst in meinen Augen bemerken.

Was ist er? Ein Serienmörder? Ein ausgebrochener Irrer?

Verdammt!

Hannibal Lector? Will er mein Gehirn essen?

Um das zu ergründen, sehe ich doch hoch und … mir stockt der Atem. Denn sein Gesicht ist zu schön, um wahr zu sein. Seine Augen sind offen … aber etwas Dunkles lauert dahinter …

Er runzelt die Stirn, ist eindeutig nicht amüsiert, aber seine Stimme ist dennoch sanft – zu sanft – und sein Finger befreit meine Unterlippe zwischen meinen Zähnen.

»Was hat er gesagt?«

»Du wirst ihn nicht feuern!«

»Das habe ich dir bereits heute Nachmittag zugesichert!« Er hasst es, wenn ich an seinem Wort zweifle, das merke ich sofort. Eine gute, eine ehrliche Eigenschaft und sie drängt auch mich zur Ehrlichkeit.

»Er hat mich vor dir gewarnt …« Sein Blick verdüstert sich noch mehr, doch ich rede trotzdem weiter. »Er meinte, ich solle vor dir flüchten!«

»Das wird dir nichts bringen …«, antwortet er auch noch absolut ehrlich und hauchzart … sein Finger streicht köstlich meine Unterlippe nach. »Ich habe dir bereits gesagt, dass ich dich nicht mehr davonkommen lasse und dass ich weiß, was ich will. Und was ich will, bist du, Elisabeth Baker.«

»Nenn mich nicht so!«

»Wieso?«

»Weil es altmodisch klingt!«

»Er klingt … selten … speziell … *und sexy.«*

»Wieso willst du mich so dringend, David?«

»Weil du mich faszinierst wie keine zuvor.«

»Aber für *was* willst du mich?« Meine Stimme klingt schwach.

»Ich will, dass sich bei dir alles nur noch um mich dreht. Deine Gedanken, deine Lust … Es soll nur noch mich geben!«

»Wozu?«

»Weil ich es brauche.«

»Nur Sex?«

»Und ein bisschen Fesselung … natürlich Orgasmuskontrolle … und vielleicht eine kleine Behandlung mit meinem Flogger – nichts, was du nicht ertragen kannst.«

»Du willst mich nicht abschlachten oder mein Gehirn essen?« Das zerstört den Bann, den er um mich gesponnen hat, genauso wie es jegliche Fantasien vernichtet, die er mir in den Kopf gepflanzt hat. Wieder setzt er meinen Lieblingsgesichtsausdruck auf, diesen einen, bei dem er seine machtvolle, überhebliche Aura völlig ablegt und nur noch er selbst ist. Wunderschön, bezaubernd und *so* verwirrt. Ich weiß instinktiv, dass nur ich dazu imstande bin, ihn so aus der Bahn zu werfen, und fühle mich dadurch machtvoll.

Ungläubig schmunzelt er und zieht mich von meinem Hocker zwischen seine Beine. Wieder umfängt er mein Gesicht und strahlt mich mit diesen Diamanten an. »Ganz sicher nicht! Das wäre die pure Verschwendung und außerdem ziemlich widerlich … Ganz abgesehen von dem ganzen Blut! Das bekommt man nie wieder raus!«

Ich muss lachen und ich mag es. Mag es, wenn er mich so hält. Mag es, wenn er so mit mir spricht und wenn mein Herz so aufgeregt in meiner Brust trommelt. So lebendig wie jetzt habe ich mich noch nie gefühlt.

»Lass dich nicht von deinen Ängsten leiten … sondern von mir!«, murmelt er und lehnt seine Stirn an meine. Ich fühle Daniels bohrenden Blick, aber er ist mir egal!

»Dann fang an, David Porter! Die Nacht dauert nicht ewig …«, erwidere ich leise und er lacht wieder … diesmal direkt an meinen Lippen.

CUT

Kapitel 9

ER

Sie ist tatsächlich so gut wie nüchtern in meinem von Kerzen erhellten Schlafzimmer, das ich von meinem Personal vorbereiten ließ, als wir unten waren – genauso wie den Champagner und die Erdbeeren, was sie zum Kichern bringt, als sie beides bemerkt. Wieso weiß ich nicht, nur, dass mir dieser Ton gefällt.

Fast sieht sie in diesem Kleid zu köstlich aus, als dass ich es ihr ausziehen will, aber ich weiß, dass das darunter ALLES toppt, deswegen kann ich es kaum erwarten, sie aus dem Stoff zu schälen. Natürlich halte ich mich gerade deswegen zurück und befehle ihr leise: »Zieh das Kleid aus!«

Dann verlasse ich das Zimmer.

Erstens, um die Spannung zu schüren; zweitens, weil ich schon wieder aufs Klo muss. Scheißalkohol und Salat! Das treibt wie verrückt!

Unnötig lange halte ich mich in meinem Badezimmer auf, befreie mich von meinem Hemd und stelle mir dabei breit grinsend vor, wie sie sich langsam in Zweifel und Fluchtgedanken steigert. Natürlich dürfte ihr klar sein, dass ich ihr keinen Fluchtweg lasse, woraufhin sie sich eingesperrt fühlt und mit sich sowie ihrer braven Seite hadert. Womöglich sitzen auf ihrer Schulter sogar Engel und Teufel, während sie sich selbst in den Wahnsinn treibt.

Soll ich die Heels anlassen oder nicht?

Soll ich mich einfach aufs Bett legen? Wie schaue ich am besten aus? Habe ich Cellulitis? Die üblichen Frauengedanken eben …

Ich bin gespannt, wie sie sich präsentieren wird. Vielleicht wird sie seitlich auf dem Bett liegen und mich schüchtern angrinsen, vielleicht wird sie am Fenster stehen und verloren auf die verregnete Stadt hinausblicken. Vielleicht wird sie ganz nackt, direkt an der Tür warten und sofort auf die Knie fallen, um mir einen zu blasen, wenn ich das Schlafzimmer betrete.

Bei ihr weiß man nie …

Sie sitzt am Bettrand und hat fast die Hälfte der Erdbeeren gegessen, als ich reinkomme. Die Schüssel hält sie auf dem Schoß, den Mund voll süßer Früchte, während sie mich breit angrinst.

Immer reagiert sie völlig anders als erwartet, was den Reiz dieser Frau erklärt, ebenso wie die grenzenlose Faszination.

Fast stolpere ich bei diesem Anblick, den mir so noch keine geboten hat, doch als ich amüsiert eine Augenbraue hebe, fällt ihr auf, dass ich nichts weiter trage als eine schwarze Hose, und sie stellt die Schüssel zur Seite. Verlegen wischt sie sich süßen Saft aus dem Mundwinkel, der sowieso jede Sekunde von meinen Lippen beseitigt worden wäre, und steht auf.

Und dann … muss ich an mich halten, um nicht umzukippen.

Denn sie trägt ein scharlachrotes Korsett!

Wieder etwas, was ich niemals von ihr erwartet hätte.

Dieses ruchlose Rot auf ihrer blassen Haut löst eine Begierde in mir aus, die ich noch nie empfunden habe.

»Das hättest du jetzt nicht erwartet, aber ich stehe total auf Unterwäsche! Gefällt es dir?« Grazil dreht sie sich im Kreis und fällt dabei NICHT UM, was wahrscheinlich daran liegt, dass sie ihre Heels losgeworden ist.

Vermutlich hat sie diese sofort von ihren Füßen gepfeffert, sobald ich sie allein gelassen habe. Zumindest wirkt es so, denn ich kann im Augenwinkel nur einen ausmachen. Der andere befindet sich wohl unter dem Bett.

Doch das ist mir in diesem Moment scheißegal, denn es ist das erste Mal, dass sie mir ihren Arsch präsentiert, und das auch noch im Kerzenschein – meine Kehle wird trocken, während es in meiner Hose zuckt.

»Unterwäsche hätte ich dir also anbieten sollen!«, murmle ich und gehe auf sie zu, während ich den Kopf schief lege. »Die wirst du sowieso nicht lange anbehalten, auch wenn sie mir verdammt gut gefällt. Dreh dich um!« Mit beiden Händen packe ich diesen saftigen Arsch und ziehe sie ruckartig an mich. Da sie meinem Befehl gefolgt ist, kann ich ihr mit meinem Schwanz zwischen ihren Beinen zeigen, WIE SEHR es mir gefällt!

Wie erwartet stöhnt sie, dieses kleine Luder, und das ist sie wirklich, sobald sie ihrer Lust freien Lauf lässt … Fast könnte ich mich in diese Seite von ihr verlieben und ihr somit total erliegen. Aber da das für mich nicht infrage kommt, ist der Gedanke mühselig.

In meinem Leben geht es nicht um Liebe, sondern um Lust. Und nichts weiter.

Auf der Tagesordnung steht erst mal heißer Sex, der sie völlig süchtig nach mir machen wird. Dann werde ich sie immer wieder anfüttern, aber an langer Leine halten wie eine Drogensüchtige. Bis sie weder ein noch aus weiß, bis sie an nichts anderes mehr denken kann als an meinen Schwanz tief in ihr.

An den Hüften und mit dem Rücken zu mir halte ich sie fest, während ich mich umdrehe und auf den Bettrand setze. Sie ziehe ich mit – auf mich – und spreize ihre Schenkel mit beiden Händen. »Die bleiben so!«

Sie antwortet nicht, lässt aber ihre Beine so, während ich mit den Fingerspitzen Kreise auf ihre Innenschenkel male. »So ist es brav …« Sie erbebt.

»Ich bin doch kein Hund!«, keucht sie und ich lache leise in ihr Ohr, bevor ich sie darunter küsse.

»Nein. Ein Hund bist du wirklich nicht. Du bist eine Löwin, Elisabeth Baker … Wild und bereit, deine Krallen auszufahren. Doch es gibt einen, dem sich selbst eine unzähmbare Löwin unterwirft: dem Löwen. Er ist ihr Alpha.«

»Du spinnst!«

»Ich habe nie etwas anderes behauptet!« Zeitgleich mit meinen Worten streiche ich gemächlich mit zwei Fingern direkt über den Saum ihres Tangas, der zwischen ihren Schamlippen entlangläuft. Ganz leicht. Stöhnend lässt sie ihren Kopf zurück an meine Schulter fallen und bewegt sinnlich kreisend ihre Hüften. Sie ist so voller Vertrauen, so anschmiegsam und so unsagbar feucht, was wohl teilweise auch an meinem Sperma liegt, das ich vorhin in ihr versenkt habe. Dann gleite ich weiter zu ihrem Bauch und langsam von oben unter den Bund ihres Höschens … Sie ist nicht nur feucht, sondern triefend nass. Gefühlvoll reibe ich mit zwei Fingerspitzen über ihren empfindlichsten Punkt und genieße die Geräusche ihrer Lust direkt an meinem Hals. Mit der anderen Hand halte ich einen Schenkel fest. Besitzergreifend und dominant.

»Deine Lust gehört mir!«, murmle ich und sie stöhnt lauter, reagiert direkt auf meine erregte Stimme und vielleicht auch auf meinen Schwanz, der unablässig zuckt. Fuck! Ich will sie um mich herum haben! So sehr! Dennoch führe ich sie mit einer Engelsgeduld an diesen einen Punkt, der über Orgasmus oder Nicht-Orgasmus entscheidet und lasse dann von ihr ab. »Knie dich auf den Boden, auf alle viere!« Ich hebe sie von mir, wodurch sie ein wenig ins Straucheln gerät. Gerade als ich sie auffangen will, schafft sie es, sich unsicher am Bettpfosten festzuhalten. »Was?«, murmelt sie völlig verwirrt, und ich lehne mich auf meine Arme auf das Bett zurück, präsentiere ihr, wie hart ich bin, indem ich ihn in meiner Hose verlagere, während ich das Gesagte wiederhole – diesmal langsam und deutlich.

»Knie dich vor mich. Arsch zu mir, wie eine rollige Katze!«

Sie knurrt tatsächlich, und ihre Augen verdunkeln sich. Ihre Haare sind mittlerweile ein lockiges Chaos und unterstreichen ihre Wildheit. »Sonst zählt diese Nacht nicht, Baby …«

SIE FOLGT – murrend, aber sie tut es!

Ich höre Kirchenglocken in meinem Kopf klingen und einen Chor *Halleluja* singen, als sie auf alle viere geht und mir eine wirklich phänomenale Aussicht auf ihren herzförmigen Arsch und den Tanga bietet, der sich zwischen ihre blanken Schamlippen drückt.

Meine Hand gleitet automatisch in meine Hose, und ich umfasse meinen pochenden Schwanz, streiche daran rauf und runter. »Krabbel von mir weg … Langsamer!« Sie gehorcht. »Und hör auf, die Augen zu verdrehen!«

»DAS ist gruslig!«, murmelt sie leise und ich grinse kurz, bevor ich stöhnen muss, weil ich fast komme. Mit zusammengebissenen Zähnen verlangsame ich meine Bewegungen, während sie bis ans andere Zimmerende krabbelt.

»Komm zurück!«, fordere ich rau und sie tut es, mit geröteten Wangen, total peinlich berührt, aber gleichzeitig mit so viel Erregung im Blick, dass ich für einen Moment die Lider schließen muss. Als ich sie wieder öffne, weiß ich, was sich in meinen Augen widerspiegelt:

Eine so unbändige Leidenschaft, wie ich sie schon lange nicht mehr empfunden habe.

Doch sie starrt meine Hand in der Hose an, und ich grinse dreckig.

»Du willst ihn, nicht wahr?« Verführerisch ziehe ich den Reißverschluss hinunter und hole ihn heraus, sodass er träge fast bis zu meinem Bauchnabel hinaufragt. Dann besorge ich es mir genüsslich, während sie in ihrer Bewegung stockt und sich über die Lippen leckt.

Sie knurrt ein wütendes: »JA, VERDAMMT!«

»Fauch mich an!« Ich verreibe den Lusttropfen auf meiner Eichel.

»Wie bitte!«

»FAUCH. MICH. AN!« Ihre Röte nimmt zu und ich bin gespannt, ob sie sich diesmal verweigern wird. Eigentlich warte ich schon die ganze Zeit darauf, während ich sie teste. Wie weit kann ich noch gehen? Wo sind ihre Grenzen?

Sie faucht.

»Yeah, Baby! Kannst du auch knurren?«

UND wie sie das kann! Inklusive Morddrohungen im Blick!

Sie ist fast bei mir, als ich befehle: »Sehr gut, du darfst jetzt meinen Schwanz lecken!« Auffordernd halte ich ihr die Spitze hin, und sie tut es, automatisch wie ein Tier … von unten bis nach oben … und wieder zurück, während sie mich mit ihren Augen verglüht.

»Fuck, Baby!« Ich vergrabe eine Hand in ihrem Haar und lasse den Kopf zurückfallen, stütze einen Arm hinter mir ab. Das habe ich mir so oft vorgestellt im Laufe des heutigen Tages und es ist noch besser als in meinen Fantasien!

»Saug an meiner Eichel … oh fuck …« Laut stöhne ich und fühle, wie die Muskeln in meinem Bauch zucken. Sie keucht auch genüsslich und schließt die Augen, während sie völlig darin aufgeht, meinen Schwanz zu verwöhnen.

Wieder überrascht sie mich mit ihrer grenzenlosen Hingabe und Leidenschaft.

Und ich weiß, das ist erst der Anfang.

CUT!

Kapitel 10

SIE

»Schluckst du?«, fragt er tatsächlich, als ich mir denke, entweder er kommt jetzt oder er platzt. Um es vorsichtig auszudrücken, bin ich verwundert. Verwundert darüber, was ich bereit bin zu tun, um ihm zu gefallen, und vor allem, wie viel Spaß es mir macht!

Ich nicke, auch wenn ich sonst nicht schlucke, weil ich es absolut widerlich finde.

Kurz darauf spüre ich, wie er loslässt und in meinem Mund kommt. Natürlich versuche ich, nicht zu schmecken oder allzu angewidert auszusehen, während er sich laut stöhnend ganz zurück auf das Bett fallen lässt und beide Hände tief in meinen Haaren vergräbt – mich an Ort und Stelle hält.

Strahl für Strahl landet in mir, bis er sich ruckartig entspannt … und es *endlich* aufhört.

Heilige Scheiße!

Das war ekelhaft und gleichzeitig das Heißeste, was ich jemals erlebt habe.

Er hatte schon zwei Orgasmen, ich bin noch völlig unbefriedigt, und das bringt mich dazu, einfach auf seinen wunderschönen Körper zu klettern und ihn zu küssen.

Ähnlich wie gestern Nacht kann ich solche Aktionen manchmal einfach nicht kontrollieren, wenn ich mit ihm alleine bin.

»Oh nein! Nicht heute!«

Mit diesen Worten schwingt er uns herum, sodass er oben ist, und ich lache leise und aufgeregt, als seine Lippen auch schon über meinen Hals gleiten, bis zum Ansatz meiner Brüste und mich dort verwöhnen.

Ich stöhne, rekele mich, wünsche mir seine Hände wieder zwischen meinen Beinen, dort, wo es zieht und pocht und so unsagbar feucht ist, aber natürlich gibt er mir nichts davon.

Stattdessen fordert er: »Umdrehen!«, und drückt mich anschließend mit dem Bauch voran auf das Bett.

Sofort fängt er an, mein Korsett aufzufädeln. Mit geschickten schnellen Bewegungen befreit er meinen Rücken, während er auf meinen Unterschenkeln sitzt.

Mit einem leisen »Oh fuck …« nimmt er beide Arschbacken in seine Hände und knetet sie so genial, dass ich mir ein Stöhnen nicht verkneifen kann und mein Gesicht in den Kissen vergrabe. Wie eine Verrückte winde ich mich unter ihm, als er mit beiden starken Händen nach oben streicht, bis zu meinem Nacken und mich anfängt, zu massieren, während er es sich weiter oben auf meine Oberschenkel bequemt.

Wieder stöhne ich vor absoluter Wonne. Er fühlt sich so richtig auf mir an und ich mich so geborgen.

»Weißt du eigentlich, wie ich zu meinem Vermögen gekommen bin?«, fragt er hauchend und stellt die wunderbarsten Dinge an meinem Nacken an … Ich schüttle den Kopf.

»Ich bin gelernter Masseur aus Leidenschaft … Einmal von mir massiert, wollten sie alle nur noch mich … Und sie zahlten mir alles, was ich verlangte, um diese Hände auf ihrer Haut zu spüren.«

Wow, echt? David Porter war einmal einer ohne Stock, ein ganz normaler Mensch!? Und er hat sich alles selbst erarbeitet? Nicht mit dem goldenen Löffel im Arsch geboren? Niemals wirklich wissend, was harte, ehrliche Arbeit ist, wie schwer es ist, sich ein paar Hundert Dollar zu verdienen, die ja doch nie bis zum Monatsende reichen?

Das hätte ich jetzt nicht gedacht, bin aber zu nichts anderem fähig, als mir das entspannte Sabbern zu verkneifen, während er nach unten streicht und irgendetwas direkt neben meiner Wirbelsäule macht, von dem ich gleichzeitig Gänsehaut bekomme und das von meinem Steißbein bis in meinen Kopf prickelt.

Ich fühle mich, als würde ich unter seinen Händen zerfließen und lasse es einfach geschehen. Das ist sogar noch besser als der Sex mit ihm, und ich verstehe vollkommen, dass er sich mit diesen magischen Fingern eine goldene Nase verdient hat.

Es ist seine Passion … mich so zu berühren, dass es mir gut tut, mir wohlige Geräusche zu entlocken und mich in eine andere Welt abdriften zu lassen.

Nach einiger Zeit merke ich, wie er sich wieder an meinem Hintern regt, weiß aber gerade wirklich nicht, ob ich nach seiner Härte verlangen oder weiterschmelzen soll. Und das hat wirklich etwas zu bedeuten!

»Ich habe schon seit Jahren niemanden mehr massiert … Bei dir werde ich das definitiv öfter tun, zumindest, wenn du *so* stöhnst!«, murmelt er mir ins Ohr und lässt die letzten Bewegungen zärtlich streichend ausklingen.

Ich fühle mich wie eine Qualle, völlig knochenlos … und bleibe einfach nur liegen.

»DANKE!«, flüstere ich völlig losgelöst und meine es auch so – aus vollem Herzen.

Er steigt von mir runter und deckt mich zu. Dann verschwindet er.

Ich würde jetzt gerne schlafen, aber irgendwie auch nicht, denn mein Körper erwacht langsam wieder aus seiner Trance, absolut verzweifelt, weil das Pochen zwischen meinen Beinen nicht mehr auszuhalten ist.

»David!«, rufe ich wütend und hebe meinen Kopf, doch ich bin tatsächlich allein.

Nur ein Kerzenmeer leistet mir Gesellschaft. Ich HASSE es, wenn er einfach so verschwindet! Es fühlt sich dann immer an, als würde er mich von sich stoßen und doch nicht wollen!

Das Verlangen, ihn noch einmal zu rufen und zu sagen: »VERDAMMT NOCH MAL, kommt endlich her und fick mich!«, wird fast übermächtig, da geht mir auf, dass er wahrscheinlich genau DAS will. Was ich ihm JETZT aus Prinzip nicht mehr geben werde!

Dann lege ich mich eben hin und schlafe!

Mir doch egal, dass ich bald dehydriere, weil ich unentwegt auslaufe, und dass mein Körper überempfindlich ist und ich mich fühle, als würde ich jede Sekunde verbrennen!

Ich schließe die Augen und … spüre nichts, nur das penetrante Pochen zwischen meinen Beinen … verdammt! Als ich mich anders hinlege, macht es das Ganze nur schlimmer und ich beiße die Zähne zusammen.

Selbst ist die Frau!

Mit einem wilden Fluch drehe ich mich um und spreize unter der leichten Decke die Beine.

Während ich mich selbst berühre, muss ich leise stöhnen und beiße die Zähne erneut fest aufeinander, genauso wie ich die Lider zusammenkneife. Das wird eine wirklich kurze Geschichte, aber darum geht es nicht. Dieses Pulsieren soll einfach nur aufhören!

»WAS tust du da?« Als ich die Augen öffne, steht er vor dem Bett und starrt mich an – rasend vor Zorn. Als hätte mich mein Vater bei etwas Verbotenem erwischt, ziehe ich die Hand zurück und richte mich auf.

»NICHTS!« Mein Herz trommelt in meiner Brust wie verrückt, vor allem, weil er WIRKLICH wütend aussieht, während er vom Kerzenschein erleuchtet nun völlig nackt vor mir steht.

»Habe ich dir erlaubt, es dir selbst zu machen?!«, knurrt er und ist im nächsten Moment über mir. Er reißt mir die Decke weg, zwängt sich zwischen meine Beine und küsst mich. Grob!

Und schon drängt er sich in mein feuchtes Inneres, was mich zum Aufschreien bringt. »Halt die Klappe!« Mit einer Hand verschließt er mir eisenhart den Mund, die andere krallt er in meine Haare, fixiert mich an Ort und Stelle, während er anfängt, seine Hüften erbarmungslos vor und zurück zu bewegen. Fast schon panisch atme ich durch die Nase, gleichzeitig kontrahieren meine Muskeln bereits um ihn herum.

»Es geht hier nur um mich! Nicht um dich oder das, was du willst! Du bist nur irgendeine kleine, arme Schlampe, und jetzt komm!«, zischt er in mein Ohr, während seine Stöße so hart werden, dass sie fast wehtun und ich völlig hilflos und gleichzeitig bis in mein Tiefstes verletzt in einem welterschütternden Orgasmus explodiere.

Währenddessen beobachtet er mein Gesicht und fickt mich kontrolliert weiter, reitet alles bis zu der letzten Welle aus.

Bevor ich meinen Blick auf ihn fokussieren kann, vergeht eine kleine Ewigkeit.

»Hast du das verstanden?«, murmelt er atemlos, seinen strengen, kühlen Blick auf mein Gesicht gerichtet. Ich weiß einige wirre Sekunden nicht, ob er sich selbst oder mich meint. Gleichzeitig brennt mein Herz.

Ich bin nur irgendeine kleine, arme Schlampe! Genau das! Und nicht mehr! Mehr wird niemals irgendeine Frau für ihn sein und erst recht nicht ich!

»JA!«, brülle ich gegen seine Hand, dann fühle ich sie schon kommen. TRÄNEN! Demütigende, heiße Tränen! Noch demütigender als das alles!

Ich stoße ihn mit aller Kraft von mir und springe auf die Beine. Völlig panisch weiß ich nicht wohin, nur, dass ich auf keinen Fall vor ihm heulen darf. Also flüchte ich aus dem Zimmer und nehme die erstbeste Tür!

Gott sei Dank lande ich im Bad, eines, das ich hinter mir zuschließen kann, was ich auch tue, nachdem die Tür mit einem lauten Knall ins Schloss gefallen ist.

Völlig atemlos schlage ich beide Hände vor den Mund, weil ich nicht will, dass er mich schluchzen hört, aber es ist zwecklos, es bricht einfach aus mir raus, während ich wild durch den Raum tigere wie eine eingesperrte Raubkatze. Von links nach rechts und zurück. Ich versuche, das nächste Schluchzen zurückzuhalten, was mir gerade so gelingt. Aber meine Tränen kann ich nicht stoppen, sie laufen in wahren Sturzbächen meine Wangen hinab.

»Liz!« Das erste Mal nennt er mich so und klingt ehrlich besorgt, während er an die Tür hämmert. Ich antworte nicht, sondern schluchze nur erneut, ersticke mich dann fast selbst, weil ich dabei so leise wie möglich sein will. »Ich höre, dass du weinst. Mach auf!« Seine Stimme ist … nicht mehr so forsch, auch nicht zu sanft oder zu hart. Sie ist ehrlich besorgt. Aber das ist mir egal! Er hat soeben alles gesagt, was zu sagen war!

Die Nacht ist somit beendet! Genauso wie alles andere!

Ich habe meinen Teil der Abmachung erfüllt – um mehr ging es doch sowieso nie!

Der Gedanke stärkt mich so weit, dass ich die Tür mit einem Ruck aufreißen kann. Mir egal, dass meine Schminke mir schwarz übers Gesicht läuft und ich aussehen muss wie ein Waschbär.

»Ich habe meine Aufgabe erfüllt und gehe jetzt!« Somit stürme ich ins Schlafzimmer und schlüpfe in das Kleid. Am Rücken kann ich es alleine auf die Schnelle nicht schließen und so halte ich es vorn an meine Brust gedrückt, als ich zum Fahrstuhl laufe.

»Mach den scheiß Aufzug an!«, zische ich ihm im Vorbeilgehen zu, während er absolut hilflos danebensteht und mich beobachtet.

Dann beißt er die Zähne aufeinander und begibt sich an mir vorbei ins Schlafzimmer.

Als er wiederkommt, hat er seine dämliche Karte in der Hand – mit einem Gesichtsausdruck, der kühl und distanziert wirkt, so, wie ich ihn HASSE, und öffnet für mich den Aufzug! Diesmal gibt er mir meine Zimmerkarte gleich, dreht sich um und verschwindet.

Und ich halte mich so lange vom Schreien ab, bis ich in meinem Zimmer bin …

Dort raste ich dann das erste Mal in meinem Leben so richtig aus, und demoliere jedes einzelne Möbelstück darin!

CUT!

Kapitel 11

SIE

»Wieso hast du mich nicht gewarnt?« Nachdem ich das Zimmer erfolgreich zu Kleinholz verarbeitet habe und abreisefertig bin, stürme ich noch ein letztes Mal an die Bar, um Daniel ein paar Takte zu erzählen. Zu meinem Glück finde ich ihn dort auch vor. Er dreht sich sofort um, erfasst mein Aussehen und sein Gesicht verzieht sich zu einer wütenden Grimasse.

»Was hat er getan?«

»DAS IST DOCH EGAL!«

»Wenn es egal wäre, würdest du nicht so aussehen!« Wortlos reicht er mir ein Glas Wasser, das ich in einem Zug leere.

»Es *ist* egal. Ich werde abreisen!« Er schüttelt bedauernd den Kopf. »Was wolltest du mir vorhin über ihn sagen?«, frage ich dringend und er schnaubt.

»Er ist selbstzerstörerisch veranlagt, mit dem Hang, die Frauen um ihn zu vernichten.« Das passt … vernichtet hat er mich tatsächlich! In nur einer Nacht!

Ich werde kreidebleich, während Daniel düster weiter ausführt: »David Porter braucht das Gefühl der Macht wie andere den Atem und geht dafür über Leichen. Weibliche, attraktive Leichen.« Er zuckt mit den Schultern. »Ich wollte dich warnen, aber du wolltest nicht hören! Genauso wie Hunderte vor dir … Ihr Frauen seid alle gleich. Sobald der Kerl Kohle hat und gut aussieht, seid ihr blind! Als ob das alles wäre, was zählt!« Nebenbei poliert er verbissen ein paar Gläser.

Dank diesem frauenverachtenden Arsch habe ich mich dem Mistkerl des Jahrtausends hingegeben!

»Nein! Ihr Männer seid alle gleich! Egoistische Bastarde!«, klatsche ich ihm entgegen, drehe mich um und gehe. Doch Daniel läuft mir hinterher und hält mich am Arm fest.

»Hey … das war nicht so gemeint … ich bin nur wütend auf mich selbst, okay!? Komm, setz dich zu mir! Reden wir in Ruhe!«

»Nein, danke! Ich habe wirklich genug gehört!«

Damit lasse ich ihn stehen, und verschwinde! Nach Hause!

ER

NEIN! ICH empfinde nichts für sie, also kann ich sie auch so ficken!

Gefühllos.

Genau das dachte ich mir gestern während meiner sogar für meine Verhältnisse arschigen Einlage. Doch kaum waren die Worte gesprochen, kaum hatten meine Hüften ein letztes Mal zugestoßen, wusste ich, dass sie erstens nicht wahr waren und ich damit zweitens alles zerstört hatte. Vor allem diese sanft aufkeimenden Gefühle in ihren Augen.

Für einen egoistischen Bastard wie mich war das im Grunde nichts Neues. Neu war allerdings schon, wie sehr mich ihre folgenden Tränen aus der Bahn warfen. Wie groß das Bedürfnis wurde, alles wieder zurückzunehmen und meine Worte als die Lüge zu enttarnen, die sie waren.

Ich lief ihr sogar hinterher – schon wieder –, obwohl ich mir geschworen hatte, das nie wieder zu tun!

Aber ich konnte sie nicht aufhalten und ich durfte das auch nicht! Schließlich war es doch das, was ich mit meinem Verhalten erreichen wollte, oder? Sie von mir zu stoßen, so wie jede andere vor ihr!

Doch während ich alleine in meinem Bett lag und die Dunkelheit mich einhüllte, wurde mir klar, dass ich für diese Frau wohl ans andere Ende der Welt laufen würde.

Denn sie bedeutet mir etwas … Nicht nur etwas … viel mehr, als ich bereit war zuzugeben.

Deswegen ist die Nachricht am nächsten Morgen, als ich zu ihr will, um mich zu entschuldigen, vernichtend: »Miss Baker hat ausgecheckt, Mister Porter«, teilt mir Melanie, meine Rezeptionistin, höflich mit und mir wird speiübel.

Aber was dachte ich auch?

Natürlich geht sie und lässt sich sowas nicht bieten!

Gleichzeitig versuche ich mir einzureden, dass es so besser ist. Dass es aufgehört hat, bevor es wirklich zu gefährlich wurde, aber es klappt nicht. Die Erkenntnis letzter Nacht hat sich festgesetzt.

Ich bin süchtig nach ihr.

Ich wollte diese Gefühle, die mich nahezu überrollten, nicht zulassen, aber ich konnte es nicht verhindern. Und nun ist es zu spät. Sie hat sich unwiderruflich in mein Denken geschlichen – unvergleichbar, unvergesslich und unzähmbar.

Trotzdem habe ich sie für immer verloren.

Teil eins ENDE

TEIL ZWEI:

Kapitel 12

SIE

»Meine unzähmbare Löwin ...«, murmelt er dunkel mit dieser Stimme, die es schafft, mich völlig aus dem Konzept zu bringen, und umrundet den Tresen in seiner Küche. Majestätisch, dominant ... unsagbar schön kommt er auf mich zu.

Bevor ich protestieren kann, steht er hinter mir, während ich auf einem Hocker sitze.

Er ist nackt, packt meine wilden Locken ... und gleitet mit seinen Lippen über meinen Hals. Gleichzeitig umfasst er mit einem Arm meinen Brustkorb und hindert mich daran, mich zu bewegen. »Du wirst immer mir gehören! Das zu ändern, liegt nicht in deiner Kraft, also hör auf, es zu versuchen!«

Ich drehe ihm meinen Kopf zu – alles, was sein stahlharter Griff noch ermöglicht – und lasse mich von seinen Lippen bereitwillig in Besitz nehmen. Etwas zu bereitwillig für meinen Geschmack, aber ich kann nicht widerstehen!

Nur dieser eine Kuss noch! Etwas anderes werde ich nicht bekommen ... Also nehme ich noch so viel davon mit, wie ich kann, denn ich bin mir sicher, dass ich träume ...

Nebenbei stiehlt sich eine von David Porters Händen zu dem Gürtel meines Bademantels und öffnet ihn – entblößt mich! Die kühle Morgenluft prickelt auf meinen bereits steifen Brustwarzen, und ich wimmere hilflos. Besonders, als seine vorwitzigen Finger direkt zwischen meine Beine gleiten. »Du hast keine Ahnung, wie heiß du mich machst ...«

Gekonnt reizt er meine Klitoris, verwöhnt sie zärtlich mit Hingabe. »Ich will, dass du für mich kommst! Nur noch einmal, Baby ...«

»Vergiss es!«, murmle ich und küsse ihn inniger.

Er lacht leise direkt in meinen Mund und allein dieser Ton macht mich gieriger, sodass ich meine Hüften mit ihm kreise und ihn wieder in mir haben will – dick und hart ...

Allein bei der Vorstellung davon ziehen sich meine Unterleibsmuskeln zusammen, und ich stöhne erneut.

»Was ist dein Gegenvorschlag?«, flüstert er neckisch und verringert seine Berührungen. Aus nächster Nähe starre ich in dieses funkelnde helle Grün.

Schon allein deshalb bin ich für meine nächsten Worte nicht verantwortlich! Ich schwöre, das sind all diese Frauen aus den Erotikromanen, die aus meinem Unterbewusstsein sprechen, denn ich greife mit einer Hand in sein dichtes, dunkles Haar und stöhne:

»Fick mich auf dem Küchentresen!«

»WOW!«

Für eine Sekunde stockt er, genauso schockiert wie ich, fragt sich wahrscheinlich, wer ich bin und was zum Teufel ich mit Liz Baker gemacht habe; in der nächsten hat er mich herumgewirbelt, packt meine Hüften und setzt mich tatsächlich auf den Tresen.

»Dein Wunsch ist mir Befehl!« Er grinst nicht, ist völlig verbissen, während er mich spreizt und ... auch schon in mich eindringt.

Ich kann mich nicht wehren, als ob ich das wollte, kralle mich mit einer Hand in seinen Nacken; mit der anderen stütze ich mich hinter mir ab, während er sich immer weiter in mich schiebt und unsere Vereinigung dabei nicht aus seinem brennenden Blick lässt.

»In dir ist mein Platz. Und es wird immer so bleiben ... Einmal gefickt, wirst du immer mir gehören ...«, stöhnt er angestrengt ... »Nur mir, du kleines Miststück!«

Ich keuche schockiert und fühle, wie mir wieder Tränen in die Augen steigen ... so wie in jeder Nacht ... so wie in jedem Traum ... während er einen harten Rhythmus aufnimmt und meine Beine links und rechts auf seiner Schulter platziert ...

Wild schüttele ich meinen Kopf, um diesen Traum sofort und mit aller Kraft aus meinem Geist zu befördern! Niemals würde ich mich so etwas trauen, niemals würde ich ihn noch einmal an mich ranlassen! Und ich gehöre ihm sicher nicht! Diesem Irren!

Ich schlage hart in der Realität auf.

In meinem kleinen Buchladen … mitten am Vormittag. Drei Wochen nach dem Desaster, welches sich Urlaub nannte.

Die Vögel vor dem offenen Fenster zwitschern, die Vorhänge blähen sich im leichten sommerlichen Wind. Hier und da fährt ein Auto vorbei, Menschen lachen – gehen ihrem Leben nach – und der Himmel ist strahlend blau. Eigentlich ein wunderbarer Tag, aber ich kann ihm nichts Schönes abgewinnen …

Völlig verrenkt und schweißgebadet liege ich auf der winzigen Couch in der Ecke, bin beim Büchersortieren eingepennt, weil ich in der Nacht nicht mehr ordentlich schlafen kann, und selbst hier, in meinem Refugium, gönnt er mir keine Ruhe ... verfolgt mich geradezu …

Gähnend rapple ich mich in eine sitzende Position auf und streiche mir mit beiden Händen ausgelaugt über das Gesicht. Genau das bin ich. Ausgelaugt, völlig fertig – zumindest optisch gesehen mache ich jedem Zombie alle Ehre –, als hätte er all meine Energie abgesaugt und für sich behalten.

Das ist nicht normal, dennoch versuche ich, mir nichts anmerken zu lassen.

Mein Blick gleitet durch den winzigen Buchladen, in dem sich links und rechts die Regale aufreihen. Direkt neben der kleinen Sitzecke, bestehend aus der winzigen Couch, auf der ich bis eben noch geschlafen habe, und einem Sessel, befindet sich eine uralte Kommode mit meiner noch älteren Kasse darauf. Wenn ich geradeaus blicke, kann ich aus dem Schaufenster hinaus auf die sonnige Straße der Kleinstadt sehen, und ich war immer damit zufrieden – mit meinem kleinen Reich.

Doch jetzt nicht mehr …

Das Glöckchen über der Eingangstür bimmelt und meine kleine Schwester Christine kommt, wie immer um drei Uhr, auf eine Tasse Kaffee vorbei, während sie in den neuesten Zeitschriften blättert. Sie trägt eine schwarze stylishe Brille, eine leichte Bluse und knappe Hotpants; hat blondes, kurzes Haar und eine wunderbare Figur, von der sie genau weiß, wie sie diese zur Geltung bringt. Ganz im Gegensatz zu mir. Aber wir sind in so ziemlich allem das genaue Gegenteil. Wo ich ruhig bin, flippt sie aus, wo ich rebelliere, passt sie sich perfekt an.

Fröhlich lässt sie sich mir gegenüber in den Sessel fallen, legt ihre braun gebrannten Südstaatenbeine auf dem uralten niedrigen Couchtisch ab und schlägt sie übereinander. Dabei wirft sie beinahe die kleine Blumenvase mit Vergissmeinnicht, die darauf steht, um.

»Sorry, dass ich das so sage, Liz, aber du siehst aus wie das Opossum, das Dad mit dem Auto überfuhr, als wir klein waren. Und es wird jeden Tag schlimmer.«

Ich verdrehe die Augen, versuche dabei, NICHT an ihn zu denken und erhebe mich, um die Kaffeemaschine hinter dem Tresen zu bedienen und meiner Schwester ihren Haselnuss-Cappuccino zu servieren.

»Und du bist charmant wie immer, Tina … Ich bin nur ständig müde, das ist alles …«

»Wieso?«

»Weil ich in letzter Zeit nicht gut schlafe.« Stirnrunzelnd konzentriere ich mich auf meine Aufgabe, hoffe, dass sie das Thema nicht weiter vertieft, aber sie lässt einfach nicht locker. Genauso wenig wie die letzten Tage –, stattdessen zieht sie die Schlinge langsam immer enger, sodass ich das Gefühl habe, keine Luft mehr zu bekommen.

»Du hast mir immer noch nicht erzählt, wieso du den Urlaub abgebrochen hast …«, meint sie hinterhältig und ich schließe die Lider, drehe mich dann aber fröhlich lächelnd um und serviere ihr Getränk mit einer Packung Kekse, die ich lieblos daneben klatsche.

»Weil mir stinklangweilig war, das habe ich dir schon mal gesagt!«

»Aber es war gelogen! Wie wäre es mit der Wahrheit?«, bohrt sie weiter, packt einen Keks aus und tunkt ihn in den Milchschaum. Geschlagen lasse ich mich auf meine Couch fallen und sehe nach draußen, in den Sonnenschein.

»Lass mich in Ruhe!« Meine Stimme ist völlig emotions- und kraftlos.

»War es ein Mann?« Ohne es verhindern zu können, spüre ich, wie die Röte meine Wangen hochkriecht, und bemerke im Augenwinkel, wie ihre Augen groß werden. Sofort Feuer und Flamme stellt sie ihre Tasse weg, sogar ihr Keks ist vergessen. »OH GOTT! Es WAR ein Mann! Was ist passiert? Was hat er getan? Wie sah er aus?« Ich schüttle den Kopf, will nicht daran denken und erst recht nicht darüber reden! Er ist Vergangenheit, mit der ich gerade zwanghaft versuche, abzuschließen …

»Bitte, können wir über etwas anderes reden?« Ganz die kleine Schwester, ist ihr meine Bitte völlig egal.

»Hattest du Sex mit ihm?«

»JA!«, gebe ich verbissen zu, in der Hoffnung, ihr damit genug Informationen gegeben zu haben, aber ihre Augen werden noch größer.

»Wie hieß er?«

»David Porter …«, grummle ich und versuche, bei der Erwähnung seines Namens den Stich in meiner Brust zu ignorieren.

»Warte, warte, warte … wie hieß das Hotel, in dem du warst?«

»Porters …« Geschlagen schließe ich die Augen, und so nehme ich die folgende dröhnende Stille umso intensiver wahr.

»DU HAST DIR DEN BESITZER DER PORTERHOTELS GESCHNAPPT?! Du warst gerade mal zwei Nächte dort … wie hast du das geschafft?«

»ICH habe gar nichts geschafft! Ich wollte ihn nicht!«

»Aber?«

»Aber … er wollte mich … dachte ich zumindest …« Gott, ich bin so dämlich gewesen!

»Wie hat er geschafft, dich rumzubekommen?«

»Er … er … hat mich erpresst«, gebe ich zu und sie sieht mich entgeistert an.

»Erpresst? DICH?«

»Ja! Er sagte, wenn ich nicht eine Nacht ihm gehöre, dann feuert er einen Mitarbeiter, den ich gern mochte …«

»Ihm gehöre?«

»Na … mit ihm schlafe und so … Sachen mache!« Bei der Erinnerung an besagte Sachen schießt die Röte wieder in meine Wangen.

»Was für Sachen?«

»Na so Sachen eben!«

»Genauer!«

Ich verdrehe die Augen … rücke aber mit der Sprache raus: »Er wollte meinen Hintern versohlen … hat er auch getan, aber nur kurz … und … ähm … er hat mit mir getanzt … und … mich angekettet und … ich sollte ihm gehorchen. Ich glaube, er ist ein Dom … Du weißt schon … so wie bei Fifty … aber ich bin sicher keine Anna!« Sie grinst wissend und zieht eine fein gezupfte Augenbraue hoch.

»Und trotzdem hat dieser *Dom* dich völlig umgehauen!« *Verdammt!*

»Nein!« Kurz überlege ich … »Na gut … er HAT mich umgehauen, nachdem ich mich darauf einließ … aber … er hat mich auch irritiert und … es war peinlich.«

»Wieso?« Entnervt sehe ich sie an, denke mir aber, dass es jetzt schon egal ist.

»Ich musste wie eine rollige Katze vor ihm auf dem Boden rumkrabbeln – fauchend.« Fast verschluckt sich Tina an ihrem Getränk, aber auf jeden Fall fallen ihr fast die Augen aus dem Kopf.

»Und das hast *du* gemacht?« Sie kann es nicht glauben.

»Ja«, gebe ich verbissen zurück.

»Was noch?«

»Viele andere Dinge, die unter meiner Würde liegen …«, antworte ich und seufze schwer.

»Und obwohl sie dir gefallen haben, bist du geflüchtet?«

»Ja.« Ich verschränke die Arme vor der Brust.

»Muss ich diese Logik verstehen?«

Ich gebe mir einen Ruck und spreche es einfach aus: »Ich denke, Gefühle haben nicht viel mit Logik zu tun …«

»Gefühle?«

Ich streiche mir mit beiden Händen übers Gesicht und dann schießt es einfach aus meinem Inneren. »JA! Es war einfach … *Seine Ausstrahlung* … Tina … ich habe noch niemals so einen Mann getroffen wie ihn und gleichzeitig waren die Hürden nie größer. Er ist superreich, ich bin es nicht. Er ist wunderschön, ich bin es nicht. Ich kam mir vor wie die Heldin in einem meiner Bücher. Und es war wirklich großartig und so aufregend! Ich wurde noch NIE so geküsst und so … ähm, gef… egal! Die Nacht mit ihm war so … *unglaublich* … Und ich glaube, ich habe mich in ihn verliebt.« Denn ja, genau das ist geschehen … »Aber dann hat er alles mit ein paar Worten zunichtegemacht, hat mir gezeigt, was ich wirklich für ihn bin. Er ist ein selbstverliebtes, zerstörerisches Arschloch …« Ich halte inne, denn aus dem Augenwinkel nehme ich eine Regung vor der verglasten Tür wahr, und als ich hinsehe, ersticke ich beinahe an meinem eigenen Atem. Vor der Scheibe geht tatsächlich David Porter in seinem Anzug vorbei … bleibt im nächsten Moment ruckartig stehen und macht zwei Schritte zurück, um die Aufschrift über der Tür stirnrunzelnd zu betrachten.

Ich hechte bereits mit Vollkaracho hinter den Tresen, als ich auch schon das verräterische Klingeln des Glöckchens vernehme.

»Oh mein Gott!«, murmelt meine Schwester leise und ist mit ihrer Tasse in der Hand völlig erstarrt, während sie ihn mit offenem Mund angafft. Auf sie habe ich einen perfekten Blick, während ich mich hinter den Tresen kauere und bete, dass er wieder verschwindet.

Gleichzeitig erschlägt mich mein Herz von innen.

Was will er hier?

Ist er wegen mir hier?

Und wieso gefällt mir dieser Gedanke so sehr?!

»Hallo«, grüßt er amüsiert, und als der seidige Klang seiner Stimme den winzigen Laden füllt, muss ich für einige Sekunden die Lider schließen. Seine Anwesenheit fühlt sich unwirklich an. Das hier ist nicht seine Welt … als wäre er ein sexy Alien, gestrandet auf einem fremden Kleinstadt-Planeten.

»Hi!« Meine Schwester wirft sich sofort in Pose und strahlt ihn an. Mit ihrem gebräunten Gesicht, dem blonden Haar und den strahlend weißen Zähnen macht sich das mehr als gut.

»Ich suche die Inhaberin dieses Ladens – Elisabeth Baker. Können Sie mir weiterhelfen?!« Und es klingt wie SEX. Meine Schwester ist anscheinend immun, fängt an zu lachen – und das aus vollem Halse. Sie kriegt sich gar nicht mehr ein, will immer wieder ansetzen zu antworten, bricht dann aber in den nächsten Lachanfall aus. Er ist sicher nicht amüsiert, ihr ist das aber egal. Irgendwann fängt sie sich wieder und wirft mir einen winzigen Blick zu, gefolgt von einem Schmunzeln.

»NEIN!«, formen meine Lippen lautlos und ich fuchtle wild mit den Händen. »WEHE!«

»Was wollen Sie denn von ELISABETH?!« Wieder kichert sie, reißt sich aber schnell wieder zusammen; ihre Augen tränen sowieso schon und ich verdrehe meine. Ja, ja …

»Ich muss einiges mit ihr besprechen …« Das klingt unwillig, wenn nicht sogar ziemlich wütend.

»Und Sie sind?«

»David Porter!« Er ist mit seiner Geduld eindeutig langsam am Ende. Sicherlich ist er es nicht gewohnt, irgendjemandem Rede und Antwort zu stehen.

»Ach … Sie sind das selbstverliebte, zerstörerische Arschloch! Lizzi, komm hinter dem Tresen hervor, dein Prinz Spanking ist da!«

Kapitel 13

ER

Mit geballten Fäusten, blitzenden Augen und aufeinandergepressten Lippen kommt sie hinter dem Tresen hochgeschossen wie eine Rakete. Kurz muss ich dem Impuls widerstehen, zurückzuzucken, denn sie sieht aus, als würde sie jeden Moment Feuer speien, doch gleichzeitig … fühle ich, wie mein Herz schneller schlägt, wie sich mein Magen zusammenkrampft und wie mir wärmer wird.

Allein ihr Anblick löst das in mir aus. Das alleine reicht vollkommen aus.

Endlich … strömt wieder Leben durch meine Adern, gemischt mit Aufregung und Faszination …

Sie trägt eine karierte Bluse, einen einfachen ausgewaschenen Jeansrock; die Haare sind in einem unordentlichen Pferdeschwanz gebändigt, kein Make-up verunstaltet ihr Gesicht. Sie ist so anders, sticht heraus, aus dem schwarz/weißen Pulk der immer gleichen Frauen.

Ich bin ihr wirklich verdammt verfallen.

»Was willst du hier?«, zischt sie mich natürlich kämpferisch an, denn wenn sie sich sofort heulend um meinen Hals werfen würde, wäre sie nicht Elisabeth Baker – oder *Lizzi*, wie sie die heiße Schnitte zu meiner Linken genannt hat. Normalerweise genau meine Kragenweite, aber nichts ist mehr normal, seitdem Elisabeth mir das erste Mal den Kopf verdreht hat.

»Hi Lizzi …«, begrüße ich sie provozierend und beobachte mit gebannter Faszination, wie das Feuer in ihren Augen erneut auflodert, mich fast bei lebendigem Leibe verkohlt, und grinse breiter. »Wie ich höre, hast du bereits von mir geschwärmt?«

»Ich habe erzählt, was für ein mieses Arschloch du bist, ja!«

»Der Titel *Prinz Spanking* gefällt mir eindeutig besser!« Die Blondine neben mir kichert, Elisabeth verdreht die Augen und … ich möchte ihren Hintern versohlen.

»Gut, dass es mir am Arsch vorbeigeht, was dir gefällt!«

»Sag mal …«, murmle ich und komme langsam um den Tresen herum, woraufhin sie NICHT zurückweicht. »Hast du auch erzählt, wie du mir völlig den Kopf verdreht hast?« Ich höre die Blondine seufzen. Gut so! Wenigstens ist sie schon mal auf meiner Seite!

»Mach noch einen Schritt weiter …!«, droht sie, aber ich scheiße drauf.

»Dann?«

Sie presst nur ihre Lippen aufeinander, und ich strecke die Hand aus, um eine Strähne ihrer Haare fortzuschieben.

»Hast du auch erzählt, dass du mich mit einem heißen Ritt um den Verstand gebracht hast? Dass … du deinen Spaß mit mir hattest und dann feige in einer Nacht-und-Nebel-Aktion ohne ein Wort abgehauen bist, nachdem du mein Hotelzimmer kurz und klein geschlagen hast? Obwohl du versprochen hast, mir zu gehören?«

Ihre Nasenflügel blähen sich, gleich speit sie tatsächlich Feuer!

»NEIN!«, schreit sie mit einem Mal direkt in mein Gesicht, die Fäuste geballt, die Wangen voll hektischer Flecken. Tränen funkeln in ihren Augen, genau solche wie vor zwei Wochen. Genau die, die ich nicht vergessen konnte!

»ICH HABE NUR ERZÄHLT, WIE DU MICH ERPRESST UND AUSGENUTZT HAST! UND DASS DU MICH DANN WEGGEWORFEN HAST WIE EINEN ALTEN WISCHLAPPEN! Und jetzt geh weg von mir!« Als sie mich an der Brust von sich stoßen will, fange ich ihre Handgelenke ab und drücke sie nach unten. Mit einem Ruck ziehe ich sie an mich. Ich kann nicht anders.

»Es tut mir leid!« Mit diesem sehr leisen Murmeln in ihr Haar erstarrt sie auf der Stelle.

»Ähm … ich glaube … ich lasse euch zwei besser allein …«, höre ich noch wie aus weiter Ferne zu mir dringen, aber ich kann mich nicht darauf konzentrieren, weil es geradezu perfekt ist, wie sie sich an mich schmiegt. All meine Sinne sind auf das Geschöpf in meinen Armen fokussiert. Es fühlt sich so verdammt richtig an und ich weiß, dass ich nicht bereit bin, darauf zu verzichten!

Ich muss sie unbedingt irgendwie milde stimmen! Nur weiß ich nicht wie!

Wie kämpft man denn um das Herz einer Frau? Nicht nur um ihr Höschen? Keine Ahnung, das musste ich bis jetzt noch nie …

Schwer seufzend lehne ich meine Wange auf ihr Haar, sauge ihren Duft tief in mich auf und streichle sie mit dem Daumen, während ich ihren zarten Nacken umfasst habe. »Du bist die erste Person, zu der ich so etwas sage, aber es tut mir leid, dass ich dich verletzt habe. Ich dachte, es wäre die einzige Möglichkeit, doch erst, als es zu spät war, habe ich gemerkt, dass es das Letzte ist, was ich will – dir wehtun, dich weinen sehen … Ich liebe es, mit dir zu kämpfen, aber nicht, dich dabei zu zerstören, und du bist …« Die nächsten Worte fallen mir nicht leicht, dennoch presse ich sie hervor, und das gelingt mir nur, weil ich diesen Text die gesamte Fahrt über geübt habe. »Du bist mehr für mich als irgendeine Schlampe … und ich würde gerne herausfinden, was genau.«

Sie antwortet gefühlte Jahre nicht und ich möchte sie schon von mir schieben, als ihre misstrauische Stimme erklingt.

»Was ist das jetzt für eine Taktik?«

»Keine Taktik, Miss Baker. Nur die Wahrheit.«

Sie schüttelt den Kopf, aber ihre Hände, die sie die ganze Zeit zu Fäusten geballt hatte, legen sich zaghaft auf meine Hüften, während sie seufzend mit ihrer Nase über meine Brust streicht. Und dann sagt sie die schönsten Worte, die ich jemals gehört habe:

»Ich kann dich nicht vergessen, egal, wie sehr ich es versuche …« Und mein Herz macht wieder einen auf Zirkusartist!

»Dann versuch es nicht weiter …« Sanft schmiegt sie sich enger an mich und spürt mit Sicherheit, was das in mir anstellt, aber wir beide ignorieren meine Erregung, die sich an ihren Bauch drückt.

»Ich weiß nicht, ob ich dir nach dem, was du mir angetan hast, vertrauen kann … und erst recht nicht, ob ich mich dir so unterwerfen kann, wie du es dir vorstellst!«

»Versuchen wir es!« Sie schüttelt den Kopf, aber ich trete einen Schritt zurück und nehme ihr wunderschönes, von Tränen benetztes Gesicht in meine Hände. »Man kann nicht wissen, ob etwas gelingt, wenn man es nicht probiert!«

»Wie soll der Versuch denn aussehen? Ich renne dir an der Leine hinterher und belle ab und zu?«

»Hmmmm, hört sich interessant an, aber nicht die ganze Zeit.«

»Wie dann? Ich habe hier meinen winzigen Laden … du hast auf der ganzen Welt deine Hotels …« Ich schüttle den Kopf. Typisch Frau, sie denkt viel zu weit.

»Einen Schritt nach dem anderen, Liz …« Und sie lächelt, als ich sie so nenne und gleichzeitig mit den Daumen ihre Tränen beseitige. »Dieses Wochenende muss ich zu meiner Familie auf ihre Ranch und ich möchte, dass du mich begleitest – als meine Freundin. Schau dir an, wo ich herkomme; das wird dir zeigen, wer ich bin und ob du mir vertrauen kannst.« Wieder werden ihre Augen kurz groß, bevor sie diese verengt.

»Du meinst das ernst?«

»Ja! Lerne den echten David Porter kennen, das ist bisher noch keiner Frau vergönnt gewesen!«

»Das ist nicht nur ein neuer, mieser Trick?«

»Ich kann dich nicht hinters Licht führen, ohne mich selbst zu belügen!«

»Ich kann nicht glauben, dass du extra hierher gekommen bist … wegen mir … Ich bin doch nur ich …«

»Hör sofort auf, dich runterzumachen!« Sie hat überhaupt keine Ahnung, wie verdammt heiß ihre Ausstrahlung und ihr Körper sind, aber ihr Selbstbewusstsein ist im Keller, deswegen geht sie offensichtlich immer auf Verteidigungskurs. Doch ganz ehrlich, es ist ganz gut, dass sie sich ihrer erotischen Ausstrahlung nicht bewusst ist. Sie soll nur mir gehören.

»DU hast damit angefangen!« AUTSCH! Ich verziehe das Gesicht.

»Ich weiß …«, murmle ich und beuge mich vor, streiche mit meinen Lippen über ihre rosigen, vollen, kann einfach nicht mehr widerstehen. »Aber es war gelogen. Du bist keine Schlampe, auch nicht arm. Arm bin ich gewesen, bevor ich dich traf – egal, wie viel Geld ich auf dem Konto habe.« Ihre Hände krallen sich in mein Jackett, aber sie schiebt mich nicht von sich, als ich sie küsse. Zaghaft, vorsichtig, bittend.

Leise stöhnen wir beide auf, sobald unsere Lippen aufeinandertreffen, doch sie weicht noch einmal zurück. Die Tränen sind längst versiegt, das Feuer zurück – ihre Augen funkeln.

»Ich habe ein Mitspracherecht bei deinen perversen Spielen!« Ich grinse lasziv, bevor ich sie wieder enger an mich ziehe.

»WENN mir danach ist, und jetzt Ruhe!«

Sie kichert, als ich meine Hände nach unten gleiten lasse, ihren Arsch umfasse und sie eindeutig an mich drücke, doch sie … gibt Ruhe!

Halleluja!

CUT!

Kapitel 14

SIE

Ich kann nicht glauben, wie schnell er mich rumbekommen hat! Und dass ich jetzt wirklich in seinem schnittigen Sportwagen – einem Audi S7 in mattem Grau – neben ihm sitze, mein Gepäck im Kofferraum, während ich mit ihm zum Haus seiner Eltern fahre!

Wieso habe ich ihm nicht den Vogel gezeigt?

Ihm in die Eier getreten?

Ihn rausgeschmissen?

Ihn mit dem Besen verprügelt?

Ihn mit Keksen beschmissen?

Oder wenigstens *Nein* gesagt?

Tja … schuld daran ist wohl die Hand auf meinem Oberschenkel. Sie ist so schön und sie BRENNT. *Ich* BRENNE wieder mal … und es gibt nichts, was ich dagegen tun kann, oder will.

James Bay singt unser Lied – zumindest ist es das, seit wir gemeinsam dazu getanzt haben –, bei dem ich wohl mein Herz an ihn verlor. Denn ja, genau das ist passiert.

Ich habe mich in David Porter verliebt, und so unglaublich es klingt, er wohl auch in mich.

Sonst hätte er niemals alles stehen und liegen lassen und wäre so weit gefahren, nur um sich auf seine ganz spezielle Art bei mir zu entschuldigen. Sonst würde er mich nicht seiner Familie vorstellen wollen. Sonst würden sich seine Küsse nicht so intensiv anfühlen, ebenso wenig wie seine Blicke.

Wer bin ich, meinem etwas gewöhnungsbedürftigen Helden nicht die Chance zu geben, die er verdient? Hat Julia Roberts das nicht auch getan, als Richard Gere in seiner weißen Limousine angefahren kam, und mal ehrlich, die war gegen das Gefährt, in dem wir uns befinden, ein NICHTS.

Seufzend lehne ich mich in dem gemütlichen Ledersitz zurück, beobachte, wie die Landschaft an uns vorbeischießt, während wir über den Highway fliegen.

Er trommelt mit den Fingern auf dem Lenkrad im Takt mit. Vorhin hat er den Kuss nicht ausgeweitet, sondern nur befohlen, dass ich die Unterwäsche vom letzten Mal einpacken soll.

Errötend war ich hochgelaufen in das kleine Einzimmerapartment, das ich direkt über dem Buchladen bewohne, und wäre vor Scham fast gestorben, als er mir folgte.

Erstens war es unaufgeräumt und zweitens waren die meisten Möbel uralt. Ich stecke nun mal mein gesamtes Geld in mein Geschäft, wo ich sowieso die meiste Zeit verbringe. Hierher komme ich nur zum Schlafen, Duschen und Essen.

David Porter in meinen vier Wänden zu sehen, wirkte absolut surreal und ich musste gegen den Impuls ankämpfen, mein Höschen, das neben dem Bett lag, unter genau jenem zu verstecken oder schnell den Geschirrberg abzuwaschen oder wenigstens, die Brösel von der Anrichte zu fegen. Ihn interessierte das alles aber sowieso nicht.

Zielsicher fragte er, wo meine Unterwäscheschublade sei, was ich ihm Augen verdrehend mitteilte. Ein wenig mit Vorsatz, sein Blick wurde stechend, aber ich ignorierte ihn ansonsten und er ging zur besagten Schublade. Die wurde dann durchwühlt und sämtliche Teile, die ihm besonders gefielen, mit einem »Pack ein!« auf mein ungemachtes Bett geworfen.

Murrend holte ich den noch nicht wieder eingestaubten Koffer hervor und gehorchte. Gleichzeitig machte sich Aufregung in mir breit, wenn ich daran dachte, in diesen lüsternen Fetzen aus Nichts vor ihm zu stehen.

Schnell war alles gepackt, und als ich meine Schwester anrief und fragte, ob sie den Laden für ein paar Tage übernehmen würde, schrie sie so grell ins Telefon, dass ich davon fast einen Hörsturz bekam. Ich interpretierte das als ein Ja und machte mich auf den Weg … in eine ungewisse Zukunft, aber mit einem Mann an meiner Seite, der mich zielsicher leiten wird – ob ich will oder nicht.

***

Und jetzt sitze ich neben ihm und bewundere sein Seitenprofil, während wir uns leise unterhalten.

Er hat noch zwei große Brüder, war immer das Nesthäkchen und doch der erste seiner Familie, der Karriere gemacht hat. Mittlerweile haben sie die winzige Ranch vergrößert und dort noch ein paar Ferienwohnungen angebaut. Dies war seit jeher der Traum ihres Vaters gewesen und er hat ihm diesen erfüllt. Leider ist sein Vater aber gestorben, als David klein war, und hat es nie miterlebt – er hatte Krebs.

Seine Mutter lebt nun mit seinen zwei Brüdern allein auf dem Anwesen, und hält mit ihnen alles am Laufen. Er respektiert und liebt seine Mutter, das merke ich bereits nach ein paar Worten. Interessant – er kann Frauen also tatsächlich respektieren! Ein Umstand, der mich mehr freut, als er sollte.

Es ist wahnsinnig interessant und gleichzeitig berührend, dass er sich mir gegenüber so vorbehaltlos öffnet. Ich würde solch private Dinge nicht jedem erzählen, aber dies zeigt mir nur, dass er seine Worte ernst meint. Dass ich ihm wirklich wichtig bin und dass ich die richtige Entscheidung getroffen habe, auch wenn Zweifel in meinem Bauch grummeln und Ängste meine Hände schwitzen lassen.

Aber was habe ich schon zu verlieren?

Gut … mein Herz? Aber sonst?

Wer nicht wagt, der nicht gewinnt, oder?

Und das hier ist doch genau das Abenteuer, worum ich die Heldinnen in meinen Büchern stets beneidet habe, was aber nun für mich Wirklichkeit wird. Denn er ist nicht nur wahnsinnig gut aussehend – ich will ihn ohne Ende anschmachten –, er bringt mich auch zum Lachen und zum Nachdenken und zum Staunen. Mit dieser enormen sexuellen Anziehung und diesem Prickeln, was zwischen uns fast greifbar ist, ergibt das eine wahnsinnig aufregende Mischung.

Auch wenn es etwas chaotisch begann …

Welche Frau würde da schon *Nein* sagen?

»So … jetzt hast du mich genug gelöchert, kommen wir zu den erfreulichen Tagespunkten.«

»Okaaay?«, frage ich lang gezogen und sehe ihn misstrauisch von der Seite an, während wir gerade ein kleines Städtchen erreichen, das mitten in der Einöde liegt.

An einer Ampel bleiben wir stehen. Einige Mütter mit Kindern, die ihre Einkäufe am Vormittag erledigen, genauso wie ältere Ehepaare schleichen über die Straße. Er winkt ihnen freundlich zu, während er mir weit weniger freundlich befiehlt: »Öffne die Bluse!« In diesem GEWISSEN Ton, der ein dunkles Glühen durch meinen Körper schickt, das sich zwischen meinen Beinen einnistet.

»Wie bitte?«, frage ich, weil ich glaube, mich ehrlich verhört zu haben, und lächle einer älteren Frau unsicher zu, die sich mit ihrem Rollator vor uns vorbeischiebt. Sie hebt ihre Faust und droht mir aus unerfindlichen Gründen. Nett … diese Senioren …

»Du hast schon richtig verstanden – öffne deine Bluse und zeig mir deine Brüste.«

»Oh Gott …«

»Tu nicht so, als würde dich nicht allein der Gedanke anmachen …« Er legt eine Hand auf meine Lehne und spielt mit den Härchen in meinen Nacken, die er perfekt erreichen kann, weil ich einen Pferdeschwanz trage.

»Von DEM Opa begafft zu werden, soll mich anmachen?« Anklagend zeige ich auf einen älteren Herrn, der in Zeitlupe vor uns über die Straße kriecht – genau genommen kommen da immer mehr, der Rentnerstrom hört gar nicht mehr auf! Vermutlich ein Ausflug des Seniorenheims.

Er nimmt mein Gesicht am Kinn und dreht es zu sich, sodass ich plötzlich in seinen Smaragd-Augen gefangen bin. »Die Welt da draußen existiert nicht, *andere* existieren nicht und sind völlig unwichtig – es gibt nur dich und mich. Merk dir das! Außerdem brauchst du mir nicht erzählen, dass dich das hier *nicht* anmacht …« Somit nimmt er meine Hand und drückt sie auf seinen Schritt – einfach so … Und er ist wirklich verdammt hart in seiner Hose. »Das machst du mit mir … Elisabeth.« Seine Stimme ist so dunkel und rau, sein Blick so intensiv.

Ich stöhne leise, sehne mich nach dem, was so verheißungsvoll unter meiner Hand zuckt. Will ihn sofort wieder in mir und … jegliche Denkfähigkeit verabschiedet sich.

Ich ziehe meine Finger zurück, worauf er die Stirn runzelt.

Dann beginne ich jedoch, ohne ihn aus den Augen zu lassen, meine Bluse zu öffnen. Blende einfach alles außerhalb des Wagens aus. Es gibt nur noch ihn … und mich, er hat recht.

Er grinst selbstzufrieden. »Ich wusste, dass du immer noch meine mutige Löwin bist.« Das spornt mich weiter an, während Röte in meine Wangen kriecht und ich die Knöpfe ganz löse. »Zieh den BH herunter …«, murmelt er, ohne mein Gesicht aus den Augen zu lassen, und ich beiße mir auf die Lippe.

Er bläht die Nasenflügel, doch ich folge seinem Befehl.

Mit zitternden Fingern und schneller schlagendem Herzen ziehe ich den BH runter. Meine Brustwarzen sind schon jetzt steif.

»Mhmmm«, summt er tief, als sein Blick herabgleitet, aber er berührt mich nicht. »Fass dich an.«

»Oh Gott!«, murmle ich, muss die Augen schließen und umfasse meine winzig kleinen Brüste. Ehrlich, die sind so klein wie Mandarinen, eigentlich müsste ich gar keinen BH tragen, aber ihm scheint es zu gefallen, denn er stöhnt leise. Ich höre es zu genau, weil all meine Sinne nur auf ihn gerichtet sind. Als er unverhofft anfährt, zucke ich zusammen.

»Diese Rentner brauchen sicher kein Viagra mehr …«, murmelt er vor sich hin und die heftige Röte in meinen Wangen nimmt zu …

»Schieb deinen Rock hoch …« Ich tue es … spüre, wie feucht ich bereits zwischen den Beinen bin … »Und das Höschen zur Seite, ich will endlich wieder meine Pussy sehen.«

Mit einem leisen Wimmern gehorche ich erneut, fühle mich VÖLLIG entblößt, doch gleichzeitig glühe ich nicht mehr nur, es lodern mittlerweile Flammen in meinem Körper, die meinen Unterleib in Brand setzen.

»Da muss ich wohl wieder rasieren … Schlüpfe von oben unter das Höschen und mach es dir selbst!«

»Oh Gott, David …«

»Ja, Baby, ich weiß, wie scharf du gerade bist, ich kann es sehen! Verschaffe dir Linderung und lass mich dabei zuschauen und mir vorstellen, es wäre meine Zunge zwischen deinen Beinen!«

»Okay …«, murmle ich kaum hörbar, gleite von oben in mein Höschen und fange an, meine Klitoris zu verwöhnen. Dabei kann ich meine Hüften unmöglich stillhalten. Die kühle Luft spielt um meine steifen Nippel, mein Puls geht rasend. Ich bin schon so erregt, dass ich mir ein Stöhnen verbeißen muss, aber er befiehlt: »Lass es raus! Lass mich deine Lust sehen und hören!« Und ich gehorche, einfach, weil es ein unglaublicher Kick ist!

Laut stöhne ich und winde mich auf meinem Sitz, dann umfasse ich mit der anderen Hand einen meiner Nippel und zwirble ihn zwischen den Fingerspitzen, während ich den Kopf nach hinten fallen und mich völlig von der Leidenschaft davontragen lasse.

»Oh fuck …«, murmelt er leise. »Ich habe noch nie etwas Schöneres gesehen …« Und diese rauen Worte klingen tausendfach in meinen Ohren wider – erfüllen mich mit Stolz und Macht und mit Glück. Ich liebe es, ihm den Kopf wegzublasen, hoffe aber … er lässt mich zu einem Ende kommen, denn lange dauert es nicht mehr, bis ich explodiere und zu Asche zerfalle.

»Bitte, David …«, flehe ich, weiß, dass ich nicht einfach so kommen sollte.

»Bitte, was?«

»Bitte … darf ich kommen?«

»Natürlich nicht.« Meine Hand stoppt sofort, als würde sie nicht mehr mir gehorchen und ich reiße die Augen auf. Er sieht mich mit verbissenem Kiefer an.

»Hör auf!«, fordert er dunkel und mit heiserer Stimme und ich keuche auf, als ich schließlich – erneut, ohne es wirklich zu wollen – meine Hand zurückziehe, empfindlich und genau auf der Schwelle. »Zieh deinen BH wieder ordentlich an und schließe die Bluse.« Seine Stimme ist völlig kontrolliert, während ich am liebsten Amok laufen würde.

»DU hast gesagt …«

»Dass mich diese Show unsagbar heißmachen würde und ich danke dir dafür!« Somit beugt er sich zu mir herüber und gibt mir einen Kuss auf die Wange. Doch ich weiche vor ihm zurück, denn mittlerweile brenne ich nicht mehr vor Lust, sondern vor Wut.

WAS FÜR EIN ARSCH!

ER lacht leise, als ich die Arme vor der Brust verschränke, natürlich nicht die Bluse schließe und ihn tödlich anfunkele.

»Okay … dann lerne eben mit geöffneter Bluse meine Mutter kennen. Auch in Ordnung, sie ist ein ziemlich toleranter Mensch.« Mit diesen Worten biegt er auf die Kiesauffahrt zu einer riesigen Ranch ein, deren Dach in der Sonne glänzt.

WIR SIND DA!

UND ich bis unter die Haarspitzen erregt!

Dieser Bastard!

»Das bedeutet Krieg!«, murmle ich nur und schließe meine Bluse, während er sich vor Lachen nicht mehr einbekommt!

Kapitel 15

ER

Sie versteht sich auf Anhieb mit meiner Mutter, die fast umgefallen wäre, als ich mit einem Mädchen vor der Tür stand, denn es ist das erste Mal, dass ich jemanden mit nach Hause gebracht habe. Keine meiner Frauen war würdig genug.

Elisabeth wurde sofort mit kräftigen Armen an ihre rosengemusterte Schürze gezogen und von ihren riesigen Brüsten fast erstickt, was mich echt verwunderte, denn meine Mum ist vieles aber sicher nicht herzlich! Doch meine kleine Raubkatze nahm es so, wie ich gewusst hatte, dass sie es nehmen würde – völlig locker und mit Humor. Mir war klar, dass sie sich in dieser aus Holz gebauten Ranch mit dem riesigen Anwesen, den Pferden, dem Vieh, dem gackernden Zeug, den Katzen und Hundegetier sowie den Hasen wohlfühlen würde. Das ist eher ihre Welt als meine Hotels, und ich muss immer wieder zugeben, dass heimzukommen schön ist.

Geoffrey, mein ältester Bruder, kam uns entgegen und präsentierte stolz den Babybauch von Marie, seiner Verlobten und gleichzeitig meiner Ex, was ich aber vorläufig garantiert für mich behalten würde. Marie lächelte ihr bezauberndes Lächeln, und als ich sie in meine Arme zog, konnte ich das erste Mal seit Ewigkeiten wieder so richtig durchatmen – aber im Gegensatz zu sonst regte sich … *nichts*! Ich war verwundert!

Dann folgte schon Jesse, mein zweieiiger Zwilling und ein ebensolcher Frauenheld wie ich, und versuchte, meiner Löwin den Kopf durch einen Handkuss zu verdrehen, weswegen ich Marie sofort losließ, um ihn in die Schranken zu weisen. Doch keine Chance, meine Löwin zeigte ihre Krallen, brachte ihn damit völlig durcheinander und schmiegte sich an mich. Ich musste dämlich grinsen, denn ein Teil von mir wusste bereits, dass sie loyal und treu ist. Aber ein Restrisiko blieb ... Nur wenige haben jemals Jesses Verführungsküsten, seinem mysteriösen Cowboy-Auftreten und seinen funkelnden grünen Augen widerstanden. Bei ihr ist das allerdings kein Problem. Sie richtet ihre Aufmerksamkeit stets auf mich und bedenkt mich mit einem hingebungsvollen Blick. Mum führt uns hoch in mein altes Zimmer, und ich stöhne genervt, als ich sehe, was mich auf meinem alten Bett erwartet. Meine uralte Superman-Bettwäsche. Elisabeth kann sich das Lachen kaum verkneifen, als sie bemerkt, wie ich diese Grausamkeit mustere. Mit hängenden Schultern, völlig geschlagen, bevor mir meine Mutter in die Wange knufft. »Ein bisschen Nostalgie muss sein … Ihr passt doch sicherlich zu zweit in das Bett, oder soll ich Elisabeth das Gästezimmer …«

»Nein!«, blaffe ich sofort, denn ich will sie bei mir haben – rund um die Uhr, während Elisabeth von einem Bein auf das andere tritt.

»Bitte nennen Sie mich Liz.«

»Aber wieso? Elisabeth ist so ein wunderschöner, edler Name für so eine wunderschöne Frau!«, schwärmt meine Mutter und mir ist klar, dass sie es ernst meint. Dank ihres Kennerblickes erfasst sie sofort, um was für einen Menschen es sich handelt, wenn er vor ihr steht. Ihr kann keiner etwas vormachen, weswegen es auch ein Test war, Elisabeth mitzubringen. Aber wie nicht anders zu erwarten, ist meine Mutter restlos begeistert von ihr.

»Ich mag den Namen nicht. Er ist so altmodisch!«

»Ach Kindchen … Altmodisch ist nicht immer schlecht. Viele sollten sich öfter auf das Alte besinnen, anstatt immer nur nach dem Neuen zu trachten. Im Übrigen gibt es um sechs Abendessen, also bis dann, meine Lieben!« Meine Mutter verschwindet, einem kleinen, stämmigen Wirbelsturm gleichend, aus dem Zimmer und lässt uns alleine zurück. Die darauffolgende Stille ist beinahe erdrückend und die Stimmung beklommen.

Meine Ohrenspitzen müssen glühen, denn sie prickeln verräterisch, während Elisabeth hier in meinem Kinderzimmer steht und mich neugierig mustert, doch schließlich lächelt sie mich schüchtern an.

»Ich mag deine Mutter …« Dann lässt sie ihren Blick schweifen. Über meinen alten Schreibtisch und die Poster von Motorrädern und anderen schnellen Autos an der Wand bis zu meinem winzigen Schrank und meinem Bettchen. »Und ich mag auch dein Zimmer … Obwohl ich ja gedacht hätte, es wäre mit Playboybunnys zugekleistert …«

Dann kommt sie tatsächlich auf mich zu … mit leicht wiegenden Hüften, diesem wunderschönen Lächeln und leicht geröteten Wangen … Schließlich zieht sie den Haargummi ab – offenbart mir ihre wilde Löwenmähne – und sieht dabei wahnsinnig sexy aus. »Und ich mag dich.«

Als sie beginnt, ihre Bluse zu öffnen, erstarre ich, während es wieder mal in meiner Hose zuckt. Wow! Doch sie stolpert über die Teppichkante und fliegt förmlich in meine Arme, woraufhin ich lachen muss und sie ganz nah an mich ziehe. So nah, dass kein Blatt mehr zwischen uns passt. Das ist so typisch für sie.

»Ich mag dich auch! *Sehr* …«, murmle ich immer noch schmunzelnd, beuge mich hinunter und küsse sie.

Hier und mit ihr bin ich tatsächlich glücklich.

Das erste Mal seit einer Ewigkeit.

Auch wenn ich mich schon wieder zum Horst gemacht habe, als ich über die wahnsinnig hohe Teppichkante stolperte, so hatte es doch was Gutes.

Ich bin ihm direkt in die Arme gefallen, und am liebsten würde ich ewig genau dort bleiben und mich von ihm küssen lassen, aber ich weiß, das ist nicht möglich. Allein schon, weil ich keine Lust habe zu ersticken. David wohl auch nicht, denn er löst sich sanft von mir.

Trotzdem will ich ihn wieder mit Blicken töten, aber dann raunt er: »Wir sollten duschen«, direkt an meinem Mund.

»Später!«, stöhne ich leise, greife wieder in seine Haare, reibe mich an seiner Härte und küsse ihn erneut. Zuerst soll er das beenden, was ich vorhin im Auto angefangen habe!

Er lacht jedoch nur und drückt mich vehementer von sich. »Jetzt!«

Somit wirbelt er mich herum und gibt mir einen Klaps auf den Allerwertesten. »Gegenüber ist das Bad! Zieh dich aus und steig schon mal unter die Dusche. Ich suche dir noch ein paar Klamotten für nachher heraus.«

Ich überlege kurz zu protestieren, verwerfe den Gedanken aber relativ schnell. Die Aussicht von ihm nackt unter der Dusche gefällt mir zu gut. »Aber vergiss nicht, dass wir mit deiner Mutter an einem Tisch sitzen!«

Grinsend gebe ich ihm noch einen Kuss auf das kantige Kinn und tänzle ins Bad, renne aber vor lauter Euphorie fast gegen die Tür und überlebe nur knapp. Woraufhin mir sein dunkles Lachen folgt …

Seufzend stehe ich unter dem prasselnden Wasser dieser uralten Dusche. Es tut gut, mich nach der langen Fahrt in der glühenden Sommerhitze zu waschen und meine Gedanken etwas zu klären.

Aber er lässt mich nicht lange allein, denn mit einem Mal höre ich, wie er die Duschtür aufschiebt und zu mir in die winzige Kabine tritt.

Sie ist genau genommen so winzig, dass mich gewisse harte Tatsachen am Hintern streifen, als er die Tür hinter sich schließt. Was mir, während ich mir die Haare wasche, schon wieder ein Stöhnen entlockt. Nicht gerade verhalten reibe ich mich an ihm, doch er nimmt meine Hände aus meinen Haaren und ersetzt sie durch seine eigenen.

»Lass mich das machen!« Sanft zieht er mich an sich und vertrauensvoll schmiege ich mich an seinen harten, warmen Körper.

Ich bin im Himmel! Es duftet, David Porter steht nackt hinter mir und ich bekomme die Kopfmassage meines Lebens. Meine Lider sind geschlossen und ich genieße einfach nur kommentarlos das, was er mir gibt. Er ist still, und ich tue nichts, um die Stille zu durchbrechen – irgendwie wirkt sie heilig.

Fast bin ich traurig, als er mir nach ungefähr zehn Minuten schon das Shampoo aus den Haaren spült – und mich dann herumdreht.

Seine Augen sind dunkler als sonst, sein Blick eindeutig von Lust verhangen, aber dennoch wirkt er kontrolliert, als er vor mir auf die Knie geht, wofür ich mich an die kalte Wand hinter mir lehnen muss, weil sonst zu wenig Platz ist.

»Beweg dich nicht!« Und schon fängt er an, mich mit geübten Bewegungen zwischen den Beinen mit Duschgel zu verwöhnen und mich anschließend genau dort zu rasieren. Allein davon komme ich fast!

Dann wäscht er noch penibel meinen gesamten Körper und scheucht mich mit einem Klaps aus der Dusche, damit ich mich in seinem Zimmer anziehe.

Augen verdrehend schließe ich das flauschige Handtuch vor meiner Brust und trete hinaus in den Gang – immer noch völlig feucht, aber sicher nicht vom Duschen – und laufe fast in Jesse, seinen Zwillingsbruder. Man merkt, dass sie zweieiig, aber dennoch Brüder sind, sie sehen sich so ähnlich, dass es fast gruslig ist, als sich seine Augen verdunkeln.

»Oh wow …«, murmelt der große Mann, sobald er mich an den Armen aufgefangen hat, damit ich nicht stürze. Sein Blick, genauso wie seine Finger auf meiner Haut kribbeln auch – aber eher unangenehm. »Jetzt verstehe ich ihn!«, meint er auch noch etwas heiser, während ich mich von ihm losreiße und einen Schritt zurücktrete.

»Ach?«

»Na … was er an dir findet … ich weiß ja, dass er normalerweise ein ganz anderes Kaliber bevorzugt! Ich auch, aber bei dir werde ich eine Ausnahme machen.«

»Ich denke, ich habe mich gerade verhört!« Es ist ekelhaft, wie er mich anschaut, und ich halte das Handtuch an meiner Brust fester, während ich an ihm vorbei ins Zimmer gehen will.

Der Cowboy in Hemd, mit den blonden Haaren und den grünen, stechenden Augen macht einen Schritt nach rechts und verstellt mir den Weg. »Bis jetzt hat noch keine von seinen Schlampen zu mir *Nein* gesagt, wenn ich ihn im Hotel besucht habe.«

»Pech, dass ich keine Schlampe bin! Lass mich vorbei!« Seine Augen funkeln provozierend.

»Was gibst du mir dafür?«

»Keine auf die Fresse!« Das bringt ihn zum Lachen.

»Es wird immer besser!« Unverhofft will er nach mir greifen, und ich bin bereit, ihm die Augen auszukratzen, als eine strenge Stimme »JESSE!« durch den Gang schmettert und den blonden Riesen verharren lässt – mehr als angepisst.

»Geh ins Zimmer!«, knurrt mich David von hinten an. Sein Bruder mustert ihn nur spöttisch und macht mir mit einer Verbeugung Platz. Schwer schluckend schiebe ich mich an ihm vorbei und bin erleichtert, als ich die Tür hinter mir schließen kann.

Was hat der nur für ein Problem?!

Erst einmal versuche ich, zu lauschen, indem ich mein Ohr an die Tür drücke. Doch ich bekomme sie fast an die Stirn, als sie aufgerissen wird und ein mehr als wütender David in nichts weiter als einem Handtuch und mit feuchtem, muskelbepacktem, tätowiertem Oberkörper den Raum betritt.

Und der ist wirklich sauer!

»Hat der Idiot dich angefasst?«, erkundigt er sich knapp, sobald er vor mir steht, woraufhin ich den Kopf schüttle. Er mustert mich so rasend und auch besorgt, dass mein Herz ihm förmlich entgegenspringen will. Gleichzeitig will ich nicht, dass er explodiert. Die pochende Ader an seiner Stirn verheißt nichts Gutes, und ich streiche zärtlich darüber.

»Es ist schon okay, David! Ich komme mit Idioten klar, falls du es noch nicht gemerkt hast.«

»Das ist schön für dich, aber nicht mehr nötig, weil es jetzt meine Aufgabe ist. Zieh dich an!« Somit geht er zu dem Bett, lässt einfach so das Handtuch fallen und steigt in schwarze Calvin-Klein-Shorts, die er dort schon bereitgelegt hat. Genauso wie Kleidung für mich, der ich aber gerade nun wirklich keine Beachtung schenken kann. Sein Hintern sieht in der Shorts zu heiß aus, ebenso wie die Ausbuchtung vorne …

Dann folgt ein einfaches schwarzes Muskel-Shirt und Jeans, darüber ein kariertes Hemd, das er sich schludrig bis zu den Ellbogen hochkrempelt.

Prompt ist er nicht mehr der Anzug tragende Multimilliardär, sondern der sexy Cowboy und mir verschlägt es erneut die Sprache.

»Atme, Elisabeth, und zieh dich endlich an!« Er schmeißt mir ein knappes weißes Höschen entgegen und ich schlüpfe hinein, während er sich hinsetzt und Socken überstreift. Auf dem Bett liegt nur noch ein blau gemustertes Kleid, und ich verziehe den Mund. Erstens ist das sicher nicht aus meinem Schrank! Zweitens ist der Ausschnitt zu tief und drittens mag ich eigentlich keine Kleider! Außerdem … »Du hast mir Klamotten gekauft?«

»Natürlich, und jetzt sag bloß nicht, du bist eine von denen, die sich künstlich zieren, wenn sie Geschenke bekommen … Nimm es einfach an und freu dich, oder wirf es meinetwegen weg …«, murmelt er griesgrämig, während er auch in seine Schuhe schlüpft, aufsteht und sich mit einer Hand durch das feuchte Haar streift. Er ist nicht rasiert, aber sein Dreitagebart passt perfekt zu seinem neuen Style.

Ich klatsche in die Hände. »Nein. Ich freu mich, wenn ich behandelt werde wie eine übergroße Barbie. Ehrlich. Total!« Als er mein geheucheltes Freudengesicht mustert, lächelt er – endlich.

»Sei froh, denn das hier ist noch eins von den züchtigeren Modellen! Und jetzt beeil dich, wir haben nur noch fünf Minuten, ansonsten kommt meine Mum mit ihrem Kochlöffel hoch! Dann zeigt sie dir, wie sehr das auf deinem Arsch zwiebeln kann!«

Im Vorbeigehen gibt er mir schon wieder einen Klaps auf den Hintern – der hat eindeutig echte Probleme –, dann verschwindet er wieder aus dem Zimmer, wahrscheinlich ins Bad oder sonst wohin, und lässt mich erneut atemlos zurück.

Kapitel 16

Während des Essens herrscht eine gewisse Grundanspannung, die von David herrührt, der Jesse mit Blicken erdolcht. Jesse hingegen ignoriert seinen Bruder geflissentlich, mampft vor sich hin und starrt mir in den Ausschnitt, während ich mich mit seiner Mutter unterhalte – über das Leben hier draußen und über meinen Buchladen.

Sie ist der Meinung, dass es immer schwerer wird, selbstständig zu sein, und ich kann ihr nur recht geben. Allein die Steuern, die ich zahlen muss, sind horrend, die Bücher aber werden immer billiger, und viele Verlage sind nicht mehr bereit, mir die Rabatte zuzugestehen, die mein Überleben sichern. Dennoch werde ich für meinen Traum kämpfen – bis zum Letzten.

»Niemals würde ich den Buchladen aufgeben, egal, wie hart es manchmal ist«, vollende ich und stecke mir ein Brokkoliröschen in den Mund. »Das ist sooo köstlich!«, schwärme ich, während der angebratene Knoblauch den Geschmack verfeinert. »Ich habe schon lange nicht mehr so was Gutes gegessen … ich liebe Brokkoli … und selbst gemachtes Kartoffelpüree … und der Eistee erst!«

»Was isst du denn sonst, Kindchen? So, wie du aussiehst, eindeutig zu wenig … oder magerst du dich mit Absicht so ab?«, erkundigt sich seine Mutter, die am Ende der langen Tafel sitzt. Ihre Wangen sind etwas gerötet, die grauen Haare in einem Dutt gebändigt, und alles in allem wirkt sie wie eine Big Mama.

Bei ihrer Frage werde ich rot, denn ich bin eigentlich alles andere als dünn …

»Ich esse meist … Brot … und Butter … manchmal auch Käse … oder Nudeln …«, antworte ich, ohne aufzusehen, und schiebe mein Essen hin und her. Gerade so bemerke ich den stechenden Blick, den sie ihrem Sohn zuwirft.

»David!«, rügt sie ihn sofort. »Wieso gibst du ihr nicht mehr zu essen?«

Bevor er etwas sagen kann, gehe ich dazwischen. »Das ist nicht seine Aufgabe! Ich MAG Brot und Käse und Nudeln!« In der Hoffnung, dass sie dieses peinliche Thema endlich fallen lässt, schenke ich noch von dem selbst gemachten Eistee nach. »Was ist da nur drinnen? Holunder? Oder Johannisbeere?«

Sie weiß genau, dass ich ablenke, aber sie bemerkt meine Anspannung und bohrt gnädigerweise nicht nach.

»Und David, wie läuft es bei dir auf Arbeit?«

Er tupft seinen Mund ab, legt die Serviette beiseite und lehnt sich in seinem Stuhl zurück, dann stützt er einen Arm hinter mir ab und spielt mit meinem Haaren, was mich fast so sehr ablenkt, dass ich mich verschlucke. Aber nur fast.

»Es läuft gut. Wir eröffnen nächsten Monat in Dubai.«

»Dubai! Bei den Arabern?«

Er verdreht die Augen. »Mum, bitte fang nicht wieder damit an!«

»Tu ich doch gar nicht!« Verbissen schneidet sie ihr Fleisch.

»Dubai, also? Da wirst du von deiner Wildkatze ganz schön lange getrennt sein, oder willst du sie etwa mitnehmen und riskieren, dass einer kurz drüberrutscht, wenn du nicht hinsiehst?«, mischt sich Jesse mit provozierendem Tonfall ein und David stockt … Doch bevor er etwas sagen kann, lege ich meine Hand auf seinen Oberschenkel.

»Das wird sicher nicht passieren! Der Einzige, der irgendwo hinrutscht, ist David!« *Du Arschloch!* Wütend funkele ich seinen Bruder an, langsam, aber sicher beginne ich ihn zu hassen.

»Ach ja?«

»Jesse, hör auf jetzt! Du bist unmöglich!« Es ist Marie, die ein Machtwort spricht.

»Vielen Dank, das ist gar nicht mehr zu ertragen zwischen euch!« Geoffrey, der älteste Bruder, nimmt die Hand seiner Verlobten und spielt mit ihren Fingern.

»Was denn?«, fragt Jesse, immer noch völlig lässig grinsend, und beißt von seinem Baguette ab. »Sie sieht schon aus wie eine Schlampe!«

Sofort ist David aufgesprungen und zerrt Jesse am Kragen hoch, doch alle reagieren fast ebenso schnell. Marie und ich reißen David zurück, Geoffrey und seine Mutter Jesse.

»SCHLUSS JETZT!«, donnert die Herrin des Hauses und beide setzen sich wieder hin.

David atmet schneller und bebt förmlich, aber ich lehne mich an seine Schulter und küsse seinen Hals.

»Lass dich von ihm nicht provozieren, genau das will er … Und wenn, dann bin ich nur deine Schlampe …«, murmle ich nur für ihn hörbar und streiche mit meiner Hand über seinen Oberschenkel zu seinem Schritt. Aus dem Augenwinkel wirft er mir einen winzigen Blick zu, dann atmet er tief durch und grinst.

»Ich kann nichts dafür, dass du nichts aus deinem Leben gemacht hast«, meint er mit einem Mal sanft in Richtung seines Bruders und schnappt sich meine Hand, bevor ich seinen Schritt berühren kann – dann beugt er sich vor. »Aber wenn du unglücklich bist, kannst du immer etwas daran ändern!

Vielleicht findest du ja dann auch endlich mal die Frau deines Lebens und verschonst mich mit deinem ewigen Neid!« Dann küsst er meine Handinnenseite und verschränkt unsere Finger demonstrativ auf dem Tisch miteinander, während er mit dem Daumen darüberstreicht.

Ich bin sprachlos.

Allerdings bemerke ich im Augenwinkel, wie Marie unsere Hände anvisiert und die Lider schließt, als könnte sie es kaum ertragen …

Die Stimmung am Tisch ist heftig.

Jesse lehnt sich zurück, verschränkt die Arme, sodass seine braunen Muskeln aus dem weißen Shirt herausstechen, und fragt Marie mit schief gelegtem Kopf: »Wirst du den Kleinen eigentlich nach seinem richtigen Vater benennen?« Ich verschlucke mich fast an meinem Eistee, denn so bleich wie David und Marie werden, ahne ich, was er meint.

»JESSE!«, rügt ihn seine Mutter sofort, aber er lacht nur.

»Was? Er hat seiner *Frau fürs Leben* doch sicher erzählt, dass er mal mit Marie verlobt war, oder? Und dass sie sich dann für seinen Bruder entschied? Dass dieser aber unfruchtbar ist und David sich bereit erklärte, ihr seinen Samen zu spenden? Es macht dir doch nichts, wenn seine Ex-Verlobte von ihm ein Kind bekommt, oder? Und dass er sie niemals vergessen konnte und dass er immer noch ihren Arsch abcheckt … wenn …«

»ES REICHT!« Mit diesem Grollen donnert Davids Faust so fest auf den Tisch, dass alle Gläser klirren. Die beiden Brüder starren sich tödlich an, während diese Flut an Informationen langsam, aber sicher in mein Hirn sackt.

»Was denn, Bruder? Ich bin natürlich nicht so erfolgreich wie du, aber ich verkaufe mein Verlangen nach einer Frau wenigstens nicht als Nächstenliebe oder Barmherzigkeit, indem ich meiner Ex und jetzigen Schwägerin ein Kind mache.«

»Ich … ich … muss mal …« Ich halte es nicht mehr aus, springe auf und renne aus dem Raum, hinaus auf die Veranda in den lauen Abend.

Dort stütze ich die Arme auf und atme tief durch.

Das waren gerade ziemlich viele Informationen auf einmal … er bekommt ein Kind? Mit seiner Ex, die aber jetzt mit seinem großen Bruder verlobt ist? Und er hängt noch an ihr? Wieso haben sie sich getrennt? Wieso stört es mich so sehr, was Jesse gerade erzählt hat, und wieso hat David mich nicht darauf vorbereitet? Wenn sie ihm nichts mehr bedeuten würde, dann hätte er das doch locker tun können …

»Hey …« Die wunderschöne blonde Marie mit ihrer runden Kugel tritt hinter mir auf die Veranda und stellt sich neben mich. »Es tut mir leid, Jesse ist unmöglich. Lass dich davon nicht aus der Bahn werfen«, murmelt sie. Tief seufzend schließe ich die Augen.

»Wir sind nicht zusammen oder so. Es ist egal.«

»Nein. Dir ist es nicht egal«, berichtigt sie mich sanft.

»Na gut! Dann ist es mir eben nicht egal!«, rufe ich aus und sehe sie an. Ihre großen blauen Augen, diese roten Lippen, die gelockten blonden Haare. Volle Brüste und trotz der Schwangerschaft eine wunderbare Figur runden das Gesamtbild ab. Sie ist perfekt, und ich verstehe, wieso er sie liebte und womöglich noch liebt. Damit kann ich niemals konkurrieren.

»Erzähl es mir bitte«, meine ich leise, und jetzt ist es an ihr, zu seufzen und sich durch die Haare zu streichen, bevor sie beginnt.

»David … war bei allen Mädchen in unserer kleinen Stadt der meistbegehrteste Junge … Mit seinen strahlend grünen Augen, so sportlich, wagemutig und mit diesem perfekten Körper war das kein Wunder. Aber er wollte keine von ihnen – nur mich. Und wenn David Porter etwas will, dann bekommt er das auch … Ein halbes Jahr lang machte er mir auf der Highschool den Hof, bis ich ihm eine Chance gab und wir vier Jahre lang glücklich miteinander waren …

Wir verlobten uns, wollten heiraten … doch eines Nachts machte ich einen Fehler und … schlief mit seinem Bruder. Genau genommen einen Tag vor der Hochzeit. Es war das Letzte von mir, ich weiß … aber … ich konnte mich nicht wehren, als Geoffrey mir sagte, dass er mich nur einmal in seinem Leben küssen will und dass dies seine letzte Chance ist. Und einmal angefangen … konnte ich nicht mehr aufhören. Obwohl es falsch war, verbrachten wir gemeinsam die schönste Nacht unseres Lebens … und am nächsten Morgen stand mein Entschluss fest. Ich musste David das Herz brechen.

Daraufhin verließ er uns, was ihm Jesse bis heute nicht verziehen hat, denn die beiden waren immer das Dream-Team überhaupt. Doch David war zu verletzt, er wollte nie wieder zurückkehren, was er auch jahrelang nicht tat. Geoffrey und ich versuchten währenddessen weiterzumachen – eine Familie aufzubauen –, aber es klappte nicht. Geoffrey ist unfruchtbar und … uns fiel keiner ein, außer Jesse oder David, der uns Samen spenden könnte. Wir wollten, dass es trotzdem in der Familie bleiben bleibt. Jesse schickte uns natürlich in die Wüste ...

Er verzieh mir den Betrug an seinem Bruder nie. Bis heute nicht …« Sanft legt sie ihre Hand auf ihren Bauch und sieht hinaus auf das weite Land … Ein lauer Wind streift durch ihre Haare und lässt ihr weißes Kleid flattern. »Geoffrey … folgte David … und fragte ihn, ob er es tun würde. Endlich sprachen sie sich aus und David tat ihm den Gefallen, denn er ist einer der gütigsten Männer, die ich kenne, zumindest, bevor ich ihm das Herz gebrochen habe. Selbst jetzt würde er mir nie etwas abschlagen, denn wenn er einmal liebt, dann für immer …« Sie zuckt zusammen, als ihr klar wird, was sie da gerade gesagt hat, während sie sich verträumt über ihren Bauch streicht. Mir wird fast übel.

Denn bei ihr ist es genauso, sie liebt David noch!

Oder hat zumindest noch starke Gefühle für ihn! Das merkt man ganz deutlich!

Ich sehe vor mir, wie sie sich zur Begrüßung umarmt haben, viel länger als nötig, und wie ehrfurchtsvoll er ihren Bauch berührt hat und wie ihre Blicke ineinander eingerastet sind. Vertraut … und … voll unausgesprochener Gefühle.

Das ist der absolute Horror!

Was tue ich hier überhaupt?

Der Gedanke an Flucht wird fast übermächtig.

»Okay … ich danke dir für deine Ehrlichkeit.« Ich möchte mich abwenden und ein wenig spazieren gehen, aber sie hält mich am Arm fest.

»Warte!« Ich drehe mich mürrisch zu ihr um. Hilflos beißt sie sich auf die volle Unterlippe … dann atmet sie tief durch und schließt die Lider.

»Ich bin tatsächlich eifersüchtig auf dich …«, gibt sie zu und meine Augen werden groß.

»Wieso denn das bitte?«, erwidere ich spöttisch. Worauf sollte diese Traumfrau schon bei mir eifersüchtig sein?!

Sie grinst traurig. »Er hat dich mit nach Hause gebracht und seiner Mutter vorgestellt. Er … macht wieder mit seinem Leben weiter … und lässt sich das erste Mal so richtig auf eine andere Frau ein, nach dem, was ich ihm angetan habe. Er muss wirklich starke Gefühle für dich haben, sonst würde er das nicht wagen … und es ist egoistisch von mir, aber der Gedanke, dass er immer irgendwie mir gehören würde … hat mir gefallen.«

Miststück!, geistert es prompt durch meinen Kopf und ich erschrecke mich selbst vor dem bodenlosen Hass, der in mir auflodert. Sie ist schuld, dass er seinen Glauben an die Liebe verloren hat, ist mittlerweile mit einem anderen glücklich, stellt aber trotzdem noch Besitzansprüche an ihn!

»Was? Soll er dich ewig vergöttern und sein Leben lang alleine bleiben?«

Ihr Blick verschließt sich und wird zu eiskalten Gletschern. »Ich bin nur ehrlich, und es tut weh, ersetzt zu werden …« Auch ihre Stimme klingt kühler. »Das heißt aber nicht, dass ich es ihm nicht gönne!«

»Dann kannst du ja ganz beruhigt sein, denn ich bin sicher nicht der Ersatz für irgendwen. Ich bin ein Unikat! Und außerdem ist das zwischen uns nichts Ernstes …«

»Wieso nicht? David ist perfekt!« Sie wirkt ehrlich erschüttert.

»Vielleicht der David aus deiner Erinnerung! Der David, den du nicht zerstört hast!« Somit reiße ich mich von ihr los und stapfe die Treppen runter.

Jetzt hätte ich gern Hosentaschen, in denen ich meine Hände vergraben kann, habe ich aber nicht und so umarme ich mich selbst und mache mich über den staubigen Kiesweg auf zu den Pferdekoppeln. Kleine Steinchen bohren sich durch die dünnen Ballerinas in meine Fußsohlen, aber ich spüre den Schmerz kaum. Irgendwie fühlt sich in mir alles völlig taub an.

Schon als Kind mochte ich Reiten, aber ich saß nur ein oder zwei Mal auf einem Pferd, weil wir uns Reitstunden nie leisten konnten, dennoch hat mich die Präsenz dieser riesigen, friedlichen Tiere immer beruhigt und so lehne ich mich, an der Koppel angekommen, auf den einfachen Holzzaun und sehe zwei stattlichen Pferden dabei zu, wie sie vor dem Sonnenuntergang grasen. Ein kleines braunes Fohlen rennt fröhlich auf langen Beinen und mit unbeholfenen Bewegungen zwischen ihnen umher. Es erinnert mich an mich selbst, wie ich so durchs Leben stakse …

Die Sonne geht strahlend unter und taucht das gesamte hüglige Land in einen wunderschönen, kräftig roten Schimmer, gleichzeitig sinkt die Temperatur fast spürbar, und es fröstelt mich. Diese Idylle täuscht. Nichts ist hier schön oder normal. Nach nur einem Tag bin ich völlig durcheinander und bereue, mit ihm hergekommen zu sein.

Ja, ich wollte ihn tatsächlich kennenlernen, doch ich weiß nicht, ob ich verkrafte, was sich mir Stück für Stück offenbart hat.

Sein Bruder ist ein Arschloch.

Die Frau seines anderen Bruders ist seine Ex und erwartet ein Kind von ihm.

Und die beiden empfinden noch etwas füreinander.

Ich passe hier nicht rein, störe doch nur und bin vielleicht nur eine kleine Eskapade, mit der er sich von seinen Problemen ablenkt.

Gleichzeitig verstehe ich nun sein anfängliches Verhalten mir gegenüber – zumindest, wieso er mich von sich stieß, denn nach dem, was SIE ihm angetan hat, ist klar, dass er niemanden mehr an sich ranlassen wollte. Und doch … versucht er es bei mir, sonst wäre ich nicht hier.

Seufzend streiche ich mir durch die Haare und weiß nicht mehr weiter … Was soll ich tun, was fühlen? Soll ich mich weiter auf ihn einlassen oder es lieber beenden, bevor er mich wirklich verletzen kann?

Kapitel 17

Ich spüre seine Anwesenheit, noch bevor er sich neben mir an den Zaun lehnt und dem Fohlen dabei zusieht, wie es seinen Rappel bekommt und fröhlich von einem Ende der Koppel zum anderen springt. Er beachtet mich nicht weiter und auch ich kann ihn nicht ansehen. Nicht mit dem Wissen, dass sie ihn berührt hat und dass er sie noch liebt.

Ich bin so enttäuscht von ihm.

Wieso hat er mich nicht vorgewarnt und mir gesagt, was mich hier erwartet? Er hat mich einfach ins offene Messer laufen lassen, hat zugelassen, dass ich es auf so einem Weg erfahre! Oder wollte er es tatsächlich vor mir geheim halten?

»Ich konnte es dir nicht sagen …«, murmelt er, als hätte er meine Gedanken gehört. »Ich durfte nicht riskieren, dass du nicht mit mir kommst.«

Ich schnaube abfällig, und bei dem kalten Klang seiner Stimme fröstelt es mich noch mehr, und ich schlinge die Arme fester um mich. Doch mit einem Mal legt er mir eine Lederjacke um meine Schultern – seine Jacke – und sie duftet so gut, ist so warm und … ich schließe genüsslich die Lider, während ich mich in den Mantel aus Behaglichkeit kuschle.

»Danke«, murmle ich knapp, ohne ihn anzusehen, und ich kann einfach nicht anders … »Jetzt kannst du ja wieder reingehen und dich IHR widmen … und eurem Kind natürlich … Vielleicht entscheidet sie sich ja doch noch für dich. Gefühle habt ihr ja eindeutig noch füreinander!«

»Liz …«

»Und ihr passt ja auch super zusammen … das möchte ich nicht bestreiten …«

»Sei still!«

»Sag mir verdammt noch mal nicht, dass ich still sein soll! Ich REDE JETZT! Im Prinzip ist es doch ganz einfach: Sie ist wunderschön, du bist wunderschön …«

»Ich musste es testen!«, unterbricht er mich wieder unwirsch und das lässt mich stocken. Ungläubig drehe ich mich zu ihm um.

»Wenn das dein Plan war, dann wäre es fair gewesen, wenn ich die ganze Geschichte gekannt hätte!« Er sieht mich immer noch nicht an, bevor er seufzt und sich schließlich auch zu mir dreht.

»Ich musste testen, wie es ist, wenn ihr nebeneinandersteht … ob ich dann immer noch …« Er schluckt mühsam, und in seine Augen tritt ein warmer Schimmer. Mit seiner Hand streicht er mir ein paar Haare aus dem Gesicht, die der ziemlich kühle Wind dorthin geweht hat. »Es ist nicht mehr so … Wenn du mit mir in einem Raum bist, existiert keine andere Frau mehr für mich – nicht einmal sie.« Ich wende mich ruckartig ab und lehne mich wieder mit verschränkten Armen an den Zaun.

»Schön, dass ich dir als Testobjekt helfen konnte … aber das wird sich noch ändern. Spätestens, wenn EUER Kind da ist … Wart's nur ab …«

»Das wird nichts ändern, es wird Geoffreys Kind, nicht meins.«

»Das sagst du jetzt!«, murmle ich und schließe die Augen.

Mit einem Mal fühle ich mich völlig ausgelaugt und möchte nur noch schlafen. Außerdem ist mir eiskalt.

»Jetzt habe ich dich kennengelernt, nicht wahr? Und das hat mir gereicht! Es hat keinen Zweck mit uns beiden!« Mit diesen Worten will ich mich abwenden, aber er lässt es nicht zu, packt meinen Arm und hält mich verzweifelt fest.

Und in diesem Moment muss er nichts sagen. Seine Augen sprechen für ihn. So ängstlich, so verloren … so ehrlich …

Ich schmelze … möchte ihn einen Moment lang an meine Brust ziehen und ihm versichern, dass ich ihn nicht so im Stich lasse wie dieses Miststück! Dass ich um ihn kämpfen werde, weil ich mich unsterblich in ihn verliebt habe, aber ich bin zu verletzt.

»Ich lasse mich von dir nicht weiter benutzen!«, zische ich, weil ich an meinem blöden verletzten Stolz und meinen Unsicherheiten einfach nicht vorbeikomme … Und damit reiße ich mich von ihm und renne los, während Tränen meine Wangen hinablaufen.

***

Schlaflos liege ich in seinem winzigen Bett und starre aus dem Fenster.

Er ist mir NICHT gefolgt, stattdessen höre ich ihn unten mit seinen Brüdern Karten spielen, lachen und Gläser klirren. Ich kann es ihm nicht verübeln, wahrscheinlich sieht er sie nicht besonders oft. Doch ich höre auch IHR Lachen, und es macht mich wahnsinnig zu wissen, dass sie jetzt bei ihm ist, während er mich hier oben alleine lässt. Aber ich bin zu stolz, um auch zu ihnen zu gehen.

Wieso tut er das nur mit mir?

Schon als das erste Mal meine Gefühle für ihn aufkeimten, hat er mich von sich gestoßen, doch dann holte er mich zurück … nur, um mir den absoluten Tiefschlag zu verpassen.

Das alles zusammengenommen festigt meinen Entschluss!

Ich bin mir zu schade, der Ersatz für irgendwen zu sein!

Gleich zwei Mal bin ich auf ihn reingefallen, aber das hört jetzt auf. Ein drittes Mal wird es ganz sicher nicht geben … Mit diesem Gedanken drehe ich mich auf die Seite und schaffe es tatsächlich, etwas vor mich hinzudösen, anstatt nur stumm zu weinen.

Das muss ich auch, denn morgen muss ich fit sein, wenn ich nach Hause fahre.

Zum Glück habe ich etwas Geld dabei, damit ich den Bus zahlen kann. Was danach passiert ist mir vorerst egal, ich will nur noch weg hier.

Natürlich habe ich ihm verboten, mit mir in einem Bett zu schlafen. Er nahm es hin, mit geballten Fäusten und jener pochenden Ader auf der Stirn, die immer dann auftritt, wenn er seine Wut kaum zügeln kann, dann habe ich ihm seine Tür vor der Nase zugeknallt.

Die letzte Nacht in Supermann-Bettwäsche gehört mir ganz allein!

Kapitel 18

Als es irgendwann mitten in der Nacht an die Tür hämmert, bin ich sofort hellwach …

»Elisabeth … meine Löwin … mach auf … ich muss nur …« Er rülpst, ... ganz kurz … mit dir red'n …«

»Geh raus und erzähl es einem Baum!«, rufe ich ihm nur entgegen und werfe mich auf die andere Seite, ziehe ein Kissen über den Kopf, höre aber trotzdem sein Gehämmer.

»Der kann nich' antwort'n … und … den … mag ich auch nich' so wie dich … komm schon … bitte … nur zwei Minut'n!«

»NEIN!«

»Okay … ich zähle bis … drei! Dann … werde ich … Maßnahmen … ergreif'n, die … dir nich' gefall'n werden!« Ich verdrehe die Augen … denn er ist so besoffen, dass er vermutlich nicht einmal gerade stehen kann, bleibe aber liegen.

»Eiiiins … DREI!« Weil es kurz darauf tatsächlich ohrenbetäubend laut rumpelt, springe ich aus dem Bett und hechte zur Tür. Als ich sie aufreiße, um ihn zu fragen, ob er sie noch alle hat, kommt er mit der Schulter voran ins Zimmer gestürmt, durchquert es und fällt in sein Bett. Gott sei Dank steht es genau geradeaus, denn wenn dort das Fenster wäre, wäre er mit Anlauf direkt aus selbigem geflogen.

»ELISABETH!« Wie ein Wilder schmeißt er sich herum, denkt wohl, er ist auf mich draufgefallen, und ich schließe laut seufzend die Tür.

»Ich bin hier!«, meine ich ruhig und er fährt herum.

»Oh Gott sei Dank!« Voller Erleichterung fasst er sich an die Brust.

Er trägt nichts weiter als das schwarze Muskelhemd sowie seine Jeans und sieht wahnsinnig sexy aus mit diesem Dreitagebart und den zerzausten Haaren. Selbst jetzt bin ich gegen diesen Anblick nicht immun, der ein schmerzhaftes Stechen in meiner Brust auslöst. Dieser Mann wird niemals mir gehören, und egal, was ich auch für ihn empfinde, ich werde nicht glücklich mit ihm werden. Eher wird er mich zerstören.

Und so verschränke ich die Arme vor der Brust und verschließe mich davor, was allein sein Anblick in mir anrichtet.

»Was willst du, David?«

»NA DICH!« Er springt auf und will auf mich zugehen, aber ich weiche zurück. »Ich wusste es nicht … bis ich dich traf … aber jetzt, wo ich dich kenne, weiß ich es … ich will ohne dich nicht leben! Wenn du da bist … fühlt sich alles so richtig an … Ich brauch keine Hotels … und kein Geld … und keinen Ruhm, und vor allem … keine laufenden Beautyreklamen ohne Persönlichkeit … die nichts draufhaben, außer gut auszusehen … Ich brauche DICH!« Er kommt erneut auf mich zu, um mich an sich zu ziehen, doch ich schüttle den Kopf.

»Fass mich nicht an!« Hilflos bleibt er direkt vor mir stehen und lässt die Arme sinken.

»Okay!« Er hebt die Hände als Zeichen des guten Willens … »Auch wenn ich nichts weiter tun will … als dich zu berühren … ständig … ich kann einfach meine Finger nicht von dir lassen … Du bist so schön und so süß und gleichzeitig so versaut und so … leidenschaftlich und so … feurig, dass ich manchmal befürchte, mich an dir zu verbrennen … Aber es ist mir egal. Von DIR will ich verbrannt werden!«

Betrunkene sagen immer die Wahrheit, schießt mir durch den Kopf, aber ich verschließe mich vor diesem Gedanken und seinen Worten, die ein warmes Gefühl in meinem Bauch hinterlassen.

»David … du bist völlig hinüber und redest wirr. Willst du nicht schlafen?«

»Klar! Mit dir!«

»Nein, David!«

»Aber ohne dich ist es so kalt!«

Ich verdrehe die Augen. Mit einem normalen Gespräch komme ich nicht weiter. Andererseits kann ich ihn in diesem Zustand wohl kaum sich selbst überlassen, also gebe ich mir schweren Herzens einen Ruck.

»Du kannst hier schlafen, aber du wirst nichts weiter versuchen!«

»Indianer…ehren…wort!« Von einem Rülpsen wird das noch besiegelt, während er zwei Finger hochhält.

»Okay!« ICH KANN DAS! Ich werde diese Situation NICHT ausnutzen, denn an meinem Entschluss wird sich nichts ändern. Morgen werde ich ihn verlassen!

»Zieh dich erst mal aus!«

»Alles klar, Baby …«, lallt er … und kippt dabei fast um, gerade so kann er sich an einer Kommode mit einem »Hui … is' der Boden aber wacklig … ist hier grade Erdbeben oder was?« halten und schwingt sich dann herum, mit seinem Rücken an die Wand … Dann nestelt er eine kleine Ewigkeit am Knopf seiner Jeans herum, fluchend … und wankend.

Einige Minuten beobachte ich ihn mit einem warmen Gefühl der Zuneigung und absolut traurig … Schließlich kann ich es nicht mehr länger mit ansehen und überwinde mich.

»Finger weg! Ich mach das!« Mit diesem Befehl schlage ich seine Hände weg und öffne den Knopf.

»Uhhh … ich mag es, wenn du so mit mir sprichst … bekomme ich auch auf den Arsch … wenn ich nicht folge?« Seine Augen funkeln provozierend, während er das lallt und mich dabei fast mit seinem Atem betäubt. Ich ziehe den Reißverschluss hinunter, dann gehe ich vor ihm in die Hocke und zerre die Jeans kommentarlos seine langen, muskulösen Beine herab.

»Oh yeah …« Eine Hand vergräbt er in meinen Haaren und schiebt seine Hüften nach vorne, will seinen Schritt an meiner Wange reiben, aber ich kneife ihm so fest in den Oberschenkel, dass er aufschreit.

»Bein hoch!«

»Für dich tu ich doch alles, Baby … Auch den Storch … mach ich dir!« Augen verdrehend befreie ich seine Füße von der Jeans, wobei er fast wieder umkippt, doch schließlich steht er untenherum nur in Shorts vor mir. Ich schwitze ganz leicht. Natürlich nur, weil es so anstrengend war und nicht, weil mir sein Ständer aufgefallen ist und weil es sich zu gut angefühlt hat, als er die Hand in meinem Haar vergraben hat, und weil ich noch aufgeheizt von heute Nachmittag bin …

»Musst du noch aufs Klo?«

»Japp! Muss echt dringend!«

»Dann geh!« Ich deute mit dem Zeigefinger zur Tür.

»Ich werde mir davor einen runterholen – das ist ja nicht zum Aushalten –, sonst kann ich nicht pissen!« Er greift in seine Shorts und umfängt ihn. Das in Kombination mit seiner tiefen, erregten Stimme und zwischen meinen Beinen fängt es an, verlangend zu pulsieren.

VERDAMMT! Meine Wangen werden flammend rot, während ich versuche, nicht hinzusehen.

»Mach das auf dem Klo!«

»Warte …«, stöhnt er … und lässt den Kopf nach hinten fallen. »Bin gleich fertig!« Und zwischen meinen Beinen pocht es noch stärker, allein bei der Vorstellung davon. Automatisch sehe ich doch hin und das macht das Ganze noch schlimmer! Er ist riesig hinter seiner Shorts und ich brenne wieder mal lichterloh.

Auch David ist mein Feuer … und er weiß, wie er es zu schüren hat. Besoffen oder nicht …

Ich drehe mich verzweifelt von ihm weg und halte mir die Ohren zu, denn ich wage nicht, ihn noch einmal zu berühren, oder mit ihm zu sprechen, wenn er mir mit dieser einen Stimme antwortet.

»Liz …«, haucht er plötzlich von hinten in mein Ohr und schiebt mein Haar zur Seite … »Dreh dich nich' weg … Ich weiß doch, dass du mir zusehen willst …« Und an meinem Hintern, der nur von einem dünnen Höschen bedeckt ist, fühle ich, wie er weitermacht. »Verweigere dir nicht das, was du willst …«

»Du manipulatives Arschloch!« Besoffen oder nicht besoffen! Er ist unglaublich! Und erregt mich bis in die letzte Nervenzelle.

»Komm schon, Baby … ich kann dir geben, was du schon den ganzen Tag über willst. Du weißt es ganz genau …« Lasziv reibt er sich an mir und verwöhnt meinen Hals mit zarten Küssen und Bissen. Ich stöhne, balle die Hände zu Fäusten und mir treten die Tränen in die Augen. Doch so sehr ich mich wehre, ich habe keine Chance.

Ich frage mich, ob ich die jemals hatte, wirble zu ihm herum und küsse ihn.

Gleichzeitig vergrabe ich meine Finger in seinem wirren Haar und ziehe ihn schon zum Bett zurück. Ich will ihn.

Und wenn es das Letzte ist, was passiert! Ich werde ihn bekommen!

Noch einmal werde ich seine Welt bis in die Grundfesten erschüttern, so wie er meine erschüttert, und ihn dann mit derselben Leere zurücklassen, die ich wegen ihm empfinde!

Hat er das nicht auch so mit mir gemacht, bei unserer ersten gemeinsamen Nacht?!

Jetzt bekommt er es zurück!

Kapitel 19

Mit einem strangulierten Keuchen lande ich auf dem Bett und er auf mir – wobei es mir fast die Luft aus den Lungen presst, aber das ist mir egal.
Unsere Lippen bekämpfen sich geradezu, unsere Hände sind ruhelos und scheinbar überall … Wild reibt er seine Härte an mir, keucht meinen Namen, wie den von einer Göttin, und frisst mich schier auf. Und ich habe diesem Angriff nichts entgegenzusetzen.
Dennoch tue ich es, kratze über seinen Rücken, ziehe sein Shirt hoch und über seinen Kopf, während eine Hand von ihm unter mein leichtes Negligé gleitet und er meine Brust umfasst. Leise stöhnend massiert er sie und ich werfe den Kopf zurück.
Er küsst meinen Hals … mein Schlüsselbein, und ich reibe mich an ihm, brauche Linderung, sofort, doch nicht so …
Noch einmal will ich ihn in mir haben.
»Leg dich hin!« Mit diesen Worten drücke ich gegen seine Brust und tatsächlich … Auf dem winzigen Bett lässt er sich auf den Rücken fallen, da bin ich schon auf ihm … habe sein Gesicht in meinen Händen und küsse ihn – verzweifelt.
Dabei kommen mir wieder die Tränen, und Wut wallt in mir hoch. Wieso kann er mich nicht so lieben wie sie? Der Gedanke schießt unverhofft in meinen Kopf, und ich beiße ihm in die Lippe.

Er kann gar nicht weiter reagieren, da küsse und beiße ich mich schon an seinem tätowierten, perfekten Körper hinunter … während er beide Hände tief stöhnend in meinem Haar vergräbt und es zerwühlt.

»Oh Gott …«, keucht ER diesmal und ich lache gleichzeitig mit einem leisen Schluchzen – eine verrückte Mischung.

Im selben Moment bin ich schon angekommen, schiebe seine Shorts nach unten und nehme ihn in den Mund, sehe ihm dabei mit brennenden Augen in seine und weiß, dass er ALLES zu genau erkennen kann.

Ich bin ein offenes Buch für ihn, vollgeschrieben mit Wörtern wie:

Ich liebe dich, ich begehre dich ... du hast meine Welt aus den Angeln gehoben ... aber es gibt keinen Weg für uns ... und ich sterbe daran.

»Liz …«, haucht er leise, doch ich knurre: »Halt die Klappe!«, und bewege mich wieder nach oben … direkt über ihn.

»Halt einfach nur deine Klappe, David Porter!«

Dann schließe ich die Augen, denn ich kann ihn nicht dabei ansehen, schiebe mein Höschen zur Seite und lasse mich auf ihn hinab.

Langsam … obwohl ich es im Grunde schnell tun wollte, aber keine Chance.

Es ist zu intensiv und mein Körper will es auskosten und so lasse ich den Kopf nach hinten fallen, kralle mich in seine Hände auf meinen Hüften und genieße …

Ihn in mir.

Er ist genau dort, wo er hingehört, und ich, wo ich hingehöre.

Noch ein letztes Mal …

Dieser Gedanke treibt mir erneut die Tränen in die Augen, aber ich kämpfe dagegen an und beginne, mich auf ihm zu bewegen, kreise meine Hüften, was ihm ein düsteres Stöhnen entlockt.

Seine Finger krallen sich fester in meine Haut, während er noch härter in mir zu werden scheint, und ich weiß, dass wir beide jede Sekunde explodieren werden.

Wir sind wie zwei Verhungernde. Unsere Körper lechzen förmlich nacheinander, nach dieser Vereinigung, nach diesem ungezügelten, primitiven Entladen aller angestauten Emotionen.

Es ist perfekt, nichts könnte diesen Moment zerstören oder weniger denkwürdig machen … außer … seine nächsten heiser gewisperten Worte: »Heirate mich, Elisabeth Baker.«

Sofort erstarre ich mit geschlossenen Augen auf ihm, runzle die Stirn und denke mich im Lustrausch verhört zu haben, doch dann öffne ich die Lider.

David liegt unter mir, nur vom Mondlicht erhellt, und wirkt mit einem Mal so gar nicht mehr betrunken.

Sicher hält er meine Hüften fest und erwidert meinen Blick, als ich ein … »Was hast du da gerade gesagt?« murmle.

Er hebt eine Hand und umfasst meine Wange, streichelt mit dem Daumen meine erhitzte Haut und sagt fest und deutlich: »Ich habe dich gefragt, ob du meine Frau wirst.«

Bevor ich das verarbeiten kann, nimmt er mich an der Taille und wirbelt uns herum, sodass er auf mir liegt.

Dann zieht er sich aus mir raus … »Sag ja!« Und schiebt sich wieder in mich.

Mit einem lauten Stöhnen presse ich meinen Kopf in die weichen Kissen, kralle mich in seine Schultern und … explodiere mit einem lauten »JAAAAAAAAAAAAAAAAAAAAAAAAAAA!«

Kapitel 20

Der Morgen dringt schon langsam durch die blauen Vorhänge, ein Spalt Sonnenlicht breitet sich am Boden aus und kriecht immer weiter auf mich zu, während ich immer noch im Bett blicklos vor mich hinstarre.
David liegt hinter mir, einen Arm unter meinem Gesicht, den anderen über meine Taille geworfen, und schnarcht genüsslich.
Mir ist klar, dass ich Zeit schinde, aber ich kann mich nicht dazu bringen, ihn zu verlassen, auch wenn ich muss.
Nur noch fünf Minuten, das denke ich mir bereits seit vier Stunden …
Herrje, er war betrunken und wird heute wahrscheinlich nicht einmal mehr wissen, was er mich gestern Nacht gefragt hat oder was ich darauf geantwortet habe. Außerdem war das nur ein pauschales: »Jaaaa, ich komme!«, kein: »Jaaaa, ich werde dich heiraten!«
Oder?
Natürlich WERDE ich ihn NICHT heiraten!
Schließlich kennen wir uns kaum. Außerdem ist er in seine Ex-Verlobte verliebt und Vater ihres ungeborenen Kindes. Kurzum, er hat mich angelogen und selbst in besoffenem Zustand wieder einmal manipuliert …
GENAU! ALSO GEH ENDLICH!, schreit mich eine Stimme, die mittlerweile schon ganz heiser ist, in meinem Inneren an, aber ich schließe die Lider und kuschle mich enger an seine wohlige Wärme.
Noch fünf Minuten …

Aus denen werden noch einmal dreißig … und dann beginnt er auch schon, sich zu regen …

Mit einem leisen »Mhmmm« erwacht wirklich sein kompletter Körper zum Leben, und er reibt sich träge an meiner Rückseite, während ich die Lider noch fester zusammenkeife. Doch ich kann mich immer noch nicht rühren, auch nicht, als er das Haar aus meinem Nacken streicht und dort mit seinen Lippen darübergleitet.

»Guten Morgen …«, murmelt er heiser, doch ich kann diesem Morgen und erst recht der letzten Nacht nun wirklich nichts Gutes abgewinnen und so antworte ich besser nicht.

Stattdessen fühle ich nur, wie seine große männliche Hand meinen Körper hinabwandert – direkt zwischen meine Beine. »Schon wieder bereit … und so göttlich«, wispert er eindeutig erfreut und schiebt sich ein Stück weiter nach unten.

Noch fester kneife ich die Augen zusammen, doch gleichzeitig entschlüpft mir ein Stöhnen, denn er tut die wunderbarsten Dinge mit mir. Zärtlich und langsam und genüsslich.

Ganz automatisch spreize ich das obere Bein etwas ab und drehe mich auf den Rücken, damit er besseren Zugang hat. Außerdem fange ich langsam an, mein Becken mit ihm zu bewegen, während er sich vorbeugt und seine Lippen meine Brust verwöhnen. Dabei gleiten meine Finger in sein dichtes Haar, krallen sich dort fest, als er mit zwei Fingern in mich eindringt und es mir langsam, genüsslich, aber vor allem absolut genial besorgt. Mit einem Stöhnen, während ihn meine Muskeln fest umschließen, nimmt er meinen Mund mit einem Kuss in Beschlag – den ich genauso genüsslich erwidere, wie er mich verwöhnt –, bewegt seine Finger gemächlich rein und raus … reibt dabei über jenen Punkt in mir, von dessen Existenz ich nicht einmal den Hauch einer Ahnung hatte.

»David …«, entkommt mir ein heiseres, erschrockenes Wispern und ich halte mich an seinem Nacken fest, als ich unverhofft explodiere. Es ist kein riesiger, lauter, alles zerstörender Knall, sondern ganz leise … aber dafür sehr intensiv und lang andauernd.

Wow …

Und immer noch liege ich mit ihm in diesem Bett …

Und immer noch traue ich mich nicht, die Augen zu öffnen und in seine zu sehen. Viel zu große Angst habe ich davor, was ich dort entdecken könnte. Spätestens jetzt weiß ich – nein, fühle ich – in meinem tiefsten Inneren, dass sich alles verändert hat.

Das ist nicht länger David Porter, der egoistische Hotelmogul.

Das ist David Porter, der selbstlose Cowboy!

Und ob ich will oder nicht, ich kann vor ihm sowieso nicht mehr flüchten, denn er hat sein Lasso ausgeworfen und zielsicher mein Herz eingefangen.

Was soll ich nur tun?

»Ich hab gestern wohl ein bisschen zu tief ins Glas geschaut …« Mit einem Ruck löst er seine Finger aus mir, zieht mich aber an der Schulter mit sich in die Kissen, als er sich zurückfallen lässt und sich stöhnend die Stirn reibt. Er hat wohl einen winzig kleinen Kater, was seinen leidigen Gesichtsausdruck erklärt, der mich wiederum tatsächlich ein wenig zum Kichern bringt.

»Ein bisschen ist gut …«, murmle ich und lege meine Wange auf seiner Brust ab, so muss ich ihm wenigstens nicht in die Augen sehen.

Und dann schweigen wir beide betreten.

Es kommt mir fast so vor, als wüsste er auch nicht, was er sagen soll.

Erinnert er sich an gestern? Wenn ja, wird er es noch einmal ansprechen und erklären, dass es ihm leidtut und der Antrag nur ein Versehen, dass er natürlich nicht ernst gemeint war?

Wird er vielleicht gleich aus dem Bett springen und weglaufen, wenn ihm klar wird, was er getan hat und wie ich reagiert habe? Und wie schmerzhaft wird es diesmal, wenn er mich von sich stößt?

Doch er stößt mich vorerst nicht von sich, genau genommen zieht er mich noch enger in seine Arme und küsst meinen Scheitel. Ich seufze leise und streiche mit meiner Nase über seine Brust. Ich muss etwas sagen, aber was?

Schließlich räuspert er sich, und ich warte auf seine Worte, die nun folgen werden, doch es kommt nichts …

Die Anspannung nimmt mir langsam, aber sicher den Atem, da räuspert er sich noch einmal und spricht schließlich mit kratziger Stimme und leicht amüsiert, allerdings mit einem angespannten Unterton.

»Liz, versteh mich nicht falsch, ich genieße es sehr am Morgen mit deinem heißen Körper neben mir aufzuwachen, aber wie kommt es überhaupt, dass ich hier bin?« Und somit ist es klar. Er weiß es nicht mehr!

Ich sollte erleichtert sein, aber spontan könnte ich eher heulen!

Verdammte Scheiße! *Er weiß es nicht mehr!*

»Wir haben gevögelt!«, antworte ich lapidar, schlüpfe aus seinen Armen, stehe auf und ziehe meinen Jeansrock von gestern an. »Nur kurz mal den Hormonspiegel geputzt, du weißt schon …«

»Wie bitte?«, knurrt er drohend.

Meine Bluse folgt, während er sich mit gerunzelter Stirn auf den Ellbogen aufrichtet, dann aber schmerzerfüllt stöhnt und sich wieder zurück ins Bett fallen lässt. »Wiederhol das!«, zischt er förmlich.

»Wir hatten SEHEX!«, rufe ich ihm entgegen, den Tränen nahe, während mein Herz einen wahren Aufstand in meiner Brust macht. »Belanglosen Sex! Kurz rein und raus, du weißt doch, wie das funktioniert, oder muss ich es dir wirklich erklären? Du warst betrunken und heiß … und du wolltest mich … also habe ich dir gegeben, was du brauchst. Das kennst du ja sicher irgendwoher …«

»Elisabeth! Was soll das!?« Mit einem Mal steht er vor mir, die Hände zu Fäusten geballt, worauf die Sehnen an seinen Unterarmen deutlich hervortreten, und die Ader an der Stirn derart pocht, dass ich glaube, sie könnte jeden Moment platzen. »Hör sofort auf damit!«

Ich gebe mich völlig unschuldig und unwissend.

»Mit was denn?« Dabei blinzle ich ihn mit großen Augen an, während er versucht, mich sehr eindrucksvoll in Grund und Boden zu starren.

»Mein Antrag an dich war also belanglos?«, fragt er mit einem Mal sanft und völlig beherrscht, aber mit dieser bereits gewohnten Eiseskälte in seiner Stimme. Mein Magen dreht sich mit einem Ruck um die eigene Achse und will sich entleeren. Es ist, als hätte er mir ein Messer in den Bauch gestoßen, aber ich … ich kann nicht mehr zurück und lache auf, auch wenn ich weiß, wie sehr ich ihn damit verletze.

»David, du warst betrunken und rattenscharf. Hast mich im Taumel der sexuellen Raserei gefragt, ob ich deine Frau werden will. Du hast doch nicht geglaubt, dass ich das ernst nehme«, winke ich freundlich ab und schlüpfe in meine Schuhe.

Bevor er mir noch einmal so wehtut, zerstöre ich ihn lieber völlig! Er packt mich plötzlich am Arm, und zwar so fest, dass es wehtut.

»Du hast *Ja* gesagt und du warst nicht betrunken!« Er bekommt kaum die Zähne auseinander, seine Augen verbrennen mich bei lebendigem Leib und die Ader pocht nach wie vor …

Ich schüttle den Kopf und streife seine Hand mit spitzen Fingern ab. »Ich WAR betrunken, und zwar vor Lust, hatte gerade einen grandiosen Orgasmus und hab ihn herausgeschrien. Du hast da wohl was verwechselt.«

CUT!

Kapitel 21

ER

Und das war's!

Dieses kleine Miststück hat mir gerade den ultimativen Todesstoß versetzt!

VERWECHSELT?

Ich habe nichts *verwechselt!*

Elisabeth hat gestern förmlich herausgeschrien, meine Frau zu werden, nicht nur mit ihren Worten, sondern auch ihrem Körper, verdammt! Und jetzt will sie davon nichts mehr wissen! Reduziert alles, was zwischen uns war und ist, auf BELANGLOSEN Sex und nichts weiter – so, wie ich es jahrelang getan habe. Okay, am Anfang war das bei ihr nicht anders, aber mittlerweile verbindet uns weitaus mehr als nur verfickter Sex!

Für mich!

Für sie ja anscheinend nicht!

Ich hebe beide Hände in einer entschuldigenden Geste und mache einen Schritt zurück. »Okay!«

Misstrauisch fixiert sie mich, aber ich schnappe mir lediglich – nackt, wie ich bin – meine Hose von gestern Abend und befördere mein Handy ans Tageslicht. Dort wähle ich die altbekannte Nummer meiner Assistentin und sehe das Miststück an, während ich darauf warte, dass abgehoben wird.

Ihre Augen … sie ziehen mich in ihren Bann, und ihr heißer Körper erst – doch fest verschließe ich mich davor, was ich bei ihrem Anblick empfinde und konzentriere mich auf das Telefonat – beobachte dabei genau ihre Mimik. »Ich brauche einen Wagen.«

Ihre Augen werden größer, Schmerz flackert darin auf, und straft ihre Worte lügen … Es war für sie ganz sicher nicht belanglos, als sie mich gestern förmlich markiert und für sich beansprucht hat – doch es ist zu spät.

Ich lasse mich nicht verarschen!

Von keiner!

Das habe ich mir einmal geschworen und diesen Schwur beinahe gebrochen, fast hätte sie mich gehabt …

Alle Frauen sind DOCH gleich!

Kurz und knapp, dann ist das Telefonat beendet.

»Ein Wagen ist in einer halben Stunde für dich da!« Sie presst ihre Lippen aufeinander und ballt die Hände zu winzigen Fäustchen. Noch ein letztes Mal lodern die Flammen auf, und ich sauge ihr Bild in mich auf. Ihre zerzauste Löwenmähne, ihre roten Lippen, ihr störrisches Kinn, ihren perfekten Körper … und diese Augen.

Es wird das letzte Mal sein, dass ich sie betrachte.

Das schwöre ich mir!

Dann wende ich mich ab.

Ohne noch einmal zurückzuschauen, gehe ich davon und lasse sie stehen, wie schon einige Male davor, doch jetzt ist es endgültig. Ich tue das, was ich am besten kann und was ich bisher bei fast allen Frauen vor ihr getan habe. Aber bei ihr bricht mein Herz dabei in zwei Teile.

Kapitel 22

Erst als ich höre, dass unten die Tür zuschlägt und das Auto davonfährt, verlasse ich das Badezimmer, in dem ich mich wie ein kleines Weichei verkrochen habe, und gehe runter in die Küche. Ich fühle mich immer noch wie betäubt, was wohl eine Art Selbstschutz sein muss, denn ansonsten würde mich der Schmerz umbringen.

Meine Mum ist, so wie immer um diese Uhrzeit, bereits fleißig und bereitet das üppige Mittagessen vor. Mechanisch murmle ich: »Morgen, Mum!«, gebe ihr einen Kuss auf die Wange und hole eine Kaffeetasse aus dem Schrank über der Spüle. Dann schenke ich mir etwas von dem heißen Muntermacher ein und kippe einen halben Löffel Zucker dazu, aber keine Milch, die macht fett.

Ich rühre um und führe die Tasse zum Mund, schlürfe einen Schluck und verbrenne mir dabei die Zunge. Der körperliche Schmerz ist eine willkommene Abwechslung zu dem emotionalen Sturm, der in mir tobt.

Als Nächstes öffne ich den Kühlschrank und schaue, was es da so gibt … vielleicht Bacon und Ei? Oh fuck! Kein Bacon und Ei, ich werde nie wieder Bacon und Ei essen, dann lieber …

»David …«, meint meine Mutter sanft.

»NEIN!« Mit einem Ruck schmeiße ich den Kühlschrank wieder zu und stürme hoch in mein Zimmer. Ich kann es nicht ertragen! Diese mitfühlende, wissende Stimme! Sie würde mein wackliges Gerüst an Selbstbeherrschung schneller zerstören als der Hurrikan Katrina New Orleans.

Ja, ich bin schwach und feige, doch ich kann nicht anders.

Nachdem ich die Tür mit einem Knall hinter mir geschlossen habe, lehne mich schwer dagegen und lasse den Kopf nach hinten fallen. Verdammt.

Ihr Duft liegt noch in der Luft, ganz subtil, aber doch vorhanden. Gerade eben war sie noch hier … und jetzt ist sie weg und wird nie wieder bei mir sein.

Unwiderruflich weg!

So beschissen wie jetzt habe ich mich schon … schon seit jenem Morgen nicht mehr gefühlt, als Marie mir, während ich meinen Smoking für unsere Hochzeit anzog, mitteilte, dass sie mit meinem Bruder geschlafen habe und mich doch nicht heiraten wolle.

Die Situation jetzt ist wie ein Déjà-vu! Nur dass die Gefühle um ein Vielfaches stärker sind als damals. *Alle* Gefühle, die positiven sowie die negativen.

Ich lache trocken auf.

Vielleicht ist meine Erinnerung nur verblasst, aber der Schmerz, der nun in mir tobt, ist mit dem, der mich damals heimsuchte, nicht zu vergleichen – ein Nichts.

INS verdammte NICHTS.

Genau das ist es, in was mich ihr Verlust wirft, denn verdammt … ich war gestern nicht so besoffen, wie sie annahm … der Großteil war gespielt. Ich wollte sie rumbekommen, wollte … sie mit Sex erpressen, damit sie sich wieder emotional auf mich einlässt. Okay, dieser Antrag mittendrin war vielleicht das Dämlichste, was ich jemals getan habe, aber ...

Elisabeth Baker ist das, was ich brauche, ganz einfach. Deshalb war jedes Wort ernst gemeint, ich wollte sie tatsächlich heiraten!

Selbst die hässlichste Seite, die sie mir offenbart, könnte mich nicht davon abbringen, sie den Rest meines Lebens ficken zu wollen – und mehr.

Aber sie will dieses mehr nicht, will *mich* nicht.

Zwar würde ich sie zu allem zwingen, aber nicht dazu, mich verdammt noch mal zu lieben. Das kann ich überhaupt nicht, auch wenn es das ist, was ich mit *Mehr* meine. Ich liebe Elisabeth.

Sie kam, stellte meine Welt auf den Kopf und ging …

Wahrscheinlich ist das Karma.

Genau das habe ich auch so vielen Frauen vor ihr angetan – ohne Reue, ohne Gewissen … Doch irgendwann kommt wohl jede üble Tat auf einen zurück. So oder so.

Danke! Lektion gelernt, verdammtes Schicksal, und jetzt fick dich!

SIE

Leise vor mich hinschniefend sitze ich auf der Rückbank der Riesenlimousine, während mir Tränen unablässig über die Wangen rollen. Mein Verbrauch an Taschentüchern nimmt einen neuen Rekordwert an, denn bereits nach der Hälfte der Strecke muss der freundliche Fahrer Ferdinand anhalten und neue organisieren, denn ich kann einfach nicht aufhören, zu heulen.

Ich bin wirklich ein mieses Miststück!

Ihm so etwas anzutun!

Diesmal habe ich es verdient, dass er mich stehen ließ!

Diesmal habe ich ihn verletzt!

Vorsätzlich!

Und wieso? Weil ich Angst habe!

Angst davor, was die Liebe für ihn bedeutet und wie sehr sie mich verändern könnte, aber vor allem, wie stark sie mich verletzen könnte. David Porter ist mir unter die Haut gegangen, wie kein Mensch jemals zuvor. Doch er ist ein Mann, der auf die Gefühle seiner Mitmenschen normalerweise keine Rücksicht nimmt.

Und trotzdem liebe ich ihn.

Es wird niemals aufhören, das weiß ich. Ewig werde ich mich an die Stunden mit ihm erinnern – an seine Küsse und seine Berührungen – und mir ausmalen, was wir hätten haben können, aber niemals bekommen haben.

Wir sind einfach zu unterschiedlich!

Soll er doch mit seiner verdammten Ex glücklich werden! Soll er ihr gemeinsames Kind sehen und die Erleuchtung haben, dass er nur die beiden will, dass sie so perfekt zu ihm passt, wie ich es nie könnte. Soll er sie doch dominieren – sie wird sicher glücklich sein, nach seiner Pfeife tanzen zu dürfen und sich von ihm zähmen zu lassen! Ich nicht!

***

Die nächsten drei Wochen vergehen sehr zäh.

Meiner Schwester habe ich gleich am nächsten Tag meiner Ankunft alles erzählt, woraufhin sie ihn schon anrufen und fragen wollte, was eigentlich sein verdammtes Problem sei, aber ich konnte sie gerade noch davon abhalten.

Als ich die Jahresabrechnung der Nebenkosten für meinen Laden bekomme, ist das der nächste Weltuntergang. 3.201 Dollar, und ich habe keine Ahnung, wie ich die aufbringen soll, also verbuddle ich die Papiere ganz unten in dem Stapel der noch offenen Rechnungen und versuche sie zu vergessen. Vielleicht kann ich ja eine Ratenzahlung mit dem Vermieter vereinbaren … obwohl der in der Hinsicht ziemlich unflexibel ist.

Als auch noch eine Woche darauf eine Mieterhöhung im Briefkasten liegt, fällt es mir schwer, nicht zur nächsten Bahnbrücke zu gehen und mich einfach hinunterzustürzen.

Es ist, als würde das Schicksal mich für irgendwas bestrafen und völlig fertigmachen wollen. Wahrscheinlich dafür, wie ich mit ihm umgesprungen bin.

Der Vermieter zeigt sich auch noch wie erwartet relativ kompromisslos. Er gewährleistet mir lediglich einen Aufschub der Zahlung um einen Monat, und das war's.

Somit bin ich aufgeschmissen und werde meinen Laden aufgeben müssen. Schweren Herzens überwinde ich mich und bitte meine Schwester um Hilfe, aber sie wohnt noch zu Hause, studiert und arbeitet nebenbei in einer Eisdiele – sie hat nichts. Genau wie meine Eltern, die ein winziges Häuschen am Rande der Stadt bewohnen und mehr schlecht als recht über die Runden kommen. Mein Vater bietet mir an, einen Kredit aufzunehmen, zumindest will er es versuchen, aber da ich weiß, dass es sowieso schon knapp ist, die Raten für das Häuschen zu zahlen, gebe ich ihm einen Kuss auf die Wange und sage, dass ich es schon irgendwie schaffen werde.

Dann gehe ich nach Hause.

Ziehe die Vorhänge zu.

Lege mich in mein Bett … und hoffe, mich erschlägt ein Meteorit. Alternativ wäre ich aber auch mit einem Einbrecher zufrieden, der mich umbringt. Hauptsache ich werde irgendwie erlöst.

Doch nichts davon passiert.

Ich lebe einfach weiter und muss mit der Verzweiflung zurechtkommen, die in mir wütet.

Wenn ich eine von diesen Hennen wäre, würde ich David bitten, mir zu helfen. Ich weiß, dass er diese Summen wahrscheinlich an einem Tag nur fürs Essen ausgibt und sie lediglich Peanuts für ihn sind. Er würde mich nicht im Stich lassen, denn Marie hatte recht, er ist wirklich ein guter Mensch – wenn man ihn erst mal kennenlernt und nicht einfließen lässt, dass er gerne Dinge verschweigt und im Bett ein Arsch ist. Aber ich kann mich nicht überwinden, ihn anzurufen, dafür ist mein Stolz zu groß.

Da melde ich doch lieber Konkurs an und ziehe ins nächste Obdachlosenasyl, als ausgerechnet wegen Geld angekrochen zu kommen, obwohl es doch so viel wichtigere Gründe gäbe … wie zum Beispiel die Sehnsucht nach ihm.

Jede Nacht träume ich von ihm – immer stehe ich draußen in der Kälte vor der Ranch und beobachte durch die beschlagenden Scheiben das Bild der perfekten Idylle im Inneren des Hauses.

Marie sitzt auf einem Schaukelstuhl, ein wunderschönes Baby auf dem Arm, und er steht hinter ihr. Die Hand stolz auf ihre braun gebrannte Schulter gelegt, bevor sie ihm ihr Gesicht zudreht und ihn anstrahlt. Er strahlt voller Stolz zurück, streicht ihre eine Strähne hinter das Ohr, wie er das bei mir immer getan hat, beugt sich herab und küsst sie …

Das Baby verschwindet … und sie sind plötzlich in seinem Hotelzimmer, nach wie vor befinde ich mich vor der Scheibe und muss mit ansehen, wie er sie rumkrabbeln lässt, in meinem Outfit, und wie sie ihm dann einen bläst … wie er sie massiert und all das mit ihr macht, was er mit mir getan hat … während mir Tränen über mein Gesicht laufen.

Ich rufe ihm zu, dass er aufhören soll, dass ich ihn liebe, aber er ignoriert mich völlig.

Egal, wie laut ich schreie, nichts ändert diese Szene, die sich Nacht für Nacht abspielt ... bis ich aufwache, nur um stattdessen im Albtraum der Realität gefangen zu sein.

Alles in allem … geht mein Leben gerade so richtig den Bach runter. Ich bin völlig hilflos und weiß nicht, was ich dagegen tun soll … Es fühlt sich an, als ob mit David alles Licht und Glück verschwunden wäre.

CUT!

Kapitel 23

Als ein paar Tage später ein unschuldig wirkender Brief in meinem Briefkasten liegt, denke ich mir nicht viel dabei. Mit wunderschöner Handschrift steht meine Adresse darauf, allerdings kein Absender, nichts.

Stirnrunzelnd schließe ich den Laden auf und betrete die heilige Halle, in der es nach Büchern und Weisheit und Behaglichkeit riecht.

Wie nebenbei drücke ich den Knopf, der die Kaffeemaschine blubbernd zum Leben erweckt, stelle eine Tasse drunter und lasse Kaffee einlaufen, während ich den Umschlag immer noch skeptisch mustere.

Dann setze ich mich mit dem dampfenden Getränk auf meine Couch, öffne ihn und entnehme ihm ein einfaches gefaltetes Blatt Papier sowie einen kleineren Umschlag.

Als ich es öffne, erwartet mich erneut diese perfekte Schrift, und neugierig fange ich an zu lesen:

Liebe Elisabeth ...

Lange habe ich mit mir gehadert, weil ich nicht wusste, wie ich diese Zeilen an dich beginnen soll. Doch jetzt sitze ich hier im Krankenhaus, habe den kleinen David Junior neben mir in seinem Bettchen liegen und schreibe einfach drauflos:

Er ist genauso unvergleichlich schön wie David.

Du würdest ihn lieben.

Genauso, wie du den Vater liebst.

Streite es nicht ab, ich habe es genau in deinen Augen gesehen ... und auch in seinen.

Sie waren so lebendig, so stolz, so glücklich ... er wirkte mit dir an seiner Seite völlig ausgeglichen, ganz zu schweigen davon, dass es der erste Besuch war, an dem er Jesse kein Veilchen verpasst hat. Du hast ihm so gut getan ... aber jetzt ...

David ist gerade gegangen.

Er hat seinen Sohn das erste Mal auf dem Arm gehalten und ... ihn angesehen, als würde er ihn hassen!

Es hat mich zutiefst erschüttert, was in den letzten Wochen aus ihm geworden ist. Er ist nicht mehr er selbst. Noch weniger, als er es jemals davor war.

Mittlerweile wirkt er verwahrlost, geradewegs wie ein Penner – er riecht auf jeden Fall wie einer. Er hat abgenommen, sicher zehn Kilo, trägt einen Bart und seine Augen sind völlig leer – außerdem glaube ich, dass er betrunken oder auf Drogen war.

Sein Äußeres hat mich unsagbar schockiert, und während ich das hier schreibe, kann ich nicht aufhören zu weinen. Wenn du ihn gesehen hättest ... dein Herz wäre genauso gebrochen wie meines.

Lieben heißt das Wohl des anderen über sein eigenes zu stellen.

Ja, ich liebe David noch und ich weiß, dass er immer Teil meines Lebens bleiben wird, aber Geoffrey ist mein Hafen, er gibt mir die Zuversicht und das Gefühl, das nichts auf der Welt wichtiger ist als ich.

Und Liz, ich denke, dass genau du Davids Hafen bist!

Bitte, gib ihm noch eine Chance!

Gebt euch eine Chance, glücklich zu sein!

Denn Glück werdet ihr nur gemeinsam finden.

Ich weiß, mit den Männern der Familie Porter ist es nicht immer leicht – besonders nicht mit ihm. Geschäftlich ist David Porter stets souverän und allen überlegen, er ist stur und will mit dem Kopf durch die Wand.

Aber privat blieb David der kleine Junge, der die sanfte Hand einer starken Frau braucht – und die bist du.

Du hast ihm nach langem Umherirren den Weg aufgezeigt, der in sein Glück führt, doch als du gingst, verlor er diesen wieder aus den Augen, und nun stolpert er verlassen durch die Dunkelheit.

Elisabeth, er liebt dich.

Bitte, gib ihm noch eine Chance und zeige ihm, wo das Licht ist.

Ich weiß, dass er dich glücklich machen kann.

Dafür lege ich meine Hand ins Feuer …

Ansonsten sehe ich keine Hoffnung für ihn.

Deine zutiefst besorgte

Marie

PS: Er wird in drei Tagen sein neues Hotel in Dubai einweihen. Ich habe dir mein Ticket geschickt, das ich von ihm bekommen habe, und hoffe, dass du diese Chance nutzt, um wenigstens noch einmal mit ihm zu reden.

Kapitel 24

Geschlagen schließe ich die Augen, die ich angestrengt auf die Zeilen gerichtet habe, weil diese kaum lesbar und von Flecken sowie Tränen überhäuft sind.

Auch mir kommen die Tränen.

Nimmt er wirklich Drogen, lässt er sich wirklich so gehen? Das passt nicht zu ihm!

Das, was sie da beschreibt, kann unmöglich der eitle und selbstbewusste David Porter sein!

Und das alles nur wegen mir?

Wieso sollte er seinen Sohn voller Hass ansehen?

Immer wieder lese ich diese Zeilen und versuche, sie zu verstehen.

Irgendwas muss ich tun, sonst zerreißt es mich innerlich.

Wie eine Verrückte laufe ich mit dem Brief durch meinen Buchladen … dann kommt mir die Erleuchtung!

Es dauert nicht lange, da habe ich im Internet die Nummer seines Hotels gefunden und brauche auch nur drei Anläufe, bis ich normal in den Apparat sprechen kann.

Kurz darauf werde ich zur Bar durchgestellt, und nachdem es drei Mal geklingelt hat, höre ich Daniels ruhige Stimme – allerdings deutlich irritiert.

»Ja bitte?«

»Hi Daniel … ich weiß nicht, ob du dich noch an mich erinnern kannst … aber ich … ich war vor ungefähr zwei Monaten im Hotel und habe …«

»Elisabeth Baker … braune Augen, braune Haare, wunderschön, schlau, witzig und nicht auf den Mund gefallen. Wie kann ich dir helfen?« Das lässt mich für einige Sekunden stocken, doch dann reiße ich mich zusammen und lächle schwach.

»Ja … genau die, außerdem kannst du noch total blöde Kuh hinzufügen, weil ich dich einfach so stehen ließ …«

»Ach!« Er winkt sicherlich ab. »Was ist los, Süße?«

Ich schlucke trocken, doch dann überwinde ich mich einfach.

»Sag mal … siehst du David Porter eigentlich öfter?« Darauf herrscht einige Sekunden angespannte Stille, bevor er knapp mit »JA!« antwortet.

»Und … wie ist er da so … Ist dir irgendwas aufgefallen?«

»Außer dass er mir letzte Woche auf den Tresen gekotzt hat und jeden Abend eine Henne nach der anderen abschleppt, ist er dasselbe Arschloch wie eh und je, und das, wo ich dachte, mein Gespräch damals hätte ihn wach gerüttelt …«

»Welches … welches Gespräch?«

»Vor ungefähr einem Monat, nachdem du abgehauen bist, habe ich ihm den Kopf gewaschen, denn ob er es zugibt oder nicht: Ich bin einer der wenigen Menschen, auf die er ab und zu hört und die es wirklich gut mit ihm meinen. Wir kennen uns schon seit zwanzig Jahren, musst du wissen.«

»Ehrlich?«

»Ja, hat er dir das nicht erzählt? Ich bin sein bester Freund …«

»DER ARSCH!«

»Was?«

»Er hat mich damals damit erpresst, dass er dich feuert, wenn ich mich nicht auf eine Nacht mit ihm einlasse!« Kurz darauf kriegt sich Daniel nicht mehr ein vor Lachen, und ich verziehe meine Lippen zu einem Schmollen.

»Sorry, aber … das ist echt … er ist ein Teufel … und macht vor nichts Halt …«, bringt er gerade so raus, dann lacht er sich weiter den Arsch ab. Augen verdrehend starre ich an die Decke … und sehe dann auf die Uhr.

»Bist du bald fertig?«

»Ja … warte … gleich …« Nur noch zwei Mal muss ich seinen Gacker-Ausbruch ertragen, dann hat er sich wieder gefangen.

»Okay … ich bin cool.«

»Sehr schön …« Und dann weiß ich wieder nicht, wie ich anfangen soll, also sage ich einfach die Wahrheit.

»Kennst du Marie?«

»Klar! Sie war die heißeste Schnitte an unserer Schule, seine Ex … und ehrlich nicht zu verachten …«

»Ja, ja, genau die …«, knurre ich. »Ich habe einen Brief von ihr erhalten.«

»Oh …«

»Ja … in diesem … teilt sie mir mit, dass es ihm beschissen geht, also ich meine so richtig beschissen, und … ich wollte dich fragen, ob das stimmt.«

»Es stimmt«, erwidert er sofort ohne Umschweife. »David macht sich gerade systematisch kaputt … und das mit Erfolg … Liest du denn nie Zeitung oder schaust fern?«

»Nein, ich hasse die Medien. Sie propagieren uns nur das, was wir denken sollen; zu etwas anderem sind sie nicht ...«

»Ja, ja, ja, ja … dann guck mal ins Internet. Da gibt es ganz tolle Fotos von ihm, und ich sage dir, die sind NICHTS gegen die Realität.«

»Oh Gott!« Völlig geschlagen lasse ich meinen Kopf in meine Hände fallen.

»Ach ja … ich wollte dich übrigens nicht wirklich anmachen, ich habe es nur getan, um zu testen, ob du eine von diesen geldgeilen Schlampen bist, die sonst so auf ihn aus sind …«

»Aha …«

»Das warst du nicht. Genau genommen warst du richtig nett und so habe ich mich erbarmt und wollte dich vor ihm warnen, aber du wolltest ja nicht auf mich hören … Ihr beide seid so bescheuert … liebt euch bis in die absolute Dämlichkeit und kriegt es trotzdem nicht auf die Reihe …«

Mein Herz setzt einen Schlag aus.

»Glaubst du wirklich, dass er mich liebt?«

»Definitiv.« Das kommt felsenfest und ich seufze schwer.

»Aber er hat mich weggeschickt!«

»Wieso hat er dich weggeschickt? Einfach so?«

Verlegen beiße ich mir auf die Unterlippe. »Nein.«

»Er hatte also einen Grund dafür?«

»Ja.«

»Einen gerechtfertigten?«

Es fällt mir schwer, das zuzugeben, aber … »Ja.«

»Was hast du gemacht?« Oh, verdammt …

Ich schließe die Augen und spreche es so schnell wie möglich aus: »Er, er … hat mir … einen Antrag beim Sex gemacht – aber er war besoffen! Und am nächsten Morgen hat er so getan, als wüsste er nichts davon! Ist doch klar, wahrscheinlich ist ihm aufgegangen, wie irrsinnig er sich am Abend zuvor verhalten hat, und … und er hat mich verletzt … also habe ich ihn auch verletzt.«

»Wie?«

»Ich habe das zwischen uns heruntergespielt. Auf Sex.«

»Und DAS hat ihn dazu gebracht, dich wegzuschicken?« Ungläubiger könnte er nicht klingen, als würde er eine völlig verdrehte Story hören.

»Ja!«

»Oh … fuck … er muss dich WIRKLICH lieben!«

Mein Herz setzt jedes Mal einen Schlag aus, wenn ich das höre, und so komme ich schnell zu meinem eigentlichen Anliegen …

»Marie hat mir ein Ticket mitgeschickt … für die Hoteleröffnung in Dubai … und für ein Zimmer in dem Hotel … All inclusive ...« Daniel schweigt, also rede ich weiter. »Und … ich würde am liebsten jetzt sofort hinfliegen, ihn wach prügeln und ihn dann wieder zusammenflicken … aber … aber … ich habe solche Angst.«

»Wovor?«

»Verletzt zu werden …«

»Wie?«

»Er kann jede haben. Was, wenn ich ihm zu langweilig werde?«

»David will nicht jede. Er will dich, und wenn er etwas wirklich will, tut er alles dafür. Er würde für dich die verdammte Welt aus den Angeln heben.«

»Wieso … wieso bist du dir da so sicher?«

»Bester Freund – schon vergessen? Ich kenne ihn wie kein anderer.«

»Und … denkst du wirklich, wir haben eine Chance?«

»Wenn nicht die wahre Liebe eine Chance hat, was dann?« Seine Worte zaubern mir ein Lächeln ins Gesicht; die Tränen sind längst vergessen. Ich habe tatsächlich neuen Mut durch dieses Telefonat gefasst. Aber eins will ich noch wissen:

»Sag mal … stimmt es, dass deine kleine Schwester krank ist und du ihre Behandlung zahlst?«

»Hat er dir DAS erzählt?«

»Ja …«

»Ich sag ja, David Porter tut alles dafür, wenn er etwas will – der Bastard.«

Ich verdrehe die Augen.

»Aber denkst du nicht, dass er mich dann immer wieder manipulieren und belügen wird?«

»Wieso? Wenn er dich erst mal HAT, ist das doch nicht mehr nötig.«

Das klingt logisch … und ich lächle breiter.

»Danke, Daniel …«

»Nichts zu danken.«

»Ich werde mich daran erinnern.«

»Hast du Stift und Papier? Dann schreib es dir besser auf.«

Ich lache. »Okay!«

»Nur Spaß … Ich geb dir meine Handynummer, falls du mal wieder Gesprächsbedarf hast ...« Mit einem warmen Gefühl im Bauch notiere ich seine Nummer und bedanke mich noch ungefähr tausend Mal für seine Ehrlichkeit. »Immer, bis dann, Süße!«, verabschiedet er sich von mir und legt auf.

Ich kann wieder das erste Mal, nachdem ich ihn verlassen habe, so richtig frei durchatmen, denn endlich weiß auch ich wirklich, was ich will und brauche.

Und das ist David Porter!

Komme, was wolle!

Kapitel 24

Drei Tage später befinde ich mich tatsächlich schon in Dubai und das nach einem Fünfzigtausend-Stunden-Flug – zumindest fühlte es sich so an.
Völlig verschwitzt, fertig und gejetlagt wanke ich in das riesige Penthouse des größten Wolkenkratzers, der mir je untergekommen ist, und die Wüstenstadt weit überragt, wo ich sofort in das überdimensionale Bett falle.
Mir ist alles egal.
Sogar David Porter.
Erst mal brauche ich Schlaf.

***

Es ist bereits dunkel, als ich die Lider mit einem Ruck wieder aufreiße. Ich habe keine Ahnung, wie spät es ist und wo ich mich befinde. Dann fällt mir alles wieder ein.
Er hatte Marie – NUR Marie, OHNE Geoffrey – ein Ticket geschickt, damit sie zu ihm nach Dubai kommt, und ich frage mich, ob er das tatsächlich ohne Hintergedanken getan hat.
Doch aus welchen Gründen auch immer – ich werde nicht zulassen, dass er sich meinetwegen weiterhin zerstört. Deswegen bin ich hier. Die Eifersucht, die ich bei der Vorstellung, dass sie hier an meiner Stelle liegen könnte, empfinde, schiebe ich weit von mir.
Sie ist zweitrangig. Meine Gefühle sind zweitrangig. Alles, was mich betrifft, ist im Moment zweitrangig.
Wenn man liebt, dann stellt man das Wohl des anderen über sein eigenes …

Ich weiß von Daniel, wo sich Davids Hotelzimmer befindet, doch bevor ich ihn dort aufsuchen werde, will ich mich auf jeden Fall noch etwas frisch machen. Außerdem muss ich dringend pinkeln! Die Flugzeugtoilette war mir absolut nicht geheuer.

Dieses Penthouse ist ein halbes Luxus-Schloss, sodass ich gefühlte Ewigkeiten brauche, bis ich das Bad gefunden habe. Herrje, die sollten einen Grundriss verteilen, damit man sich hier nicht verläuft. Bis ich endlich die richtige Tür erwische, habe ich mir beinahe in die Hosen gemacht, aber ich schaffe es rechtzeitig in die Wellness-Oase, in der orientalische Muster aus Marmor und Gold dominieren. Für einen Moment fühle ich mich etwas erschlagen. Frische Blumen verbreiten einen angenehmen Geruch. Ein riesiger Whirlpool steht mitten im Raum auf einem Podest. An der gegenüberliegenden Wand befindet sich eine fantastische Regenwalddusche – natürlich mit Massagedüsen.

Erleichtert seufzend sitze ich kurz darauf auf der goldenen, total ungemütlichen Schüssel und frage mich, ob ich diese Üppigkeit wirklich will.

Wenn das zwischen uns noch etwas wird, kann ich mir vorstellen, in dieser Welt zu leben?

Weit oben über den Dächern der Normalsterblichen?

Wäre ich jemals dazu fähig, mich mit den Hühnern auf eine Stange zu setzen?

Nein!

Auf keinen Fall!

Aber ich könnte mich damit arrangieren. In gewisser Weise … natürlich nicht zu Davids vollster Zufriedenheit. Niemals könnte er aus mir einen Salat-fressenden Hasen machen. Aber ich wäre bereit, Abstriche zu machen … Gegen schöne Kleider habe ich schon mal nichts … Außerdem entschädigt der Sex mit ihm für so gut wie al…

Mit einem Mal vernehme ich einen lauten Knall aus den Weiten des Schlosses und zucke zusammen.

Scheiße … was war das denn?

Zimmerservice?

Es rumpelt erneut und ich beende schnell mein Geschäft und springe auf. Noch im Gehen ziehe ich mir die Jogginghose hoch und nähere mich vorsichtig der Badtür.

Was, wenn jemand in das gerade erst eröffnete Hotel einbricht?

Wieder scheppert es, verhalten stöhnt jemand … dann legt sich verdächtige Stille über die orientalische Nacht. Wirklich verdächtig.

Mir bricht der Schweiß aus jeder Pore, während ich lautlos in den Flur schlüpfe und mich an der Wand entlangschiebe – bis ins Wohnzimmer. Doch dort ist niemand …

Stirnrunzelnd schleiche ich weiter … ins nächste Zimmer … und strecke die Hand nach der Tür aus, die nur angelehnt ist. Sie knarzt nicht, als ich sie aufdrücke und sich mir geradewegs ein Blick auf das schwarze Bett offenbart …

Ich keuche auf, als ich bemerke, dass dort jemand liegt, der blicklos an die Decke starrt, und werde rot, weil derjenige, bis auf ein schwarzes Handtuch, das um seine Hüften geschlungen ist, nichts weiter trägt.

Im ersten Moment erkenne ich ihn nicht sofort, zu dünn ist der Körper, zu dicht der Bart! Doch dann schlägt die Bombe ein!

Es ist David!

Halb nackt!

Und feucht!

Und tätowiert!

Neben ihm steht eine Flasche Champagner.

Und Erdbeeren …

Der Arsch!

»WAS zum Teufel!« Bei diesem Ausruf dreht sich sein Kopf sofort zu mir herum und fast im selben Moment, in dem er mich erblickt, wird er völlig bleich. Sogar sein Mund klappt auf – er setzt wieder mal meinen Lieblingsgesichtsausdruck auf – und ist eindeutig geschockt.

Ungefähr so wie ich!

»Liz!« Nur mühsam bringt er meinen Namen raus; seine Stimme ist aufgewühlt und tief und es ist wunderschön, sie wieder zu hören … aber trotzdem. Wie eine Kanone schießt er nach oben … und will auf mich zukommen, während er das Handtuch festhält.

»NEIN!«, brülle ich ihn wild an, nehme mir den erstbesten Gegenstand in Reichweite – es ist eine orientalische Vase – und schmeiße sie nach ihm. Gerade so kann er sich bücken, da zerschellt sie schon hinter ihm an der Wand.

»Fuck!«, murmelt er und sieht hinter sich auf die Scherben, dann wirbelt sein Kopf wieder herum und er starrt mich an.

Ich starre ihn an.

Er sieht wirklich total fertig aus.

Und ich war noch niemals in meinem Leben so sauer auf ihn wie in diesem Moment.

»Du wolltest sie ficken!«, zische ich und springe zum nächsten Wurfgeschoss – einer kleinen Statue.

»WARTE!«

»Nein!« Auch dieser kann er gekonnt ausweichen, und kommt mir immer näher.

»Beruhige dich!« Ich weiche weiterhin zurück, und sehe mich bereits wie eine Verrückte nach dem nächsten geeigneten Gegenstand um, mit dem ich sein Leben beenden kann.

»Beruhigen?«, murmle ich völlig außer mir, während mein Augenlid zuckt. »Beruhigen, wo genau das eingetroffen ist, wovor ich Angst hatte? HA!« Ich hechte zu einem Gemälde, will es runterreißen und ihm damit den Kopf einschlagen, aber schon ist er bei mir … packt mich an der Hüfte und drückt mich gegen die Wand.

»Lass mich los, du Bastard!« Wie eine Wilde schlage ich nach ihm, doch ihn stört das nicht.

»NEIN!« Also trete ich ihm eben in die Eier und das gewaltig!

Mit einem »VERDAMMT!« klappt er vornüber und hält sich den Schritt, woraufhin ich flüchten kann.

»Tut mir ja leid, dass ich deinen Plan zunichtegemacht habe … Ich werde … werde … einfach gehen! Vergiss, dass ich da war! Vergiss, dass es mich gibt!« Mit diesen Worten drehe ich mich um und laufe … komme aber nicht weit.

Denn sein Arm legt sich um meine Hüfte wie ein Stahlträger, zieht mich ruckartig zurück. Er hebt mich hoch und schmeißt mich dann einfach über die Lehne auf die riesige Couch mitten im Wohnzimmer.

Mit einem »NEIN, VERDAMMT!« wirft er sich auf mich.

»FICK DICH!« Fest kratze ich ihm übers Gesicht.

Er brüllt auf, packt meine Hand und zerrt sie herab neben meinen hochroten Kopf. Auch die andere fängt er ein und drückt sie in die weichen Kissen. Ich hebe meinen Kopf und verpasse ihm einen Headnut, was höllisch wehtut, dann stemme ich mich mit aller Kraft von der Couch ab und rolle uns herunter, direkt auf den harten Boden. Er kommt keuchend mit dem Rücken auf, ich auf ihm.

Stöhnend hält er sich die Nase, während ich bereits über ihn krabble und ihm dabei ordentlich mein Knie in den Magen ramme. HA!

Gerade will ich mich aufrichten, da packt er meinen Knöchel und zieht mich zurück. Ich versuche mit verbissenen Zähnen nach ihm zu treten, aber er hat keine Geduld mehr – ich fühle es an der Erbarmungslosigkeit seiner Hände.

Mit einem Mal liege ich auf dem kalten Boden unter ihm. Er drückt mich mit seinem kompletten Gewicht nach unten, pinnt mich fest, sodass ich keine Chance mehr habe, ihn zu verletzen oder mich gar zu rühren. Dabei hält er wieder meine Hände neben mir fest, lehnt sich aber so weit von mir weg wie möglich, während ich in seine Augen sehe, die lichterloh brennen.

»Still jetzt!«

»FICK DICH, David Porter! Fick dich einfach!« Ich würde ihn gerne anspucken, aber leider sind mein Mund und meine Kehle völlig trocken, und so ruckel ich nur wie verrückt mit meinen Hüften, versuche, mich irgendwie zu rühren …

Meine Augen werden feucht, aber ich hoffe, meine Haare, die mir mittlerweile wirr ins Gesicht hängen, verstecken meine Schwäche, sodass er es nicht bemerkt.

»Beruhige dich, Elisabeth …«, murmelt er mit seidiger Stimme, geht überhaupt nicht auf meine Raserei ein, sondern hält mich nur fest, beugt sich schließlich vor und schmiegt sein Gesicht an meine Halsbeuge. »Baby, atme …«

»Nenn mich nicht so! Ich bin nicht dein verdammtes BABY!«

»Oh doch. Das wirst du immer sein.« Und ob ich will oder nicht. Ich kann mich nicht mehr wehren. Zu lange war ich ohne ihn, zu lange hab ich ihn nicht gerochen und gespürt und seiner Stimme gelauscht.

Ich hab ihn so vermisst!

Erst jetzt wird es mir so richtig klar und die Tränen brechen unkontrolliert aus mir heraus.

»Du wolltest sie ficken …«, wimmere ich anklagend und schließe die Augen, während heiße Perlen über meine Wangen laufen. Gleichzeitig fühle ich, wie mein Körper bebt, wie er sich schon wieder nach ihm verzehrt, wie sehr ich ihn liebe und brauche. Es ist zu stark.

»Shhh«, murmelt er wieder und küsst meinen Hals … Schon allein aufgrund dieser kleinen Berührung … zieht sich alles in meinem Unterleib zusammen und mir wird erst jetzt bewusst, in welcher Situation wir uns befinden. Er liegt auf mir und ich spüre deutlich, dass ihn unser Kampf alles andere als kalt gelassen hat, ganz zu schweigen davon, dass er mittlerweile komplett nackt ist. Sein Handtuch muss bei unserer sportlichen Einlage die Flucht ergriffen haben.

Oh Gott …

Zärtlich und liebevoll küsst er sich an meinem Hals entlang bis zu meiner Kinnpartie und weiter hinab. Er sagt kein einziges Wort, und auch mir fällt nichts mehr ein.

Plötzlich gibt es da wieder nur noch ihn, nur noch uns … nur noch das unbändige Verlangen, das durch meine Adern strömt und jede einzelne Zelle in Brand setzt.

Mit einem kapitulierenden Stöhnen küsse ICH IHN!

Und er erwidert den Kuss mit demselben brennenden Begehren, das auch ich gerade spüre, lässt meine Hände los, weswegen ich sie jetzt in seinem Haar vergraben kann.

»David!«, murmle ich, ohne dass ich es merke. Ich streiche über seinen Rücken, kralle mich an ihm fest und fühle erleichtert, wie er die Schnur meiner Jogginghose aufzieht.

»Ich weiß, Baby, ich brauche dich auch!«, stöhnt er tief in meinen Mund und löst sich nur kurz von mir, um die Hosen meine Beine herunterzuzerren.

Dann ist er schon wieder über mir, sein Mund auf mir und … er in mir!

Mit einem lauten Stöhnen, das endlos in meinem Kopf widerhallt, schiebt er sich in meinen Körper – bis zum Anschlag – und mein Rücken beugt sich durch, ihm entgegen.

Als er beide meiner Hände nimmt, die Ellbogen links und rechts von mir aufstützt, und beginnt, sich genüsslich und langsam in mir zu bewegen, ohne mich aus den Augen zu lassen, als wäre ich wirklich ein Weltwunder … weiß ich, dass ich das Richtige getan habe … indem ich hier herkam.

Und dann gibt es eine sehr lange Zeit keinen einzigen Gedanken mehr in meinem Kopf, da existiert nur Lust und … *Liebe.*

***

Er liegt auf mir, immer noch so, wie er von Schweiß durchtränkt zusammengeklappt ist, und ich bin froh, dass wir uns mittlerweile auf der Couch befinden – irgendwie haben wir uns wieder hochgevögelt.

Sein Gesicht ist an meinem Hals, seine Hände immer noch mit meinen verwoben … eines meiner Beine hängt lasch nach unten, das andere habe ich an seiner Wade eingehakt.

Es ist mir egal, dass er auf Marie gewartet hat.

Denn er ist jetzt bei mir. Er gehört jetzt mir. Und es ist der Moment, der zählt.

Wenn ich will, dann wird er immer mir gehören.

Und ich ihm.

Es bringt nichts, sich etwas anderes einzureden, denn egal, was ich tue, egal, wohin ich laufe, egal, wo ich mich verstecke, ich werde ihn immer lieben. Vor der Liebe kann man nicht davonlaufen – zumindest nicht, wenn es die einzig wahre ist.

Wir haben es probiert … zwei Mal haben wir uns getrennt und wollten uns nie wiedersehen, und jedes Mal wurde es schlimmer – die Sehnsucht größer und die Gefühle stärker.

»David …«, murmle ich leise, aber er knurrt unwillig.

Sein Bart kitzelt, als er sich leicht verlagert und tief an mir schnuppert.

Seine Gesichtsbehaarung ist so ungewohnt … und sein Gewicht deutlich reduziert, obwohl er noch jede Menge Kraft besitzt, wie er mir soeben eindrucksvoll bewiesen hat. Dennoch, unter meinen Händen kann ich seine Rippen spüren.

»Nur noch fünf Minuten …« Ich verdrehe die Augen, als er das murmelt, doch ich gebe ihm die Zeit. Oder auch ein bisschen mehr … dann versuche ich es erneut.

»Darf ich jetzt?«

»Kommt drauf an, was du sagen willst.«

»David. Ich liebe dich.« Da! Einfach so habe ich es ausgesprochen, komplett ruhig. Und völlig sicher, weil es die Wahrheit ist. Ihm stockt der Atem, dann hebt er seinen Kopf und nimmt mich mit dem Grün seiner Augen gefangen.

»Was?«

Ich grinse und streiche ihm ein paar seiner viel zu langen Strähnen aus dem Gesicht, dann über die üblen Kratzer, die ich ihm verpasst habe.

»Ich bin hergekommen, weil ich dir das sagen wollte. Und es ist … egal … was du mit dieser Information anfängst … Ich wollte einfach nur … dass du es weißt.« Sein Ausdruck verdüstert sich sofort.

»Was heißt: ›Es ist egal, was du mit dieser Information anfängst‹?«

Ich zucke mit den Schultern. »Es wäre schön … wenn du … auch etwas für mich empfinden würdest, aber wenn du es nicht tust, komme ich schon damit klar.« Sein Ausdruck wird NOCH dunkler und langsam bekomme ich ein wenig Angst.

»Aha«, meint er nur knapp und ich presse die Lippen aufeinander.

»WAS!«

»Du kommst hierher, eröffnest mir, mich zu lieben, betonst aber gleichzeitig, dass es dir egal ist, wenn ich deine Gefühle nicht erwidere? Habe ich dich bisher richtig verstanden?« Er lacht bitter auf. »Ich habe auf dieses Spiel keine Lust mehr! Denn Liebe ist kein verdammtes Spiel! Sag mir, was du von mir willst und was ich von dir erwarten kann. Ich bin wegen dir durch die Hölle gegangen und ich habe nicht vor, es noch einmal zu wiederholen!«

»David …«, murmle ich zittrig, während meine Tränen überlaufen.

Ich sehe, dass seine Worte wahr sind. Er hat Augenringe, fahle Haut … außerdem einen ängstlichen, angespannten Ausdruck im Gesicht. »Es tut mir alles so leid. Was ich damals an diesem Morgen zu dir gesagt habe, war nicht richtig und schon gar nicht die Wahrheit.«

»Dann sag mir die verdammte Wahrheit, Elisabeth! Triff deine Entscheidung! Ich hab mich schon damals auf der Ranch entschieden!« Ja … es ist Verzweiflung, die seine tiefe Stimme noch dunkler färbt und gleichzeitig mein Herz weinen lässt. Tränen laufen meine Wangen hinab, als mir klar wird, wie sehr er tatsächlich gelitten hat!

»Ich habe mich entschieden, als ich hierher kam«, wispere ich und umfange sein Gesicht mit beiden Händen. »Für dich, David Porter!«

Dann ziehe ich ihn zu mir herab und küsse ihn.

Im ersten Moment ist er völlig steif, doch dann gibt er mit einem leisen Stöhnen nach … packt meine Haare und küsst mich tiefer.

Inniger.

Dieser Kuss ist eine Brandmarkung – beiderseits –, aber auch unser Bekenntnis, ein heiliges Gelübde ...

Kapitel 25

»Jetzt hör doch endlich mal mit dem Gezucke auf!«

»Das tut aber weh!«

»Du benimmst dich, als hättest du eine klaffende, tödliche Wunde!«

»So fühlt es sich auch an!«

»Es sind nur ein paar Kratzer!«

»Von deinen Nägeln!«

»Was soll das denn heißen?«

»Da ist sicher Gift darunter oder so …« Kurz überlegt er, dann reißt er die Augen auf. »Sag mal … hast du dir vorhin, nachdem du auf Toilette warst, überhaupt die Hände gewaschen? Ich hab genau gehört, dass du auf dem Klo warst!«

»Tut mir leid, daran habe ich nicht gedacht, als ich befürchtete, jemand würde einbrechen, mich vergewaltigen und umbringen!«

»Da haben wir's! Jetzt hast du mich sicher mit irgendeiner seltenen Wüstenkrankheit infiziert. Deswegen brennt es auch so!«

»Sei endlich still, sonst wird es noch viel mehr brennen!«

Nackt sitze ich vor der riesigen Küchenzeile auf seinen Oberschenkeln und tupfe vorsichtig die tiefen Kratzer an seiner Wange ab, doch schließlich gebe ich seufzend auf, vor allem, weil er die ganze Zeit unauffällig zurückweicht und ich mich immer weiter strecken muss.

»Rasier dich erst mal! Durch den Busch komme ich sowieso nicht durch!«

Er verdreht die Augen und fährt sich mit einer Hand über die dichte, dunkle Gesichtsbehaarung.

»Findest du nicht, dass es mir steht? Ich sehe so männlich aus, wie ein wilder Wikinger – fehlt nur noch eine Axt und ein totes Tier, das ich über die Schulter geworfen habe …«

Mein trockener Gesichtsausdruck alleine reicht, da muss er schon lachen.

»OKAY! OKAY! Ich rasier ihn ab, aber nur, wenn das hier auch wegkommt!« Er zupft spielerisch an den Haaren zwischen meinen Beinen und ich werde knallrot. Zärtlich streicht er mit seinen Fingerspitzen zwischen meinen Schamlippen entlang und redet ganz normal, wenn auch etwas heiser, weiter … »So sehe ich kaum was, und das nervt! Am besten, wir lassen dich waxen, oder wie man das nennt, dann kommen sie nicht so schnell wieder!«

Jetzt ist es an mir die Augen zu verdrehen und gleichzeitig zu stöhnen.

»Hast du gerade die Augen verdreht?« Sofort zieht er die Finger zurück, obwohl ich bereits lasziv mit meinen Hüften kreise. Verwundert sehe ich ihn an. Und da ist er wieder … dieser eine Tonfall, der dafür sorgt, dass mir sofort das Blut zwischen meine Beine schießt … was dort beginnt, zu brodeln und mich wahnsinnig zu machen. Ich beiße mir auf die Unterlippe und senke etwas die Lider.

»Und wenn?«

»So! Jetzt reicht's!« Mit diesen Worten hat er mich von seinem Schoß gehoben, steht auf – wobei er mich um einiges überragt – und verschränkt die Arme vor der Brust. Obwohl er abgenommen hat, gibt es noch genug einschüchternde Muskeln.

»Ich werde jetzt mit dem größten Vergnügen deinen heißen Arsch versohlen; vielleicht bringt dir das ein wenig Respekt bei!«

Meine Augen werden groß und ich weiche ein paar Schritte vor ihm zurück.

»Das ist ein Scherz, oder?«

»Sehe ich aus, als würde ich scherzen, Elisabeth?« Oh nein, das tut er wirklich nicht.

Ihn umgibt schon wieder diese düstere Aura – dieses Herrische, dieses Dominante –, während er mich mit nach wie vor verschränkten Armen sowie nur in Shorts in Grund und Boden starrt. Ich hingegen bin natürlich nackt, weil mir Mr *Klamotten sind an dir überflüssig* Porter schlichtweg verboten hat, welche anzuziehen. Einen winzigen Moment überlege ich, ob ich eine Flucht riskieren soll.

»Baby … denk nicht mal dran … Regel Nummer eins: Wenn du vor mir davonläufst, werde ich dich so oder so wieder einfangen. Außerdem machst du damit alles nur schlimmer! Komm her!«

Ich möchte den Kopf schütteln, möchte widersprechen … aber … andererseits möchte ein Teil von mir wissen, wie es ist. Noch nie hat mir jemand den Arsch versohlt.

Ob es sehr wehtut? Ob ich es ertragen kann?

»Macht es dich an, mich wie ein Kind zu behandeln?«, frage ich aufmüpfig und seine Augen werden einen Tick dunkler, während sich auf seinem schönen Gesicht ein noch schöneres diabolisches Grinsen ausbreitet.

Als Antwort zieht er mit erhobener Augenbraue seine Shorts hinab und lässt mich einen kurzen Blick auf seinen besten Freund werfen – und der ist bereits halbsteif. Dass ihn allein dieses Vorspiel so sehr anmacht, macht mich noch viel mehr an. Ich muss die Lider schließen, sonst stürze ich mich auf ihn. Tief atme ich durch und nicke.

»Okay!« Dann gehe ich auf ihn zu, unsicher und mit geröteten Wangen. Er knurrt fast und bläht die Nasenflügel; einen Moment denke ich, er stürzt sich auf MICH, aber das tut er nicht; er nimmt nur meine Hand in seine.

Die Esstafel, an die er mich führt – ganz gentlemanlike, doch ich weiß, dass so viel mehr in ihm steckt –, befindet sich direkt vor einem der raumhohen Fenster.

»Beug dich darüber und halte dich am anderen Ende gut fest!«, befiehlt er mit dieser distanzierten, kontrollierten Stimme und ich keuche auf, als mein nackter Oberkörper das kühle Holz berührt. Meine Nippel sind steif, aber die Aussicht lenkt mich einen Moment ab. Sie ist atemberaubend … Der Morgen bricht bereits an. Die Sonne geht über der Wüste auf und färbt den Himmel in sattes Lila, Rot und Orange …

»Kopf zur Seite. Wange auf den Tisch!« Ich muss den Blick von dem Sonnenaufgang nehmen, aber im Augenwinkel sehe ich ihn noch, als ich diesem Befehl folge. Mein Hintern streckt sich automatisch in die Luft, und ich fühle mich völlig hilflos und ausgeliefert. Zärtlich streicht er mit einer Hand darüber, als würde er ein Kunstwerk ehren. Dann klatscht er drauf.

»Lass nicht los!«, weist er mich noch an, als er davonschlendert und mich allein zurücklässt.

Wohin weiß ich nicht; ich wage nicht, mich umzuschauen.

Eine Seite in mir möchte ihm gehorchen, ihm zeigen, dass ich auch ein kleines Hündchen sein kann … denn wenn ich ehrlich bin, liebe ich diesen Nervenkitzel.

Irgendwann kommt er wieder; ich weiß nicht, was er getan oder geholt hat, aber ich liege immer noch auf dem Tisch und atme bereits ein wenig schneller, denn in meinem Kopf haben sich die unmöglichsten Fantasien zusammengebraut, was er nun mit mir tun könnte.

»Beine etwas auseinander.« Ich folge, fühle dabei die Feuchtigkeit dazwischen … und zucke zusammen, als er mit ledrigen, kühlen Striemen zwischen ihnen entlangstreicht.

»Das ist ein Flogger ...«, erklärt er, während er damit über meinen Rücken gleitet und eine Gänsehaut verursacht, auch an meinen Armen. »Ich werde dich damit zehn Mal schlagen und du wirst mitzählen.«

Ich möchte die Augen verdrehen, gleichzeitig werde ich noch dunkler im Gesicht. Gerade so kann ich mir einen blöden Spruch verkneifen, indem ich mir auf das Innere meiner Wange beiße. »Weißt du, wieso ich das tue?«

»Weil … du ein herrschsüchtiger … verrückter …« Erbarmungslos lässt er die Lederstreifen auf mich niedersausen und ich schreie schockiert auf, weil ich kein bisschen vorbereitet war.

»Für jedes freche Wort gibt es einen mehr, Elisabeth! Reiß dich jetzt zusammen, sonst bleibst du so den ganzen Tag!«

»Das hat echt … AUTSCH!« Wieder hat er mich geschlagen, diesmal direkt zwischen meine Beine. Es ziept unsagbar, aber gleichzeitig wird die malträtierte Stelle sofort heiß und pulsiert stärker.

»Soll ich dich festketten?«

»Wie willst du das denn tun, hier sind nicht mal …« Ehe ich mich versehe, hat er in Höhe meines Gesichtes Seile auf den Tisch geschmissen und ich zucke zusammen. Der Mann denkt wirklich an alles. Woher zum Teufel hat er die nur? War er kurz mal im Baumarkt um die Ecke? Bei Obi?

»Meine Ausrüstung habe ich IMMER dabei! Letzte Chance, sonst binde ich dich an und lasse dich auch so, während ich mit meinen Geschäftspartnern an genau diesem Tisch esse.«

»Das würdest du nicht wagen!« Sofort weiß ich, dass ich mich mit dem Spruch zu weit aus dem Fenster gelehnt habe, aber zurücknehmen kann ich die Worte sowieso nicht mehr – würde ich auch nie.

»Oh … wenn du wüsstest, was ich alles wage, Elisabeth …«

Er umrundet den Tisch, in nichts weiter als seiner Shorts, packt mein Handgelenk und schlingt ein Seil darum. Ich überlege erneut gegen ihn zu kämpfen, dabei fällt mir auf, dass er sich tatsächlich den Bart abrasiert hat und wie braun gebrannt er darunter ist … doch er sieht die Überlegung wohl auf meinem Gesicht und wispert: »Ich werde dich so oder so festmachen, und wenn du dich wehrst, werde ich dich auch über Nacht hier liegen lassen und dir nur Beachtung schenken, wenn ich dich immer wieder mal anficke, aber nicht kommen lasse!«

»Du bist ein Bastard!«

»Und du liebst es!«, kontert er lapidar, schlingt das Seil zu einem komplizierten Knoten und befestigt es an einem Tischbein, sodass ich meinen Arm weit strecken muss. Genau dasselbe macht er mit dem anderen, und kurz darauf liege ich auf dem Tisch, wie Jesus am Kreuz hing! Nur dass mir die Kante in den Bauch schneidet und mein Arsch in die Höhe ragt …

Hätte ich doch nur meinen Mund gehalten!

Oder mich wenigstens gewehrt!

Erst jetzt merke ich, dass ich ihm nun absolut hilflos ausgeliefert bin, mich nicht rühren kann! Er könnte ALLES mit mir tun! Doch gleichzeitig wird mir klar, dass ich keine Angst habe, dass ich ihm vertraue, weil ich tief in meinem Inneren weiß, wie viel ich ihm bedeute.

Mit verschränkten Armen steht er nun zwischen mir und dem Fenster am Kopfende und beobachtet sein Werk. Offensichtlich gefällt ihm, was er sieht, was die deutlich zuckende Ausbuchtung seiner schwarzen Shorts verrät. Schließlich tritt er an mich heran, beugt sich vor – nah an mein Ohr.

»Kämpfe gegen die Seile an und die Knoten werden sich enger ziehen. Genauso ist es, wenn du gegen mich kämpfst«, säuselt er lieblich und küsst meine Schläfe. Dann verschwindet er aus meinem Sichtfeld und tritt wieder hinter mich …

»Zähl mit!«, befiehlt er knapp, als schon der erste Schlag erfolgt.

»EINS!«, schreie ich aus vollem Halse, eher vor Schock als vor Schmerz. Es zieht zwar kurz, aber sofort ebbt das Brennen wieder ab und hinterlässt ein Kribbeln auf meiner Haut …

Sofort geht es weiter … und ich zähle lautstark mit, während er nichts zurückhält und sicherlich meinen gesamten Hintern und die Oberschenkel in ein Flammenmeer verwandelt, obwohl es nur geringfügig wehtut.

Ich keuche wie nach einem Marathon und befürchte, dass die Feuchtigkeit meine Beine hinabrinnt.

WOW!

Das war irgendwie heiß!

»Beine auseinander, hab ich gesagt!«, befiehlt er, sobald er den letzten Schlag absolviert hat. Bevor ich einen klaren Gedanken fassen kann, fühle ich, wie er seine Eichel und sich dann komplett in mein Inneres schiebt. Seine Hand fährt in meinen Nacken, hält mich dort fest.

»OH GOTT!«, stöhne ich und lasse die Stirn schwer auf den Tisch fallen, balle die Hände zu Fäusten, während sein Unterkörper meine nun doch brennende Rückseite berührt.

»Du kannst mich auch David nennen …« Er reibt sich kreisend an mir, was mir ein Keuchen entlockt. Ich weiß einfach nicht, wie ich all diese Empfindungen, die er in mir auslöst, verarbeiten soll: Lust, Schmerz, Liebe, Verwirrung … und dieses lodernde Feuer.

»Oh fuck!«, knurrt er, als ich mich um ihn herum zusammenziehe, weil ich gleich in einem phänomenalen Orgasmus zerbersten werde. Ich wimmere seinen Namen und strecke ihm meinen Hintern noch weiter entgegen … Er klatscht fest darauf und ich kreische, weil ich so überempfindlich bin.

»DU BASTARD!« Er lacht heiser.

»Ja! Ich liebe dich … auch … verdammt … noch … mal!« Nach jedem Wort folgt ein verbissener Stoß! »Und jetzt … komm für mich!« Er stöhnt es so tief, dass ich nicht weiß, ob ich mich verhört habe. Alles um mich herum rauscht, doch ich kann nicht mehr weiter darüber nachdenken, weil ich seinem Befehl tatsächlich gehorche und explodiere …

***

Ich bin wund … total wund … und fertig … total fertig …

Am Abend liege ich noch immer auf diesem blöden Tisch, bin nur noch ein kleines Häufchen zitternder Lust … und weiß weder ein noch aus. Er hat seine Drohung wahr gemacht und mich nicht losgebunden!

Währenddessen hat er neben mir an seinem Laptop gearbeitet, einen Apfel gegessen, telefoniert … sich dabei direkt vor mir stehend einen runtergeholt und seinen Samen überall auf mir verteilt!

Markierungsmaßnahmen nannte er es.

Ich nenne es: perverse Schweinerei!

Jetzt geht er duschen; die Tür lässt er offen, und während das erfrischende Wasser rauscht, läuft es klebrig an meinen Rippen hinab. Ich schnaube frustriert, als er anfängt zu pfeifen.

Ja, David Porter ist ein Arschloch!

Aber er ist MEIN Arschloch, und so sehr ich es auch versuche, ich kann mich einfach nicht dazu bringen, wirklich sauer auf ihn zu sein. Stattdessen bin ich völlig müde und ausgelaugt. Das hat er wahrscheinlich beabsichtigt, aber so leicht kann er meinen Willen nicht brechen und mich zähmen. Rede ich mir zumindest ein. Zwischendurch hat er mir etwas zu trinken gegeben, was sich als ziemlich ungemütlich herausstellte, und ich durfte mal an seinem Apfel beißen.

Mehr nicht.

Seit dem Flug habe ich nichts gegessen und mein Magen knurrt laut, als er noch feucht aus der Dusche kommt.

»Hunger?«, fragt er auch noch provokativ und ich knurre.

»Hat dir deine Mama nicht gesagt, dass du mich besser füttern sollst?« Er lacht.

»Hat sie und das werde ich auch. Beim Abendessen. Gleich kommen die Kellner und bereiten alles vor. Direkt vor deiner Nase … Im Übrigen gibt es Burger und Pommes.«

»WAS?«

»Ich habe doch gesagt, du wirst hier so bleiben, während ich mit meinen Geschäftspartnern esse …«, antwortet er ohne jegliche Regung, schlendert in die Küche und öffnet sich zischend irgendeine kühle, wunderbare Erfrischung. Mir läuft allein bei dem Geräusch das Wasser im Mund zusammen.

»Das ist Folter!«

»Auch schon gemerkt?«

»Dafür könnte ich dich verklagen!«

»Wirst du aber nicht.«

»Wie lange soll das …« Ich versuche mich etwas zu verlagern, weil mein gesamter Körper schmerzt, besonders meine Schulterblätter, doch gebe keuchend auf. »… noch so gehen?«

»Bis du es kapierst.«

»Was denn?«

»Dass ich die Macht habe.«

»David …«

»Elisabeth …« Mit diesem Murmeln taucht er wieder in meinem Gesichtsfeld auf, geht vor mir in die Hocke, sodass wir genau auf einer Höhe sind. Zärtlich streicht er mir mit dem Zeigefinger über die Wange und betrachtet mich liebevoll.

»Nur im Bett, Baby … Über alles andere lässt sich verhandeln.«

»Wieso?«

»Weil ich es will.« FAST verdrehe ich die Augen, doch sein strenger, wissender Blick lässt mich stocken und ich unterlasse es.

»Wir müssen die Fronten gleich am Anfang klären, das erspart uns viele Scherereien …«

»Wir könnten auch darüber reden.«

»Ich kann dir aber nicht durch Worte zeigen, dass du es magst, dich mir zu unterwerfen. Wenn ich dir sage, dass es schön ist, einem anderen völlig seinen Körper und seine Lust anzuvertrauen, würdest du es sowieso nicht glauben.«

»Das hier soll schön sein?«

»Nein. Das hier ist eine Strafe, aber wenn du sie kennst, wird sich die Belohnung nur umso gigantischer anfühlen.«

»Apropos Fühlen: Ich fühle so einiges, aber nicht meine Arme.«

Er schmunzelt. »Ich weiß!«

»Und ich muss pinkeln!«

»Du hältst es schon noch ein bisschen aus.«

»Woher willst du das wissen?«

»Weil ich mich mit dem, was ich tue, auskenne, Miss Baker …« Er beugt sich vor und gibt mir einen kurzen Kuss. Sofort schnellt meine Lust wieder in luftige Höhen … Als ich ihm entgegenkomme und ihn hungrig zurückküsse, lacht er, nur um dann zurückzuweichen.

»Ich liebe es, wie unersättlich du bist, obwohl du gerade andere Probleme hast …«, murmelt er direkt an meinem Mund. »Wir werden noch so viel Spaß miteinander haben.«

»Haha. Ich lache jetzt schon!« Das bringt ihn erneut zum Lachen.

»Bereite dich schon mal seelisch auf den Besuch vor.« Kopfschüttelnd steht er auf und verschwindet immer noch amüsiert aus meinem Blickfeld.

Während er weg ist, kann ich ausgiebig darüber nachdenken und mir ausmalen, wie um mich herum drei oder vier fremde Männer sitzen und beim Essen meinen Hintern angaffen … und meine Vagina. Allein die Vorstellung ist grauenhaft!

»David?«, rufe ich ihm hilflos zu.

»Ja?«, antwortet er aus dem Schlafzimmer, oder wo auch immer er sich gerade aufhält.

»Ich will nicht, dass sie beim Essen meinen Arsch angaffen!« Langsam sammelt sich Schweiß auf meiner Stirn, denn in mir keimt die Angst auf, dass er das wirklich tun könnte! Leicht panisch werdend versuche ich, meine Handgelenke loszumachen, aber das dicke Seil gräbt sich tatsächlich tiefer in meine Haut. »AUA!«, murmle ich verhalten.

»Ach …« Er kommt näher …

»Ehrlich jetzt!«

»Das ist natürlich ein bisschen blöd für dich, nicht wahr? Wärst du mal lieber nicht so frech gewesen …« Wieder schlendert er an mir vorbei. Er trägt bereits seine dunkle Anzughose und schließt gerade sein schneeweißes Hemd, das perfekt zu seiner gebräunten Haut passt.

»David, bitte mach mich los! Ich meine es ernst!« Da ich meinen Kopf unmöglich weiter heben kann, bleibt mir nichts anderes übrig, als mit seinem Bauch zu sprechen.

»Ich weiß.«

Er geht wieder vor mir in die Hocke und betrachtet mein erhitztes Gesicht.

»Regel Nummer zwei: Wenn du willst, dass ich mit etwas aufhöre oder es erst gar nicht tue, dann musst du es nur sagen. Du musst eine Entscheidung fällen und ich werde sie immer befolgen, das verspreche ich dir.« Seine Stimme ist sanft, genauso wie sein Blick.

»WAS TU ICH DENN DIE GANZE ZEIT?«

»Aber sage nur, dass du etwas nicht willst, wenn du es wirklich so meinst!«, ergänzt er nachdrücklich, als gäbe es meinen gezischten Einwurf gar nicht. Allerdings löst er das eine Seil an meinem Gelenk. Ich weiß, was er meint … ich soll nur dann etwas beenden, wenn es mir wirklich zu viel wird und nicht, wenn ich denke, es *könnte* zu viel werden.

Er ist verdammt einfühlsam, denn er hat diesen Punkt genau erkannt, an dem ich nicht mehr standhalten konnte. Außerdem soll das hier wohl eine Lektion in mehreren Bereichen sein … Ich verkneife mir nur schwer die Frage, ob er jetzt zum verdammten Professor mutiert, sonst komme ich von diesem Tisch nie weg!

Seufzend ziehe ich stattdessen den Arm unter mich und stütze mich leicht auf. Ich fühle jeden einzelnen Knochen in meinem Rücken; er knarrt fast, und ich keuche, als ich mich etwas aufrichte. Dann wird mir schwarz vor Augen und Übelkeit schießt in meinen Bauch.

»Langsam, Baby …« Er löst auch das andere Seil und hilft mir, mich umzudrehen. Ich bin völlig zittrig und jeder Muskel schmerzt. Außerdem glaube ich nicht, dass ich stehen kann, aber das muss ich auch gar nicht, weil er den Tisch umrundet, mich an den Rand zieht und auf die Arme hebt.

Ich komme mir vor wie eine Marionette, die er profimäßig herummanövriert, bin aber froh, dass ich so klein bin und er so stark ist und dass ich nicht alleine ins Bad gehen muss.

Kapitel 26

Während ich in der duftenden, warmen Badewanne liege, an die er mir einen frisch gepressten Orangensaft und etwas Obst, von dem ich die Erdbeeren rein aus Protest NICHT gegessen habe, gebracht hat, und ich aus dem riesigen Fenster sehe, habe ich das erste Mal wieder etwas Zeit, nachzudenken …

Mit geschlossenen Augen lasse ich mich vom angenehmen Wasser und seiner tiefen Stimme einlullen, die melodisch aus dem anderen Zimmer zu mir dringt. Wahrscheinlich wickelt er gerade das geplante Geschäft per Telefon ab.

Meinetwegen.

Irgendwie bin ich gleichzeitig erleichtert und angespannt, was den Verlauf der letzten Stunden angeht.

Erleichtert, weil er gesagt hat, dass er mich auch liebt, wieder mal zwar nur beim Sex, aber dennoch habe ich die Worte genau gehört! Außerdem weiß ich tief in meinem Inneren, dass es stimmt.

Angespannt jedoch, weil ich *nicht* weiß, wie es jetzt genau weitergehen soll – mit ihm … aber auch in meinem Leben.

Ich bin zu ihm zurückgekehrt.

Wir lieben uns.

So weit alles klar, aber ansonsten?

Außerdem habe ich nicht vergessen, wie ich ihn vorgefunden habe und dass er eigentlich mit Marie gerechnet hat.

Bin ich nur ein billiger Ersatz für sie?

So fühlt es sich nicht an, wenn er in der Nähe ist, aber jetzt, ohne seine einnehmende Präsenz, kommen die Zweifel wieder.

Andererseits ... würde er irgendwelche Regeln aufstellen, wenn er keine Zukunft mit mir wollen würde? Er hat gesagt, dass er bereits auf der Ranch seine Wahl getroffen hat … und nun endlich habe ich mich auch entschieden – für ihn.

Aber beinhaltet das auch diese Dominanz und Unterwerfungs-Sache?

Damals im Hotel habe ich mich nur darauf eingelassen, weil ich musste … oder wollte ich es – tief in meinem Inneren? Will ich so etwas wie heute noch einmal erleben? Kann ich mich ihm tatsächlich unterordnen und noch einmal derart ausliefern? Auch, wenn es »nur« im Bett ist?

Aber er hat gesagt, er wird IMMER aufhören, ich muss nur ehrlich sein …

Und vor allem … hat er diese Seite auch mit Marie ausgelebt?

Ich will mir das gar nicht vorstellen!

Bei diesem Gedanken muss ich trocken schlucken und mein Magen zieht sich wieder zusammen.

Wie auf Befehl kommt er hereingeschlendert, die ersten zwei Knöpfe seines Hemdes sind offen. Er ist immer noch zu dünn, aber dennoch unsagbar attraktiv, besonders, als er mich anlächelt. Offen und ehrlich und seine Augen funkeln, weil ich in seiner Badewanne liege.

»Schon runzlig?«

»Ja …«, murmle ich mit der Schüchternheit eines Mädchens, das das erste Mal ihrem Schwarm nackt gegenübersteht. Immer wieder lässt er mich so fühlen und entfacht damit regelmäßig ein warmes Feuer in meinem Bauch … Besonders, als ich aufstehe und sein Blick dunkler wird, während er sich auf die Wasserperlen heftet, die an mir hinabrinnen. Mit einem »Ich muss das jetzt tun, sonst stürze ich mich wieder auf dich!« wickelt er mich in ein Handtuch ein, wie einen Burrito, bevor er mich schwungvoll auf die Arme hebt und … in sein Bett bringt.

Ja … wir müssen eindeutig reden, aber vielleicht lässt sich das auch noch ein bisschen verschieben.

***

Wir haben keinen atemberaubenden Sex, auch fordert er von mir nicht die Unterwerfungsnummer. Stattdessen essen wir im Bett. Burger und Pommes! Mit Ketchup und Majo! Und ich weiß wieder, wieso ich mich in ihn verliebt habe! Weil er so etwas für mich tut, obwohl es nicht seinen Vorlieben entspricht!

Im völligen Einklang verschlingen wir unser Herzkiller-Essen, zappen durch die Sender des riesigen Flat-TV und lästern über das hohle Programm.

Wir sind losgelöst, die Stimmung ist schön.

Sobald ich satt bin, legt er sich hinter mich … ich bin immer noch völlig nackt, genau wie er, da ließ er mit sich verhandeln … und beginnt träge, meinen Nacken zu kneten. Mit einem dankbaren Stöhnen schließe ich die Lider und lasse mich tiefer in die Kissen sinken. Stumm massiert er mich und ich weiß, die Uhr tickt … irgendwann MUSS ich es einfach ansprechen, sonst fehlt etwas zu dem letzten bisschen Glück.

»David?«

»Hmm?«, murmelt er konzentriert. Im selben Moment bearbeitet er den unteren Ansatz meines Kopfes, was mich seufzen lässt und ich vergesse, was ich eigentlich wollte, aber dann streicht er mit seinen Fingerspitzen meine Wirbelsäule entlang und ich kann wieder klarer denken … leider …

»Du hattest dieses Ticket Marie geschickt und dann halb nackt auf sie im Bett gewartet – mit Champagner *und Erdbeeren*«, lasse ich die Bombe platzen, weil ich nicht weiß, wie ich sonst anfangen soll.

Seine Finger stocken kurz, aber dann macht er einfach weiter. Zu gern würde ich jetzt sein Gesicht sehen, aber irgendwie bin ich auch froh, dass es mir gerade nicht möglich ist, weil ich Angst davor habe, was ich darin finden könnte.

»Ja«, bestätigt er ohne Umschweife und das ist ein gutes Zeichen! Er lügt mich wenigstens nicht an.

Dennoch sind mir seine Hände auf meiner Haut plötzlich etwas unangenehm, und ich winde mich. Doch anstatt von mir abzurücken oder aufzuhören, schmiegt er sich an mich, und zwar so, dass ich jeden einzelnen Muskel fühle, streicht mir die Haare aus dem Nacken und vom Ohr, und sieht mein Gesicht im Profil an, während ich stur nach vorne starre.

»Ich habe auf Marie gewartet, aber nur weil … ich dachte, du wärst für immer verloren.«

»Wieso … gerade sie?« Meine Stimme klingt heiser, seine ehrlich und ruhig.

»Sie war meine letzte Hoffnung. Die Gefühle, die ich damals für Marie hatte, kamen dem, was ich für dich empfinde, am nächsten. Ich … ich wusste nicht mehr weiter … Irgendwie musste ich dich doch aus meinem Kopf bekommen!« Zärtlich gleitet sein Zeigefinger über meine Wange, und ich drehe mich zu ihm. Sehe sein wunderschönes Gesicht, die funkelnden Augen und den hingebungsvollen Ausdruck darin.

»Du wolltest nur mit ihr schlafen, um mich zu vergessen?«

»Ja!« Er fängt meine Hand ein, die ich an seine Wange gelegt habe, und gibt mir einen Kuss auf jeden Fingerknöchel.

»Und ich bin so froh, dass du vor mir standest – wie eine verdammte Erleuchtung. Womit habe ich das überhaupt verdient?«

Jetzt muss ICH schmunzeln. »Marie!«, antworte ich schlicht und lache, als er mich wieder mal total verwirrt ansieht und angestrengt die Stirn runzelt.

»MARIE?«

»Japp … Marie …« Geheimnisvoll grinse ich vor mich hin, erbarme mich dann aber schließlich und kläre ihn auf. »Sie … sie hat mir einen Brief geschrieben … und darin kurz und knapp erzählt, zu was für einem Penner du geworden bist. Daraufhin bin ich, die Heldin, natürlich sofort ausgezogen, um den bösen Bad Boy mit meiner grenzenlosen Liebe vor seinem sicheren Untergang zu bewahren und ihn aus den Klauen der Dunkelheit zu befreien!«

»DU hast eindeutig zu viele Klappentexte gelesen!« Wir müssen beide lachen.

»Man kann gar nicht genug lesen!«, erwidere ich kichernd, werde dann aber schnell wieder ernster und sogar ein wenig pissig. »Mister, lachen Sie mich etwa aus?«

»Niemals!«, antwortet er, kann sich aber ein Grinsen nicht verkneifen.

»Ich glaube, wir müssen die Rollen neu verteilen …«, grummle ich. »Dir den Arsch zu versohlen, würde mir sicher enorm guttun!«

»Ahhh, du fängst langsam an zu verstehen …« Ich entscheide, lieber das Thema zu wechseln, denn seine Augen werden schon wieder so dunkel, und ich bin noch wund von vorhin.

»Ich habe auch mit Daniel telefoniert!«, informiere ich ihn, beende damit jegliche sexuellen Fantasien eiskalt und aale mich wieder in diesem ach so entzückenden Anblick seiner Verwirrung …

»Daniel?«, fragt er sehr, sehr vorsichtig und ich verenge die Augen.

»Jaaa, Daniel …«, entgegne ich mit einem gewissen Unterton in der Stimme und weiß genau, dass er gerade überlegt, ob er es noch lebend zur Tür schafft, wenn er den Überraschungsmoment nutzt.

»Du weißt schon … dein bester Freund mit der todkranken Schwester.«

»Ahhh, der Daniel …«

»Japp …« Kunstpause … »Du Arsch!«

»Schuldig im Sinne der Anklage, aber irgendwie musste ich dich doch zu deinem Glück zwingen, auch wenn ich damals selber nicht wahrhaben wollte, dass es auch mein Glück ist.«

»Wir waren eben beide blöd … und so voller Vorurteile …«

»Ja …« Ich drehe mich etwas, kuschle mich enger in seine Arme, und streiche mit der Nase über seinen Hals … Seinen Duft könnte ich rund um die Uhr in mich aufsaugen wie eine Süchtige.

»Und was lernen wir daraus?«

»Vorurteile sind scheiße!«, antwortet er lapidar und ich muss wieder lachen.

»Ja … das sind sie … und vielleicht auch, dass es sich tatsächlich lohnt, hinter die Fassade zu schauen?«

»Oh ja.« Ich strecke mich etwas und küsse ihn, dann murmle ich an seinen vollen Lippen …

»Und außerdem, wenn man es ganz kitschig ausdrücken will … dass die wahre Liebe sich so oder so ihren Weg sucht.«

»Zum Glück!«

Mit einem Kuss verschließt er meinen Mund, bevor diesen noch weiterer Kitsch verlässt, und seufzend versinken wir in den unendlichen Weiten des Luxus-Bettes … Wenigstens etwas, für das sich dieser ganze Scheiß gelohnt hat … und an das ich mich schnell gewöhnen werde.

Ein Kingsize-Bett mit David Porter darin.

Epilog

6 Monate später ...

»David … ich kann einfach nicht mehr!«
»Nur noch einen, Baby!«
»Was hast du vor, verdammt? Willst du mich wieder abfüllen?«
»Falsch!« Mein Bräutigam hebt einen betrunkenen Finger und streckt ihn mir unter die Nase.
»ICH habe dich nicht abgefüllt, das hast du ganz alleine getan – mit meinem kostbaren Glenfiddich!«
»Ja! Weil du ein Idiot warst und es nicht anders verdient hattest!«
»Und du eine unzähmbare Furie!«
Er zieht mich mit einem Ruck auf seinen Schoß und ich kichere laut. Doch mir ist es egal, was die Gäste mir für Blicke zuwerfen. Das ist MEINE Hochzeit! Und wer hier einen Stock im Arsch hat, hat Pech gehabt!
Es spielt *Sex on two legs* – meine Lieblingsband. Ich weiß immer noch nicht, wie er den Sexgott Spank Ransom dazu gebracht hat, aber sie haben sich sofort geduzt und irgendwelche wüsten Geschichten ausgetauscht – daher denke ich, dass sie sich bereits jahrelang kennen.
Auch sonst hat David natürlich keine Kosten und Mühen gescheut. Wir befinden uns auf einer Insel in der Nähe von Mexiko, die, genau wie einige andere Inseln, einem Freund von ihm gehört. Und zwar Alec Morgan, der mit seiner bezaubernden und vor allem wunderschönen blonden Frau ein wirklich denkwürdiges Bild abgibt.

Der Riesen-Mogul mit eindeutig dominanten Tendenzen und einem perfekt sitzenden weißen Hemd und gleichfarbigen Hosen – weiß ist hier nämlich Dresscode – macht mich ziemlich nervös. Deswegen habe ich nur schnell seine Glückwünsche entgegengenommen und mich verabschiedet.

Tausende von bunten Lampions erhellen die riesige Terrasse der Villa, die direkt an das Meer grenzt. Die Leute trinken und schnattern oder bedienen sich an meinen Lieblingsspeisen am Buffet. Nein! Kein zehn Gänge Menü – bestehend aus winzig kleinen Portionen, von denen man nicht mal im Traum satt wird und bei denen es wie immer nur auf das Aussehen ankommt, anstatt darauf, den Hunger zu stillen, auch wenn Hungern für die meisten Hühner sowieso zum Alltag gehört. Es gibt auch keinen Glitzer und Gefunkel! Nicht einmal Schuhe sind erlaubt und vor allem keine Abendgarderobe!

Es war ein kleiner Kampf, aber ich habe meinen Kopf durchgesetzt!

Ich trage nur ein knappes trägerloses weißes Spitzenkleid, das David ausgesucht hat, und ehrlich so kurz ist, dass man die Ansätze von meinen halterlosen weißen Strümpfen sieht, weshalb ich beim kleinsten Luftzug in Panik ausbreche. Denn auch ich musste Abstriche machen und habe auf Unterwäsche verzichtet … Außerdem befinden sich in meinen kunstvoll geflochtenen Haaren winzige weiße Blümchen, mit denen mich meine Schwester und meine Mutter trotz Protest verziert haben.

Apropos Heiraten: Diese Tatsache meinem Vater beizubringen, glich einem Kraftakt. Und als er dann auch noch erfuhr, um wen es sich handelt, war er nicht wiederzuerkennen. Dabei sollten die Eltern doch eigentlich glücklich reagieren, wenn man sich einen Multimilliardär schnappt und somit für sein ganzes Leben ausgesorgt hat.

Mein Dad allerdings warf einen Blick auf David und war alles andere als glücklich.

Er stand auf, ging in den Nebenraum und kam mit seinem Revolver zurück. Diesen legte er für das weitere Gespräch zwischen David und sich auf den Tisch. Er wollte David wohl einschüchtern, stattdessen imponierte ihm mein Verlobter, indem er sofort begann, zu fachsimpeln und den wunderschön verzierten Griff zu bewundern, den mein Vater selbst geschnitzt hat …

In dem Moment wusste ich, alles würde gut werden und war mit meiner Mutter in der Küche verschwunden.

Meine Mutter war gleich hin und weg von David und die traf er bereits eine Woche, nachdem wir einen wunderbaren Urlaub in Dubai verbracht hatten. David wollte unbedingt meinen Buchladen kaufen, koste er, was er wolle, und so kam er mit mir in mein winziges Kaff, erwarb das ganze Haus unter der Bedingung, dass ich jemanden einstellen würde, um mit ihm zukünftig um die Welt reisen zu können – und brachte ganz nebenbei alle Frauen in dem kleinen Dorf völlig um den Verstand.

Er weiß eben, wie er die Herzen der Frauen zum Schmelzen bringt – mit Charme und seiner provokanten Art. Und gegen sein Aussehen ist wahrscheinlich so gut wie keine sehende Frau immun. Auch ich fiel beinahe um, als ich über den langen Steg, der weit ins Meer hinausragt, vor der untergehenden Sonne auf ihn zukam, so geblendet war ich von seiner Schönheit. Er sah einfach nur atemberaubend aus, in seiner einfachen hellen Leinenhose … und seinem freien, braun gebrannten, wieder perfekt trainierten Oberkörper. Er war so ablenkend, dass ich stolperte, aus dem Takt geriet und fast im Wasser landete – womit ich diesen besonderen Gang natürlich ruinierte, weil ich mir einen Fluch natürlich nicht verkneifen konnte. David grinste nur wissend, aber mein Vater rettete die Situation und hielt mich im letzten Moment vom Fallen ab – so wie immer.

»Hi Miss Porter …«, murmelte mir mein Bräutigam zu, als mein Dad meine Hand in Davids legte, und ich konnte nicht anders, als ihn anzustrahlen.

Als er mir den Ring ansteckte, schluchzten meine Mutter sowie meine Schwester herzzerreißend, die auf Stühlen im seichten Wasser saßen, während die sanfte Brandung um ihre Zehen spülte, und dicke Krokodilstränen rollten ihre Wangen hinab, weswegen ich meine auch nicht mehr beherrschen konnte.

Er wischte sie fort – mit einer Zärtlichkeit, die nur mir ganz allein vorbehalten ist.

Sogar Marie weinte und hielt lächelnd ihren kleinen, wirklich bezaubernden David Junior auf dem Schoß, in den ich mich sofort genauso verliebt hatte wie in dessen Vater.

Mein »JA, ich will!« kam aus tiefstem Herzen, ebenso wie seins, und der Kuss bestätigte mir: Ja, diese Lippen will ich tatsächlich bis an den Rest meines Lebens auf mir spüren.

***

Nun breitet sich über uns ein funkelnder Sternenhimmel aus. Es ist dennoch warm und der laue Wind angenehm, der mit seinem dichten Haar spielt. Er hat sich zwar ein Muskelshirt übergezogen, dennoch kann ich nicht meine Hände von ihm lassen. Besonders, weil wir beide nicht mehr wirklich nüchtern sind …

Und so beugt er sich zu mir herab und fängt meine Lippen mit seinen ein. Mit einem Stöhnen schmiege ich mich enger an ihn …

»Ich glaube …«, murmelt er und knabbert an meiner Unterlippe, bevor er zärtlich hineinbeißt. »Wir verlassen diese Party, Miss Porter …« Dann lehnt er seine Stirn an meine und schließt die Lider, während ich sein wunderschönes Gesicht streichle.

»Ich habe sowieso noch etwas mit dir vor …«, murmle ich lächelnd.

Er öffnet die Augen und zieht skeptisch eine Braue hoch, da springe ich schon von seinem Schoß.

»Wir haben noch eine unbezahlte Rechnung offen!«

»Aha?«

»Jetzt komm schon … ich werde dich schon nicht fressen.« Er grinst amüsiert, legt seine Hand in meine und steht auf. Dann zieht er mich an sich. »Verabschieden wir uns noch …“, haucht er in mein Ohr und mir kommt es gerade recht. »Mach das! Ich muss aufs Klo!«

Grinsend lasse ich ihn zurück, die elendige Smalltalk-Verabschiedungszeremonie kann er alleine führen. Gespannt auf das Bevorstehende gehe ich am Rand der Terrasse entlang und betrete das Innere der riesigen Villa …

Ich nehme den Weg durch die Küche, in der Bedienstete von einer Ecke in die andere huschen, in den Flur, der zu den Toiletten führt. Schnell erledige ich mein Geschäft und begebe mich zurück – ich kann es kaum erwarten, endlich alleine mit ihm zu sein!

Da höre ich es … ein weibliches Weinen!

Während ich meine Schritte beschleunige, biege ich um die Ecke und bleibe einige Sekunden wie angewurzelt stehen. Eine winzig kleine, sehr braun gebrannte Frau in dem typisch schwarzen Outfit der Angestellten trommelt mit ihren winzig kleinen Fäusten auf eine mir allzu bekannte Brust ein. Die Brust von Davids Bruder!

Sie will eindeutig weg von ihm, ist völlig panisch. Tränen laufen über ihr wunderschönes Gesicht. Dichtes schwarzes, wild gelocktes Haar hat sich aus ihrem Zopf gelöst, doch sie hat keine Chance gegen ihn.

Mit einem Murmeln packt er ihre Handgelenke und drückt sie ruckartig gegen die Wand. Da bin ich schon losgelaufen!

Der Bastard wird auf meiner Hochzeit sicher keine Frau vergewaltigen!

Dass er dazu imstande ist, traue ich ihm zu, ohne darüber nachzudenken!

Er ist so damit beschäftigt, ihr seinen Willen aufzuzwingen und ihr etwas zuzuflüstern, dass er mich gar nicht bemerkt …

Mit voller Wucht trete ich ihm in die Kniekehle, und mit einem Brüllen sackt er in sich zusammen. Das ist meine Gelegenheit! Bevor Jesse auf die Idee kommt, sich auf mich zu stürzen, lasse ich meinen angestauten Aggressionen ihm gegenüber freien Lauf und trete erneut zu – direkt in sein Gesicht.

»SPINNST DU!«, brüllt er und fängt einen weiteren Tritt ab.

»NEIN, ABER DU!« Er springt plötzlich auf die Beine. Seine Augen funkeln, seine Hände sind zu Fäusten geballt.

»LAUF WEG!«, schreie ich ihr zu und versuche, ihn zu boxen, aber er fängt meine Faust mit einem spöttischen Lächeln ab. Im gleichen Moment werden Gäste von dem Tumult angezogen und zerren ihn auch schon von mir weg. Geoffrey und David sind auch dabei.

»WAS SOLL DAS?«, brüllt mein frisch Angetrauter.

»FRAG SIE!«, brüllt sein Bruder in gleicher Lautstärke zurück und spuckt etwas Blut aus, worauf ich fast lächeln muss – ich habe gut getroffen.

»Er wollte sie vergewaltigen!« Mit meinem Finger deute ich auf die Frau, die mit riesigen feuchten Augen am Rande steht und das Szenario schockiert beobachtet. Sie hat die dünnen Arme um sich selbst geschlungen, ihr Kopf schwingt unentwegt von rechts nach links, als könnte sie nicht glauben, was passiert.

»Du hast was?«, zischt David nun WIRKLICH außer sich und versetzt seinem Zwilling einen heftigen Hieb in den Magen.

»DU WAGST ES! AUF MEINER HOCHZEIT!«, brüllt er und möchte noch einmal zuschlagen, aber plötzlich wispert die kleine Frau fast lautlos:

»NEIN!« Es ist so leise, kommt aber mit so einer Intensität, dass mir eine Gänsehaut über den Rücken rieselt.

David hält verwundert inne, sein Kopf fährt zu ihr herum, genauso wie die Köpfe der gesamten Hochzeitsgemeinschaft, die sich mittlerweile in dem engen Gang versammelt hat.

»WAS?«, blafft David sie an und sie zuckt zusammen.

Ich gehe zu ihr und berühre vorsichtig ihren Arm, lächle sie aufmunternd an.

»Was hast du gesagt?«

Sie sieht keinen anderen an außer Jesse Porter, als würden wir gar nicht existieren – wie, ja … wie einen verdammten Heiligen, und dann flüstert sie mit sanfter Stimme und einem winzigen bezaubernden Lächeln:

»Er hat mich gerettet.«

Und alles erstarrt.

»Da siehst du es, du Pisser!« Jesse streift die Hände ab, die ihn immer noch festhalten und seine angeborene Überheblichkeit kehrt in vollem Maß zurück.

»*Irgendein Drecksack* wollte sie gerade vergewaltigen. Ich glaube, es war einer der Angestellten, aber ich bin dazwischengegangen und war gerade dabei, sie zu beruhigen, als deine Irre mich hinterrücks angriff und anfing, auf mich einzudreschen! Heilige Scheiße, trainierst du?«, knurrt er mich sauer an und ich muss lächeln, weil er das kleine Ding tatsächlich nicht aus den Augen lässt, und dann auf sie zukommt.

Meine Antwort ist ihm scheißegal, alles andere ist ihm scheißegal.

»Geht's?«, fragt er sie leise, sobald er vor ihr steht. Sie starrt nur in sein Gesicht, als hätte sie noch nie etwas Schöneres gesehen. Er verdreht die Augen.

»Die Show ist jetzt zu Ende!«, verkündet er, nimmt sie am Arm und zieht sie mit sich. Völlig willig lässt sie sich von ihm davonschleifen, dreht sich aber noch einmal zu mir, um mir schüchtern grinsend zuzuwinken, was ich erwidere.

Bevor ich ihn sehe, spüre ich bereits an dem altbekannten Kribbeln, dass David hinter mich tritt.

»Hast du gerade das gesehen, was ich gesehen habe?«, raunt er ungläubig.

»Oh ja …« Tief ausatmend lehne ich mich an seinen Körper, und er schlingt seinen Arm um meinen Bauch, küsst meinen Scheitel.

»Anscheinend gibt es tatsächlich für jeden Topf den passenden Deckel.«

»Anscheinend!«, stimme ich ihm nickend zu.

»Ich werde herausfinden, welcher Bastard das getan hat!« Seine Stimme ist tödlich.

»Oh, ich denke, um den wird sich dein Bruder kümmern … Vergiss es. Sie ist bei ihm in besten Händen – vertrau mir … Aber wir beide hatten noch etwas vor, Mister Porter …«, murmle ich und dränge meinen Hintern enger an ihn, reibe mich an ihm, sodass er aufstöhnt.

Im nächsten Moment kreische ich allen die Ohren voll, weil er mich schwungvoll auf seine Arme hebt.

»Hochzeitsnacht wird eingeleitet!«, verkündet er feierlich und alle noch Anwesenden fangen an zu jubeln, während ich mich kichernd an seinem Hals festhalte. »Platz da! Hier lodert das Feuer der Leidenschaft! Es muss sofort gelöscht werden!« Grinsend zwängt er sich mitten durch die Menge, und allein sein Geruch lässt mich das soeben Geschehene völlig vergessen …

Seufzend schmiege ich mich an seinen Hals und überhäufe ihn mit zärtlichen Küssen.

***

Zielsicher trägt er mich die Treppen hoch, den Gang entlang und wir stranden in einem Schlafzimmer, das mit Rosen, Kerzen und allem anderen verziert wurde, was ein glückliches Hochzeitspaar so braucht.

Mitten vor dem lodernden Kamin stellt er mich auf was weiße, kuschlige Fell, tritt einen Schritt zurück und mustert mich mit einem leise gemurmelten »Wie schön du bist …« Daraufhin werden meine Wangen noch dunkler, als sie dank des Alkohols und der siebentägigen Sonnenkur sowieso schon sind und ich lächle schüchtern.

»Dito …« Er zieht sein Shirt aus, kommt auf mich zu und gleitet mit seiner Hand über meine Wange, fährt mit den Fingerspitzen in mein Haar und streichelt mich mit dem Daumen.

»Aber das ist nicht alles … Du bist mutig, stark und so witzig – meine Löwin.« Ich verdrehe die Augen, er lässt es durchgehen … auch wenn sich sein Blick verdunkelt. »Zeig mir deine Pussy!«

Ich gehorche und hebe das Kleid mit einem etwas verhunzten Knicks an. Ihm ist das egal, er stöhnt leise, packt mein Gesicht fester und will sich auf mich stürzen, doch ich halte ihn an der Brust auf.

»Warte!« Dann schlendere ich zu dem kleinen Tischchen neben dem Kamin, wo gekühlter Champagner bereitsteht. Dort schenke ich uns zwei Gläser ein und locke ihn mit einer Fingerbewegung zu mir. Schließlich reiche ihm eines.

»Auf eine befriedigende Ehe, Mister Porter!« Mit einem Grinsen lasse ich unsere Gläser leicht aneinanderklirren und beobachte zufrieden, wie er seines in einem Zug austrinkt.

Sofort schenke ich nach, ohne einen Schluck von meinem genommen zu haben. »Jetzt bist du tatsächlich mein Löwe, mein Alpha …«, murmle ich und sehe grinsend dabei zu, wie er erneut austrinkt – auf Ex. »So stark und männlich, so besitzergreifend, so beschützend und so wachsam … aber auch so einfühlsam. Du bist der perfekte Mann. Jede wäre froh, dich zu bekommen, aber trotzdem gehörst du nur mir … »Wieder schenke ich ihm nach und nippe ein wenig an meinem Champagner. Er stimmt mir mit einem »Yeah!« zu und leert sein Glas, wenn auch nicht mehr ganz so schnell.

»Aber während unserer ersten Nacht warst du ein Arschloch!«

Damit nehme ich ihm das Glas ab, stelle auch meins zur Seite, packe sein Gesicht und küsse ihn. Mit einem überraschten Stöhnen schlingt er seine Arme um mich, wankt aber bereits gefährlich. Das ist perfekt.

Grinsend schiebe ich ihn auf das Bett zu … und stoße ihn schließlich darauf. Rittlings lande ich auf ihm und küsse ihn weiter.

»Ich möchte dich festketten …«

»Was? Oh Gott … Liz!« Mit meiner Hand bin ich in seine Hose gerutscht, habe seinen harten Schwanz umfasst und massiere ihn, was ihm ein lautes Stöhnen entlockt, doch er murmelt: »Vergiss es! Ich habe im Bett das Sagen!«

Sofort lasse ich von ihm ab. »Wie du willst!«

»Elisabeth!« Etwas angepisst nimmt er meine Hand und schiebt sie wieder in seine Hose, umfängt mit ihr seinen Penis, während ich an seinem Kiefer knabbere.

»Du kannst ja immer sagen, dass ich dich wieder losmachen soll … Nur einmal will ich wissen, wie es ist. Es ist unsere Hochzeitsnacht … Habe ich da nicht einen Wunsch frei?«

Mein Griff wird fester und ich lasse meinen Daumen über seine Eichel schnellen. Er stöhnt stranguliert und beugt seinen Rücken durch. »Stell dir vor, wie ich vor die knie, dir einen blase und dich anschließen reite … Ansonsten …«

Wieder will ich meine Hand zurückziehen.

»Okay, okay!« Er packt sie fester, sodass ich ihn nicht loslasse, und ich küsse ihn langsam und gemächlich – mit einem triumphierenden Grinsen.

»Okay!«, murmle ich zärtlich an seinen Lippen und schwinge mich dann von ihm.

Daniel hat mir alles Nötige besorgt und so hole ich sämtliche Utensilien, die ich zum Fesseln brauche, unter dem Bett hervor.

Als er es sieht, verengen sich seine Augen.

»Daniel«, meint er mit einem tödlichen Unterton in der Stimme, als würde er einen Verräter enttarnen, und ich kichere, doch dann werde ich ernst, lege alles auf die Kommode neben dem Bett und setze mich schließlich in einen der ledernen Sessel vor dem Kamin. Laszív schlage ich ein Bein über das andere, genehmige ihm einen kleinen Ausblick und murmle:

»Komm zu mir, Baby …« Ich vermute, ich sehe gar nicht so schlecht aus, nur von den lodernden Flammen erhellt, die sich auch in seinen Augen widerspiegeln. Er grinst überheblich … und schwingt sich aus dem Bett. Selbstbewusst möchte er auf mich zuschlendern, aber ich halte ihn auf. »Wie ein Löwe natürlich!«

Und ihm scheint was zu dämmern … aber er … tut es tatsächlich … Mit einem »Glaubst du etwa, ich verlange etwas von dir, was ich nicht auch für dich tun würde?« geht er auf die Knie und kriecht auf mich zu. »Denk nur dran, das kommt alles auf die Liste!« Bei diesen Worten schaut er mich mit diesem dunklen Blick an, der mir sagt, dass er mir alles doppelt heimzahlen wird! In mir wechseln sich ein flaues Gefühl und die Vorfreude auf das, was er sich einfallen lassen wird, ab.

»Ich freue mich schon.«

»Noch.«

Ich muss lachen.

»Knurre!« Er tut es.

»BRÜLLE!« Er gehorcht mir wieder, und ich muss meinen Bauch halten vor Lachen, weil ich mir vorstelle, dass die Hochzeitsgäste unter dem Fenster alles hören müssen. Während er auch grinsen muss und irgendwas von »Irres … Weibsstück …« vor sich hinmurmelt.

Schon ist er bei mir … packt meine Knie, stemmt sich hoch, um meine Lippen zu erreichen, doch bestimmend halte ich ihn mit einer ausgestreckten Hand auf.

»Keine Berührung! Knie dich aufrecht vor mich!«

»Oh, wow, Baby … du hast den Dominamodus ja voll drauf!« FAST grinse ich, erwidere aber stattdessen: »Ich hatte einen guten Lehrer … und jetzt hol ihn raus und mach es dir … Die Hose bleibt an.« Das ist eine geheime Fantasie von mir – ich wollte ihm schon immer mal zusehen, wenn er sich selbst befriedigt, und erneut tut er es, indem er seine Hose ein Stück nach unten zieht, sich auf den Hacken zurücklehnt und langsam anfängt, träge an seinem harten Penis nach oben und unten zu streichen … Er liefert ein wahrlich atemberaubendes Bild ab – mit diesen Bauchmuskeln und seinem Trizeps, der dabei ohne Unterlass arbeitet, nicht zu vergessen dieses sexy V …

»So ungefähr?« Ich schlucke trocken und nicke.

»Langsamer …«

Er befolgt meinen Befehl, ohne mich aus dem brennenden Blick zu lassen, und der Lusttropfen tritt aus, was mir fast ein Stöhnen entlockt. Ich möchte ihn berühren, ihn dick und sehnig in mir haben. Zwischen meinen Beinen pocht es so verlangend, als befände sich mein Herz genau dort, aber ich halte mich zurück und genieße stattdessen die Aussicht.

»Schneller …«, fordere ich nach einiger Zeit und er lässt stöhnend den Kopf nach hinten fallen, gehorcht mir aber, während langsam, aber sicher Schweiß über seine muskulöse tätowierte Brust rinnt. Noch niemals habe ich etwas gesehen, was erotischer war.

Ich überlege, ihn kommen zu lassen, aber dann wäre diese Folter nicht hart genug.

»Willst du mich ficken?«, frage ich leise und er unterdrückt ein Stöhnen, indem er die Zähne aufeinanderpresst.

»Ja.«

Provokativ spreize ich meine Beine und schiebe mein Kleid an meinen Schenkeln hoch, dann spreize ich auch meine Schamlippen, die bereits von Feuchtigkeit benetzt sind, präsentiere mich ihm schamlos – aber bei uns gibt es keine Scham mehr. Dieses Gefühl hat er gleich zu Beginn ausgemerzt.

»Hier rein?«

»Oh fuck!«, murmelt er nur und schließt die Lider.

»Schau mich an, David … Schau dir an, was dir gehört …« Er schlägt die Augen auf, auch wenn ein Muskel an seiner Wange zuckt. »Beug dich vor und leck mich, während du es dir machst!«

»Scheiße!« Mit einem tiefen Stöhnen gehorcht er, während ich mich für ihn gespreizt halte und seine heiße Zunge über meine Mitte streicht. Keuchend lasse ich den Kopf nach hinten fallen, hebe ihm meine Hüften entgegen, als ich im Augenwinkel bemerke, wie sein muskulöser Arm sich schneller auf und ab bewegt.

»Langsamer, sonst kommst du noch! Wir wollen doch nichts verschwenden!«

Er knurrt an meiner Mitte und ich muss leise lachen, aber gleichzeitig erneut aufstöhnen, weil er leicht an meiner Klitoris saugt. Eindeutig hat er vor, mich so schnell wie möglich kommen zu lassen und … ich ergebe mich – zumindest in dieser Hinsicht.

»Ich will deine Finger in mir, stell dir vor, es wäre deine Eichel, die in mich eindringt, und wie meine Muskeln sie langsam umschließen …« Atemlos folgt er dem Befehl, schiebt zwei Finger quälend langsam in mich und die Bewegung seiner Hand stoppt komplett. Ich glaube, er hat auch aufgehört zu atmen.

»Verdammt!«, flucht er und rührt sich nicht mehr, sobald seine Finger mich ausfüllen.

»Baby, atme! Was ist denn?«, frage ich unschuldig und er sieht unter seinen verboten langen Wimpern angepisst zu mir hoch. Ich liebe es, wenn seine Augen so dunkel sind und vor Lust funkeln.

»Wenn ich weitermache, komme ich!«, knurrt er düster und ich grinse breiter, fasse nach unten und streiche ihm zärtlich ein paar verirrte dunkle Strähnen aus der Stirn. Gleichzeitig ziehe ich meine Muskeln um seine Finger herum zusammen und kreise lasziv meine Hüften.

»Ach ja?«

»OH FUCK!« Als würde er vor einem Naturwunder knien, beobachtet er meinen Unterkörper und seine Finger darin fasziniert, während ich mein Becken weiterbewege.

»Liz!«, haucht er wie ein Ertrinkender und ich erbarme mich.

»Bring mich zum Orgasmus!«

Wow! Ich bin selber begeistert davon, wie streng und unnachgiebig ich klingen kann.

»Gott sei Dank!« Mit einer Leichtigkeit, die angeboren zu sein scheint, findet er genau den einen Punkt in meinem Inneren, drückt dagegen und bewegt seine Finger einmal rein und raus, während er meinen Blick nicht loslässt – und meine Erregung förmlich in sich aufsaugt, vor allem, als ich sofort um ihn herum explodiere und seinen Namen stöhne. Meine Hände krallen sich dabei rechts und links in die Lehnen, mein Rücken beugt sich durch und ich höre ihn irgendetwas murmeln.

Befriedigt und ausgelaugt lasse ich mich kurz darauf in dem Sessel zusammenfallen und schließe träge die Lider. »Wow …«, hauche ich und spüre sein selbstzufriedenes Grinsen. Ja klar, er weiß genau, welche Knöpfe er drücken muss …

»Das kannst du laut sagen! Du bist der Wahnsinn!« Ich bemerke, wie er sich aufrichten will, vermutlich, um mich zu küssen, aber ich hebe eine zitternde Hand und lege sie erneut auf seine Brust. Seine Lippen sind direkt an meinen, als ich die Augen wieder öffne, direkt in seine grünen Smaragde sehe und murmle:

»Leg dich wieder auf das Bett …«

»Ehrlich?« Er wirkt LEICHT verzweifelt, und es flackern die ersten Anzeichen von Ungeduld in seinem Blick auf.

Yeah!

»Ja, David!«

Kommentarlos zieht er seine Finger zurück … ohne mich aus den Augen zu lassen. »Wie du willst!«, knurrt er so gar nicht freundlich.

Somit steht er auf und wankt zu dem Bett. Dort lässt er sich rücklings in die Kissen fallen und verschränkt die Arme hinter dem Kopf, eindeutig im Schmollmodus! Sein steifer Penis schaut dabei immer noch aus seiner Hose … was mich nur dazu bringt, dessen Schönheit zu bewundern.

Ich bleibe noch etwas sitzen, sauge seinen Anblick in mich auf, verschnaufe, sammle mich und erhebe mich schließlich. Kommentarlos nehme ich die Fesselungsgegenstände von der Kommode neben ihm, halte alles hoch und versuche, aus dem Chaos schlau zu werden. Ich blicke einfach nicht durch – wahrscheinlich, weil ich auch nicht mehr die Nüchternste bin – und motze vor mich hin. »Meine Güte, wie gehört denn das? Das dorthin und das dahin? Nein, das kann nicht sein … boah … ist das kompliziert … So ein Scheiß!«

»Das kommt um meine Hände …« Die Ungeduld übermannt ihn wohl endlich und er erbarmt sich, zeigt auf das kunstvoll verzierte Eisenkopfteil des Bettes. »Du machst es hier und hier fest!«

Ich grinse. »Dankeschön!« Dann schwinge ich mich wieder auf seine Brust, woraufhin er wirklich laut stöhnt, weil das Kleid weit nach oben rutscht und er einen perfekten Ausblick hat, und befestige seine Hände – bombensicher – mit den ledernen Schellen.

»AU!«

»Nicht, dass du dich losreißt!« Ich gebe ihm einen Kuss auf die Nasenspitze, dann klettere ich wieder von ihm, sehe ihn an, wie er jetzt an das Bett gefesselt daliegt – und verstehe.

Die Macht, die mich bei diesem Ausblick durchströmt, ist heftig. Er ist so ein starker, schöner Mann. Er weiß, was er will, und was er will, bekommt er – immer. Keiner legt sich freiwillig mit ihm an; er ist so gut wie jedem überlegen. Aber hier und jetzt ist er mir hilflos ausgeliefert – gehört nur mir. Ich kann ALLES mit diesem wunderbaren Körper tun.

Die Möglichkeiten sind grenzenlos und Aufregung macht sich in mir breit.

Jetzt verstehe ich tatsächlich, was er empfindet, wenn ich so auf dem Bett liege und sich die Leidenschaft und die Liebe zu ihm in meinen Zügen widerspiegelt.

Es gibt keinen schöneren Anblick als David Porter halb nackt und angekettet im Bett.

Ich schlucke trocken, während er grinst …

»Wird's heute noch was, Baby?«

»So ungeduldig, Mister Porter? Wie Sie wollen!« Ich lächle lieblich und schlendere zu der Kommode unter der riesigen Fensterfront, durch die man auf das Schwarze Meer sehen kann.

Von unten höre ich Spank Ransoms seidige Stimme, die »Collide« von James Bay singt, und feiernde, fröhliche Menschen … die Geräusche vermischen sich mit dem stetigen Rauschen des Ozeans.

Kurz blicke ich hinaus, sammle mich, atme tief durch und öffne die Kommode.

Wie abgemacht liegt er dort bereit – der Edding.

Da David morgen Nachmittag einen wichtigen Pressetermin hat, weiß ich ganz genau, wie übel es ist, was ich vorhabe, aber … Strafe muss sein!

Schließlich hat er in unserer ersten gemeinsamen Nacht auch so einiges gegen meinen Willen getan! Zum Beispiel mich rasiert und mir mein Herz gestohlen!

Ja, vielleicht ist es kindisch und unreif, aber vor allem ist es LUSTIG! Sein Gesicht wird unbezahlbar sein und vor allem der Anblick, wie er morgen beim Frühstück – von mir verschönert, grummelig und mit dem Kater seines Lebens – mit den anderen Hochzeitsgästen am Tisch sitzt. Allein bei der Vorstellung muss ich lachen, aber ich werde es langsam angehen lassen – meine eiskalte Rache genießen.

Mit dem Stift hinter dem Rücken komme ich zu ihm zurückgetänzelt und lege ihn neben das Bett, sodass er ihn nicht sehen kann. Dabei strecke ich ihm meinen Hintern entgegen, weiß, dass mein Röckchen nichts verdeckt und er eine grandiose Aussicht hat. Er schnaubt und ich höre die Ketten rasseln, grinse nur so vor mich hin, fasse nach hinten und öffne langsam den Reißverschluss meines Kleides. Als es zu Boden fällt, stehe ich in nichts weiter als meinen halterlosen Strümpfen mit dem Rücken zu ihm.

»Gefällt dir der Ausblick?«, murmle ich und schaue ihn über meine Schulter hinweg an.

»DAS FRAGST DU NOCH?«

»Ja.« Damit drehe ich mich um, präsentiere mich ihm fast vollkommen nackt und schutzlos und greife nach oben, damit ich die Spangen lösen kann, die meine wilden Locken bändigen.

»Das ist das Schönste, was ich verdammt noch mal jemals gesehen habe.«

Ich lächle, weil mein Herz bei diesen Worten bis in meinen Hals schlägt. Sein Blick spricht Bände, und ich komme auf ihn zu, während ich die einzelnen Strähnen in die Freiheit entlasse und sie sich seidig auf meine Schultern legen.

Bei ihm angelangt fällt mein Haar über meine Brüste und genauso knie ich mich zwischen seine Beine, beuge mich vor und küsse ihn – ziehe eine feuchte Spur seinen perfekten Körper hinab und lecke über die volle Länge seiner pochenden Härte. Hauchzart.

Er windet sich unter mir, keucht und ballt die Hände zu Fäusten, was mir ein diabolisches Grinsen entlockt und mich dazu bringt, ihn noch intensiver zu berühren.

»Du willst mich zu Tode foltern, gib's zu!«

»Es heißt nicht umsonst: Leidenschaft, die Leiden schafft …«, hauche ich zurück und sauge leicht an seiner Eichel, während ich sie zärtlich mit der Zunge umkreise. »Außerdem folterst du mich genauso. Allein dein Anblick ist die pure Qual, wenn ich dich nicht berühren darf.«

Ich sauge fester und nehme ihn plötzlich tief in meinen Mund.

»FUUUCK!« Er schließt die Lider, presst die Zähne aufeinander … seine Halsmuskeln treten hervor und ich halte es selber nicht mehr aus. Er ist zu hart und bereit in meinem Mund und ich bin schon wieder zu erregt.

Keuchend krieche ich wieder an seinem Körper nach oben, tatsächlich wie eine Löwin, nehme sein männliches Gesicht in meine Hände und küsse ihn.

Gleichzeitig lasse ich mich etwas auf seinen Penis hinab, sodass er genau zwischen meinen Schamlippen liegt, und reibe mich langsam vor und zurück.

»Ich liebe dich, David Porter …«, murmle ich, greife zwischen meine Beine und setze ihn an.

»Ich liebe dich … auch … Elisabeth Porter … OH GOTT!« Zentimeterweit lasse ich mich hinab und schaue ihm unentwegt in die Augen, genieße das Gefühl der süßen Dehnung und der unendlichen Verbundenheit.

So wird es immer sein … David Porter ist mein Hafen und wird immer mein Hafen sein. Mein Zuhause, der einzige Ort, an dem ich mich vollkommen geborgen fühle – immer, wenn sich unsere Körper vereinen.

***

Das Meer rauscht verträumt vor sich hin; der warme Wind, der am nächsten Morgen über meinen Körper streicht, kitzelt angenehm, und ich drehe mich mit einem Gähnen auf den Rücken, strecke meine Arme weit von mir und genieße das Ziehen meiner Muskeln, das darauf hindeutet, dass die vergangene Nacht kein Traum war.

Erneut kann ich mein Glück kaum fassen …

Von unten dringt leises Stimmengewirr nach oben und klapperndes Geschirr. Ein wunderbarer Geruch kündigt im Erdgeschoss ein phänomenales Frühstück an. Kaffeeduft findet seinen Weg in meine Nase und lässt mich seufzen.

Die Idylle ist perfekt – diesmal wirklich.

Doch ein markerschütternder Kriegsschrei zerstört diesen idealen Morgen und ihm folgt ein wirklich wütender David, der aus dem Bad stürmt.

Mit dem Zeigefinger deutet er dramatisch und vor allem anklagend auf mich. »ELISABETH PORTER!«

Tja … Abgesehen von dem wilden atemberaubenden Sex, den ich jede Nacht bis an mein Lebensende genießen werde, werde ich auch niemals aufhören, ihn zu schocken. Selbst mit einem aufgemalten mexikanischen Schnauzbart inklusive Kringeln sieht er aus wie ein Sexgott – mein Sexgott – und soooo witzig!

»Ja, mein Schatz?« Ich klimpere übertrieben mit den Wimpern, lege mir aber im Kopf bereits diverse Fluchtwege zurecht.

»Dafür wirst du büßen!«, droht David düster und ich springe im letzten Moment kichernd aus dem Bett und fliehe – nur um mich dann überglücklich von ihm fangen und für immer halten zu lassen.

- Ende -

Danksagung

Dies ist eindeutig eine meiner Lieblingsgeschichten. Sie zeigt die gesellschaftlichen Hürden auf, aber genauso, wie sich Menschen für die Liebe ändern und diese überwinden können.
Die beiden sind so herrlich verrückt, aber gleichzeitig ist David so verdammt heiß! Ich werde David und Elisabeth und ihre Kämpfe ganz schrecklich vermissen! Ehrlich!
Aber als Nächstes tritt Jesse auf die Bühne und auch der hat es echt in sich! Ich danke jedem, der mir bei der Entstehung dieses Buches geholfen hat (also Bella, Anke, Mandy, Babels und natürlich auch Peter ;), aber diesmal gilt mein besonderer Dank Nicole. Ohne deine Inspiration würden die Geschichten niemals so schnell und mit so einer Intensität aus meinen Fingern fließen. Ich hoffe, dass ich dich niemals verlieren werde, denn du bist nicht nur meine Muse, sondern auch eine sehr wichtige Freundin für mich geworden!
Danke, danke, danke!
Zu dieser Story hat mich mein Ausflug ins Prager Hilton Hotel inspiriert und ich habe mich dazu bereits bei FB geäußert, aber ich kopiere es hier auch rein: Ich muss jetzt mal was sagen, egal ob ihr es lesen wollt oder nicht, haha. Ich habe mir zu Ostern eingebildet, eine Nacht im Hilton-Hotel Prag verbringen zu wollen (So was tue ich manchmal gerne und dann ... beobachte ich die Menschen um mich herum einfach nur). Ich kam mir vor wie auf einem fremden Planeten! Und ... ich war erschüttert. Sorry, aber die meisten hatten nicht nur einen Stock im Arsch, das waren lebendige Mumien! Normalerweise wirklich schöne Frauen rannten wie Clowns geschminkt rum, am besten noch mit Schlauchbooten als Lippen und erinnerten irgendwie an dressierte Hennen und die Männer an aufgeplusterte Gockel!

Beim Frühstück hat eine Frau DREI Mal ihr Omelett zurückgehen lassen, weil ihr irgendwas nicht gepasst hat, und ich war schon kurz davor zu ihr zu gehen und zu fragen, ob sie eigentlich den Arsch offen und auch nur einen Hauch von Respekt vor irgendwas hat. Verliert man seine Dankbarkeit, wenn man alles hat, was man eigentlich nicht braucht? Nimmt man alles für selbstverständlich? Was ich da gesehen habe, war an Respektlosigkeit und Oberflächlichkeit kaum zu überbieten!

Jeder Mensch will der Beste sein und alle andere sind nichts, besonders wenn sie nicht dem Hennen und Gockelbild entsprechen! Immer wieder fällt es mir auf: Es geht nur ums Aussehen und ums scheiß Geld! In so einer Gesellschaft zu leben fällt mir immer schwerer, und am liebsten würde ich manchmal auswandern – zu einem ›primitiven‹ Stamm in den Dschungel oder sonst wohin, wo es abgelegen ist! Die haben dort noch RICHTIGE Probleme und brauchen nicht tausende an Extrawürsten um irgendwelche Komplexe zu komplexieren (haha)! Dort weiß man noch, was Zusammenhalt bedeutet, die wären da aufgeschmissen, wenn sie so egoistisch und so auf sich selbst bezogen wären, wie diese Menschen die ich dort gesehen habe!

Fazit! Nichts für mich!

Ich verzichte gern auf materiellen Luxus, leide dafür aber nicht an emotionaler Armut und Abgestumpftheit, wie so viele in der heutigen Gesellschaft!

Lieber bleibe ich ein Mensch mit Herz, der sich am Abend noch in die Augen sehen kann, wenn er schlafen geht!

HOW!

Danke an alle, die an mich und das Gute glauben und meine Bücher lesen!

Ich liebe euch!

Don Both Ende oder so … ☺

VORSCHAU

Über das Buch:

Ein unerschütterliches Selbstbewusstsein und die pure Verführung – das ist Jesse Porter. Als er auf der Hochzeit seines Bruders die scheue Adriana Flores beim Nacktbaden im Meer beobachtet, ist für ihn klar: Diese atemberaubende Nixe wird seine nächste Beute.

Leider reagiert sie aber keineswegs so wie die anderen Frauen, die sich ihm scharenweise vor die Füße werfen. Sie geht auf Abstand, obwohl sie ihn spürbar begehrt. Damit bringt sie ihn so durcheinander wie keine jemals zuvor, denn was zu Beginn allein dem Jagdtrieb geschuldet ist, wird nach und nach durch seinen Beschützerinstinkt ersetzt.

Als Adriana den attraktiven Jesse Porter das erste Mal sieht, ist sie sich sicher: Er ist ein Engel – wunderschön und absolut atemberaubend, herabgestiegen, um ihr zu zeigen, was der Himmel auf Erden ist. Er ist keine Bestie, so wie die anderen Männer. Denn er rettet sie vor ihrem gewalttätigen Ehemann, will sie aus der tristen Welt entführen, die zu einem Gefängnis für ihre Seele und ihren geschundenen Körper geworden ist.

Doch wie hoch ist der Preis, den sie zahlen muss?

Denn Jesse Porter tut niemals etwas ohne Gegenleistung, und er macht ihr ein Angebot, das ihr Verstand sofort abschlagen will: Am Tag soll sie auf seiner Ranch arbeiten. Schön und gut, doch in der Nacht soll sie ihm dienen – mit ihrem Körper.

Wird er es schaffen, der gebrochenen Frau zu zeigen, wie schön es sein kann, sich der Lust hinzugeben? Und wird es ihr gelingen, seine harte Schale zu knacken und ihm zu zeigen, dass Liebe noch viel besser ist als Lust? Werden beide erfahren, dass Sex so viel mehr sein kann als nur eine Befriedigung der Körper? Oder werden sie sich bei dem Versuch, den anderen zu heilen, gegenseitig zerstören?

Wenn der Cowboy seine weiche Seite zeigen muss, um das Herz seiner Nixe zu erobern.

Wenn aus brennendem Verlangen die einzig wahre Liebe wird …

Die Dark Love Reihe – Liebe ohne Hard Limits.

Romantisch/erotische Geschichten über Dominanz und Unterwerfung, Grenzüberschreitungen, falsche Motive, die einzig wahre Liebe und wie sich Menschen für diese ändern können.

Alle Teile handeln von anderen Protagonisten und sind in sich abgeschlossen.

Kapitel 1

Das Wasser perlt träge über ihren Rücken, schimmert leicht im Mondschein, läuft ihre Wirbelsäule hinab bis zu ihrem festen, runden Hintern.

Sie steht mitten im Meer, die anmutigen Arme hängen locker hinab, und blickt auf zum Mond. Schließlich dreht sie sich um … offenbart mir ein wunderschönes Gesicht. Ein Gesicht, das ich sonst nur beim Lesen der *Penthouse* oder des *Playboys* zu sehen bekomme. Aus der Entfernung kann ich es nicht genau ausmachen, aber ich weiß, dass die Lippen voll und die Augen groß sind, die Nase klein und fein und die Wangenknochen hoch. Und ihr natürlicher Körper steht dieser Perfektion in nichts nach.

Wie eine Nixe steigt sie aus den Fluten.

Ihr Körper ist lang gezogen, wirkt aber dennoch weiblich und anmutig. Kleine, kecke Brüste sitzen an genau der rechten Stelle, teilweise verdeckt durch dunkles dickes Haar, während aus den Spitzen noch mehr kühles Nass tropft, das über ihren flachen Bauch rinnt … direkt zwischen ihre glatt rasierten Beine, wo es ihren Venushügel so umschmiegt, wie ich es mit meiner Hand tun will. Ein paar ganz wagemutige Tropfen gleiten weiter ihre langen Beine hinab, um sich dann mit den Fußspuren zu vermischen, die sie im kühlen Sand hinterlässt.

Sie wirkt wie ein Traum. Kurz möchte ich mich kneifen, obwohl ich mir sicher bin, dass dies die Realität ist.

Sie badet tatsächlich völlig nackt und alleine im Meer.

Alle anderen Zimmer der Villa, in der ich mich befinde, liegen im Dunkeln, alle Bewohner schlafen tief und selig.

Nur ich nicht – so wie immer –, stattdessen bin ich rastlos, wo andere schön schlummern, und aufgestanden, um ein wenig hinaus in die heiße Nacht zu schauen.

Dann habe ich sie erblickt, ein schwarzer Punkt, der einsam durchs Wasser schwamm und immer näherkam. Ich konnte meine Augen nicht mehr von ihr nehmen.

Wer ist sie? Zu wem gehört sie? Ist sie alleine hier? Wie kann ich sie bekommen?

Dass ich sie will, steht außer Frage.

Zwischen meinen Beinen wird es ziemlich deutlich, während ich sie weiter dabei beobachte, wie sie zu dem strahlend weißen Handtuch geht und sich damit leicht abtrocknet. Ich will dieses Tuch sein.

Ein heiseres Stöhnen entkommt mir, und ich lehne meine Hand gegen die Scheibe, balle sie zur Faust – irgendwie muss ich verhindern, dass ich hinuntergehe und sie mir hole. Schließlich könnte es ja tatsächlich sein, dass sie zu jemandem gehört, der David – meinem zweieiigen Zwilling –, wichtig ist.

Verdammt, das hier ist die Hochzeit meines Bruders, die auf einer malerischen Insel in der Nähe von Mexiko stattfindet, und ich kann an nichts anderes denken, als diese Nixe zu vögeln. Was total normal ist, schließlich vergeht kaum eine Woche, in der ich keinen Sex habe und eine Frau wild kreischend unter mir liegt. Jetzt bin ich bereits drei Tage hier und habe immer noch nicht die Passende gefunden – bis jetzt.

Aus einem Impuls heraus entscheide ich mich dazu, meinem Schwanz nachzugeben und sein Schicksal in die eigenen Hände zu nehmen.

Also drehe ich um, gerade als sie auf die Villa zugeht, und verlasse dieses Zimmer, trete hinaus in den dunklen Flur, mache allerdings kein Licht an, und schlendere in nichts weiter als meinen Shorts die Treppen hinab, um im ausschweifendem

Wohnraum auf sie zu warten.

Denn eins ist so sicher wie das verdammte Amen in der Kirche.

Sie wird mir gehören.

Noch heute Nacht.

SIE

Das hat gut getan! Mir endlich den Schweiß des Tages vom Körper zu waschen, endlich abzuschalten, in den Wellen zu schwimmen und an nichts zu denken. Ich liebe das Meer – besonders bei Nacht, wenn keine Menschenseele hier ist, nur das Rauschen die einzige Geräuschkulisse bildet und der Mond anstatt der heißen Sonne herabscheint.

Hier kann ich abschalten, entspannen, mich treiben lassen – nur hier.

In mein weißes Handtuch gewickelt betrete ich die pompöse Villa und will sofort nach rechts in den Gang der Angestellten biegen, doch ich habe Durst und so entscheide ich mich, etwas zu tun, was mir eigentlich streng verboten ist! Ich will mir einen Orangensaft aus der Küche holen! Für mich! Nicht für einen der Gäste, deren Betreuung meine Aufgabe ist.

Also betrete ich den riesigen Raum, mache natürlich kein Licht an und schleiche schnell durch das im Dunkeln liegende Wohnzimmer, als ein Räuspern mich mitten im Schritt verharren lässt.

Oh Gott! Jemand ist hier und hat mich erwischt!

Mich ertappt fühlend wirbele ich herum und … der Atem stockt in meiner Kehle, denn dort im Schatten direkt neben dem Kamin steht jemand. Groß und dunkel. GEFÄHRLICH – das schießt mir sofort durch den Kopf.

Ich kann gerade so dem Impuls widerstehen, wegzulaufen, bleibe stattdessen nur wie erstarrt stehen und fasse an meine Brust, um mein wild schlagendes Herz zu beruhigen.

Der Schatten regt sich. Er streckt eine Hand aus und … schaltet die winzige Lampe an, die auf einem Beistelltischchen neben dem Kamin steht und die nun schummriges Licht auf das Zimmer wirft.

Gleichzeitig erhellt sie den schönsten Mann, den ich jemals gesehen habe – was ihn nur umso gefährlicher macht. Denn Männer sind nicht schön – Männer sind Bestien, und wenn sie gut aussehen, dann sind sie nur besonders gut getarnt.

Diese Bestie hat blondes Haar, an den Seiten kurz geschoren, oben etwas länger … und strahlend grüne, wachsame Augen. Augen, die an einen Adler erinnern, kurz bevor er sich auf seine Beute stürzt. Eiskalte Augen, die jedoch brennen, als er seinen Blick ziemlich offenkundig über meine Rundungen gleiten lässt … von meinem Gesicht über mein Schlüsselbein, meine bebenden Hände, die sich in das Handtuch krallen und es an Ort und Stelle halten, weiter meine Beine entlang und wieder zurück.

Als er erneut mein Gesicht betrachtet, sind seine Augen alles andere als kalt, im Gegenteil: Sie funkeln noch gefährlicher und ich überlege, ob ich es noch rechtzeitig aus dem Zimmer schaffe, um mich ihm zu entziehen.

Er grinst auch noch selbstgefällig, als würde er meine Gedanken kennen, und als er spricht, steht seine Stimme dem Rest seines Auftretens in nichts nach. Sie ist wunderschön, tief und samtig, was diese Bestie im Großen und Ganzen nur *noch* bedrohlicher macht.

Noch niemals habe ich einen Mann getroffen, auf den ich schon beim ersten Blick so heftig reagiert habe. Genau genommen reagiere ich normalerweise überhaupt nicht.

»Flucht ist zwecklos … denk nicht mal daran!«, verkündet er fast schon gelangweilt und setzt sich in Bewegung. Erst jetzt kann ich mich von seinen Smaragd-Augen lösen und keuche, als ich seinen Körper betrachte. Denn er ist nackt – zumindest fast … Er trägt lediglich eine schwarze, enge Shorts, die nicht verbergen kann, wie sehr ihm mein Anblick gefällt. Er ist braun gebrannt und tätowiert. Verschiedene Motive schmücken einen seiner muskulösen Arme, ziehen sich bis zu seiner Schulter, seiner Brust, und seiner Leiste, wo sie durch zwei Cowboy-Colts auf seinem muskulösen Unterbauch komplettiert werden, so, als hätte er sie sich in die Hose gesteckt … *Haha, sehr witzig*, denke ich trocken, bin aber immer noch bereit, sofort die Flucht zu ergreifen, während ich meinen Blick nicht von ihm nehme.

Als er an mir vorbeigeht, um die Bar anzusteuern, bemerke ich, dass eine weitere Tätowierung seinen breiten Rücken ziert. Angespannt verfolge ich, wie er goldene Flüssigkeit in zwei Gläser einschenkt und anschließend damit auf mich zukommt.

Ich mache einen Schritt zurück, kralle mich immer noch in mein Handtuch und weiß, dass man mir meine Gefühle ansehen kann – so wie immer. Er hebt eine scharf geschnittene dunkle Augenbraue.

»Was?«, fragt er provokativ …

Ich schüttle den Kopf. Natürlich würde ich ihm niemals sagen, dass ich Angst habe, dass er mich bitte nicht berühren und bloß nicht näherkommen soll.

»Kannst du nicht sprechen?«, bohrt er weiter, stoppt aber nicht seine Schritte. Ich weiche weiter zurück, und keuche auf, als ich in meinem Rücken plötzlich eine Wand spüre.

Mist!

»Oder ist das eine neue Art von Spiel? Zuerst nackt baden, deinen göttlichen Körper mit Wasser drapiert im verfickten Mondlicht präsentieren und dann auf rassige Unschuld machen?«

MIST!

Mich hat noch NIE jemand bei meinen nächtlichen Badeausflügen gesehen! NIE! Wieso dann jetzt er?

Ich merke, wie mir vor Scham das Blut in die Wangen steigt, weiß aber immer noch nicht, was ich sagen soll. Aus Gewohnheit schweige ich, außerdem ist meine Kehle sowieso wie zugeschnürt. Das Kribbeln, das immer stärker wird, je näher er mir kommt, macht mich völlig sprachlos.

»Baby … wenn du es so haben willst, kannst du es natürlich auch so haben.« Er stellt die Gläser weg, bleibt aber zwei Schritte vor mir stehen und verschränkt die Arme. Die Tätowierung auf seinem Arm blitzt auf, seine Muskeln sind imposant und er im Großen und Ganzen wirklich der schönste Mann, den ich jemals getroffen habe – und der gefährlichste.

Ich will gar nicht wissen, zu was er fähig ist … »Du … bist die verführerischste kleine Nixe, die ich je gesehen habe, besonders wenn du mich so ängstlich mit deinen großen braunen Bambiaugen ansiehst … Dieses Spiel gefällt mir!«, wispert er mit einem Mal kaum hörbar und streckt die Hand nach mir aus.

Automatisch zucke ich zurück, höre mich selbst keuchen und schließe die Lider, presse die Lippen zusammen und drehe meinen Kopf von ihm weg, presse meine Wange gegen die Wand.

BITTE BERÜHR MICH NICHT!, schreie ich ihn in Gedanken an, weiß aber, dass er es dennoch tun wird. Was ich will, ist diesen Bestien egal. Ich muss machen, was sie sagen … muss hinnehmen, was sie verlangen … doch … die mit Horror erwartete Berührung erfolgt nicht.

Sekunden werden zu Minuten und Minuten zu Stunden, in denen ich warte … aber tatsächlich, er fasst mich nicht an.

Also öffne ich vorsichtig wieder ein Auge, linse zu ihm, nur um zu erkennen, dass er mich mit gerunzelter Stirn ansieht, als müsste er ein Rätsel lösen.

Seine Arme jedoch sind wieder verschränkt und den Kopf hat er schief gelegt.

»Du willst ehrlich nicht, dass ich dich anfasse, hm?«

Ich nicke.

»Okay … kein Problem. Das muss nicht sein, dann öffne du dein Handtuch für mich.« Und der nun so raue und vor allem dominante Klang seiner Stimme löst eine merkwürdige Reaktion in meinem Körper aus. Zwischen meinen Beinen beginnt es, sanft zu pochen, während mich dort Hitze durchströmt. Gleichzeitig spüre ich, wie mein Herz wieder schneller schlägt und mein Magen schwirrt. Sein Blick ist so dunkel geworden – so verlangend –, trotzdem stürzt sich die Bestie immer noch nicht auf mich. »Wird's heut noch was?«, fragt er eindeutig etwas ungeduldig und ich beeile mich, seinem Befehl nachzukommen.

Meine Hände zittern, als sie das Handtuch öffnen.

Es ist demütigend, auch wenn ich bei dem, was ich alles schon erlebt habe, dieses Gefühl als normal empfinden müsste. Dennoch tue ich es und präsentiere ihm meinen Körper. Dabei sehe ich zu Boden, kann es anders nicht ertragen.

Und als er mich nun doch berührt, zucke ich nicht zurück, denn … denn … es kribbelt – *angenehm*. Einen Zeigefinger legt er unter mein Kinn und hebt es an, zwingt mich ihn anzusehen, und das, was ich in seinem Blick erkenne, bringt mich zum Keuchen.

Dieser wunderschöne Mann sieht mich zwar verlangend und absolut begehrend an, aber da ist noch etwas anderes – etwas Warmes, Weiches und Mitfühlendes, aber vor allem *Respekt*. »Du hast den schönsten Körper, den ich je gesehen habe. Es ist nicht nötig, den Blick zu senken …«, wisperte er … berührt mich sachte mit der Hand und streicht meinen Kiefer entlang. »Aber du magst es nicht, ihn mir so zu zeigen, nicht wahr?«

NEIN!

JA!

Na ja …

Ich zucke mit den Schultern, beiße mir auf die Unterlippe und erschauere, als er ein paar Strähnen hinter mein Ohr streicht und mein Ohrläppchen sanft massiert. Er lächelt, worauf sich das warme Gefühl in meinem Bauch sowie zwischen meinen Beinen intensiviert. Zwar ist meine Angst noch vorhanden, aber ich glaube nicht, dass er sich gleich auf mich stürzen wird. Obwohl … die Bestien mögen es mit einem zu spielen, einen in Sicherheit zu wissen, nur um ihre Qual perfekt zu machen.

Ich erschauere, erwarte seinen Überfall und schließe die Augen.

Doch als er seine Hand zurückzieht, öffne ich sie wieder. Sein Kiefer verhärtet sich und er verschränkt erneut die Arme.

»Dann musst du es auch nicht. Bedeck dich wieder.« Ehrlich?! Oh, Gott sei Dank!

Schnell folge ich dem Befehl, bevor er es sich anders überlegt.

Hilflos stehe ich vor ihm, starre auf den Boden und weiß nicht, ob ich mich vielleicht entschuldigen sollte – für was auch immer. »Geh …«, wispert er mit einem Mal noch heiserer und ich sehe unsicher zu ihm hoch.

Er wirkt ziemlich angespannt. »Ich meine es ernst! Geh, bevor ich mich nicht mehr beherrschen kann und dich hier gegen die Wand ficke!« Vor Schreck zucke ich zusammen, jetzt kommt die Bestie in ihm raus, doch … er hält sie tatsächlich zurück!

Wieso?

Wenn er mich gegen die Wand ficken will, kann er das doch tun?

Ratlos sehe ich ihn an. Ich verstehe ihn beim besten Willen nicht, zumal er immer wütender wirkt.

»Was verstehst du an dem Wort *GEH* nicht?«, zischt er mich mit einem Mal an. »Wenn du nicht von mir gefickt werden willst, dann nimm deine verdammt langen, perfekten Beine in die Hand und verschwinde! Vergewaltigen musste ich eine Schlampe noch nie!« Das sitzt!

Mir treten Tränen in die Augen und ich keuche auf – ich weiß nicht so recht wieso … aber sie gehorchen mir nicht, als er mich so betitelt.

Ich bin so dumm, dabei sollte ich so etwas nun wirklich schon gewöhnt sein.

Mein Handtuch festhaltend umrunde ich ihn und laufe davon – direkt durch den Flur für die Angestellten in mein winziges Zimmer. Dort knalle ich die Tür viel zu laut hinter mir zu, aber Miguel wacht zum Glück nicht auf.

Mit dem Rücken lehne ich mich dagegen und schnaufe wild.

Mein Herz rast in meiner Brust wie noch niemals zuvor in meinem Leben und … Tränen laufen über meine Wangen. Tränen, die ich nicht verstehe, genauso wenig wie die ganze Situation eben. Dennoch … dieses warme Gefühl in meinem Bauch … es ist noch da.

ER

Ich will sie kontrollieren und mir unterwerfen, aber sie soll es selber wollen.

Völlig verängstigt steht sie stattdessen vor mir, öffnet das Handtuch mit bebenden Fingern.

So einen perfekten Körper habe ich ehrlich noch nie gesehen, doch gleichzeitig offenbart sie mir etliche Verletzungen. Meine Hände ballen sich ganz von selbst zu Fäusten. Das kann doch nicht wahr sein! Sind das Brandblasen unter ihren Brüsten, Striemen an ihrem Bauch und … blaue Flecken auf ihren Hüften?

Diese Male machen mich so sauer wie noch niemals jemals etwas zuvor. Am liebsten würde ich sie packen, schütteln und anschreien, damit sie mir verrät, wer ihr das angetan hat. Und dann bringe ich den Bastard um.

Aber das würde sie noch mehr erschrecken, als es mein Auftauchen sowieso schon tut, und ich will von einer Frau sicherlich vieles, aber nicht, dass sie Angst hat, dass sie meine Berührungen nur erträgt und nicht herbeisehnt und dass sie am liebsten flüchten will, anstatt sich zu wünschen, dass ich ihr näherkomme. Das einzige Geräusch, das ich von ihr hören möchte, ist ein erregtes Stöhnen und kein ängstliches Keuchen. Sie soll vor Lust zittern, nicht vor Panik.

Also schicke ich sie fort, auch wenn ich mich fühle, als würde sie einen Teil von mir mit sich nehmen. Gleichzeitig ist mir klar, dass ich diese faszinierenden türkisen Augen, die bis auf meine Seele blicken, niemals vergessen werde.

KAPITEL 2

SIE

Ich kann es nicht glauben, aber tatsächlich: Am Abend der Hochzeit ist dieses warme Gefühl immer noch da … allein, wenn ich ihn nur betrachte! Und das tue ich. Die ganze Zeit.

Er ist einer der Gäste der Hochzeitsgesellschaft – genau genommen der Bruder des Bräutigams – und trägt einen weißen Leinenanzug, der ihm einfach nur vorzüglich steht und seine männlichen Merkmale perfekt betont. Die breiten Schultern, die schmalen Hüften …

Er lacht und scherzt, egal, ob mit Mann oder Frau; er unterhält sich hier und dort. Und jedes Mal, wenn er grinst, was absolut echt und atemberaubend wirkt, fühle ich selber, wie sich ein Lächeln in mein Gesicht schleicht. Seine strahlend weißen Zähne, die dank der gebräunten Haut regelrecht hervorstechen, komplettieren seine Attraktivität.

Außerdem lässt er es zu, dass die Braut ihm mit ihrem Strauß auf den Kopf haut, wieso auch immer. Alle lachen darüber, während er lediglich die Augen verdreht.

Diese Bestie ist anders als die anderen, die ich kenne, denke ich, während ich ihn beim Abspülen durch das geöffnete Fenster beobachte.

Nun schlendert er zu einer blonden Frau, die ein knappes schwarzes Kleid trägt und wunderschön ist. Von hinten tritt er an sie heran und wispert etwas in ihr Ohr. Sie zuckt zusammen, wirbelt herum, sieht ihn und … ihre Augen werden groß. Ja … so eine Wirkung hat er auf die Frauen.

Man ist gegen sein Äußeres nicht immun. NICHT EINMAL ICH!

Er grinst sie schelmisch an, legt den Kopf leicht schief und sagt etwas – etwas Wunderbares, mit dieser noch tolleren Stimme … Sie lächelt, tritt an ihn heran. Ihre Hand fährt über seine Brust in seinen Nacken, dann zieht sie ihn zu sich herab und schmiegt sich an ihn …

Das Glas, das ich gerade abgewaschen habe, schlägt gegen die Spüle und zerbricht in meinen Händen. Die Scherben schneiden sich fast in meine Haut, weshalb ich fluchend zurückweiche.

»Verdammt, Adriana! Was soll das?« Miguel, mein Mann sowie mein Chef, steht sofort hinter mir und brüllt mich an. Um keine Aufmerksamkeit auf uns zu ziehen, reißt er mich am Arm herum und will das Fenster schließen. Aber es ist zu spät: Von dem Gebrüll alarmiert sieht die halbe Partybelegschaft zu uns in die Küche – auch er.

Seine Augen weiten sich, als er mich wahrnimmt, dann verengen sie sich und er starrt Miguels Hand schier tödlich an. Gänsehaut schießt meinen Rücken hinab. Miguel bemerkt seinen Blick, der mir gilt, und mein Herz bleibt stehen.

Mit einem Ruck knallt er das Fenster zu, packt mich fester am Arm und zerrt mich hinaus in den Gang.

»Ach, so ist das?«, zischt er dabei und ich ahne, dass mein letztes Stündlein geschlagen hat!

Gerade hat er mich dabei erwischt, wie ich einen anderen Mann betrachtet habe! »Du denkst lieber daran, wie dich andere Schwänze ficken, als deine Arbeit ordentlich zu erledigen, du kleines, dämliches Stück Scheiße?«, knurrt er und drückt mich gegen die Wand.

Es würde nichts bringen, mich gegen ihn zu wehren, das würde alles nur schlimmer machen, also versuche ich panisch, mich an *meinen Ort* zu flüchten. Ins Meer, zwischen die rauschenden Wellen.

»Ich habe dich was gefragt!«, brüllt er plötzlich und presst seine Hand auf einen blauen Fleck von gestern, was mich wieder ins Hier und Jetzt reißt und ich aufschreie.

»Genauso eine Schlampe wie deine stinkende Schwester!«, knurrt er weiter und hebt dabei auch schon meinen Rock hoch.

Diese paar Worte lassen eine Sicherung in meinem Inneren durchbrennen … die Stromkreise haben einen Kurzschluss und ich fühle RASENDEN ZORN, der mich flutet.

Er hat sie auf dem Gewissen, wegen ihm ist sie gestorben und ich musste an ihrer Stelle in diese lieblose Ehe heiraten. Das ist schon grausam genug, etwas, was ich ihm niemals vergeben werde, doch dass er sie jetzt auch noch beschimpft und ihren Namen in den Dreck zieht, gibt mir den Rest.

»Rede nie wieder so über sie, du impotenter Bastard!«, knurre ich ihn an und er stockt – noch niemals habe ich so etwas zu ihm gesagt oder auch nur meine Stimme erhoben.

Seinen Handrücken habe ich daraufhin schneller im Gesicht, als ich sprechen kann. Mein Kopf fliegt zur Seite, dröhnt bereits, aber das war erst der Anfang. Alles in mir vibriert und pulsiert, bereit, sich zu entladen. Gerade will ich mich auf ihn stürzen, da wird er von mir fortgerissen.

»DU WICHSER!«, brüllt eine mir nur allzu bekannte Stimme.

Dann sehe ich nur noch, wie Miguel einen Hieb in den Magen bekommt, gleich noch einen Kinnhaken hinterher und wie er dann am Kragen gepackt und an die Wand mir gegenüber gedrückt wird.

Miguel sieht IHN mit großen Augen an und weiß gar nicht, was er tun soll. Blut läuft aus seiner aufgeplatzten Lippe und er hat absolut keine Chance. Mein fetter Mann wird geschüttelt, mit Flüchen belegt und anschließend in die Angestellten gestoßen, die sich versammelt haben.

»HAUT AB!«, knurrt ER ihnen zu, dann dreht er sich zu mir.

Sein Gesicht ist so besorgt, so voller Gefühl, so absolut … *ehrlich*, dass ich es kaum ertragen kann. Er tritt auf mich zu, einem Engel gleichend, nimmt mein Gesicht zärtlich zwischen seine großen Hände und beugt sich zu mir herab.

»Alles Okay?«, fragt er aufgewühlt und das ist der Moment, in dem mir eine weitere Sicherung durchbrennt.

»NICHTS IST OKAY!«, kreische ich mit einem Mal und will ihn von mir stoßen. Er ist total verwirrt und regt sich nicht, weicht auch nicht zurück, als ich anfange, aus vollem Halse zu heulen und zu schreien. »NICHTS AN MEINEM VERSCHISSENEN LEBEN IST OKAY!« Wie kann er es wagen, mich so etwas überhaupt zu fragen!?

Wie wild trommle ich auf seine Brust ein, zwischen jedem Wort ein Schlag, und er ist zu schockiert, um zu reagieren. Vorerst.

Blitzschnell greift er plötzlich nach oben und ich zucke zurück, weil ich denke, dass er mich schlagen wird, aber er fängt nur meine Handgelenke ein.

»Ich weiß! Es tut mir leid!«, wispert er, was mich nur noch rasender macht, und so versuche ich, mich aus seinem Griff zu winden und knurre:

»Als ob es dich interessieren würde! Als ob es *irgendwen* interessieren würde!« Mir ist klar, dass ich ein erbärmliches Bild abgebe: Die Rotze läuft mir aus der Nase und ich kämpfe gerade gegen einen Mann, brülle, knurre und spucke und fauche und … habe doch keine Chance – bis sie kommt.

Schneller, als ich reagieren kann, hat sie sich auf ihn gestürzt und tritt ihn von hinten. Als er vor mir auf die Knie fällt, tritt sie ihm mit ihren Heels auch noch in sein wunderschönes Gesicht. Das ist der pure Horror und will nur noch schreien: *TU IHM NICHT WEH!*

Aber ich bleibe still, bin viel zu entsetzt.

Aus diesem Schock kann ich mich erst lösen, als weitere Gäste auftauchen und der Bräutigam seine Hand gegen ihn erhebt. *Der* könnte ihm erheblichen Schaden zufügen, dabei … dabei … hat er gar nichts Böses getan!

Er hat mich gerettet!

Mein »NEIN!«, das ich ausrufe, kommt aus tiefstem Herzen, wenn auch nicht so laut wie beabsichtigt.

Alle erstarren, während ich NUR IHN ansehen kann.

Diese Bestie – die mich gerettet hat ...

Was ich auch allen sage, doch sie sind schockiert, was ich gar nicht verstehe. Sehen sie denn nicht, wie GUT er ist? Noch niemals stand jemand für mich ein oder hat es gewagt, sich mit Miguel anzulegen. Noch nie in meinem ganzen Leben. Egal, ob die Lehrer in der Schule, die meine Verletzungen sahen, meine eigene Mutter oder irgendein anderer Verwandter oder Freund.

Ich war nur ein Niemand, aber bei ihm fühlt es sich so an, als könnte ich JEMAND sein.

Er hat mich beschützt …

Wie ein Engel ist er herabgestiegen aus dem Himmel. Selbst sein Äußeres hält diesem Vergleich stand – das weiße Outfit, die blonden Haare und hellgrünen Augen. Nur die Blutspritzer stören das Gesamtbild.

Er kommt auf mich zu, fragt mich wieder irgendwas mit dieser göttlichen Stimme, aber ich verstehe seine Worte nicht, kann ihn nur anstarren … wie einen Heiligen.

Dann packt er mich am Arm, doch seine Berührung macht mir keine Angst – ich fühle mich das erste Mal in meinem Leben sicher, als er mich davonzieht.

Über meine Schulter schaue ich noch zu dem anderen Engel und winke ihr schüchtern zu.

Die wunderschöne Braut grinst von einem Ohr zum anderen, und zwinkert, worauf ich knallrot werde – wieso auch immer –, da schleift er mich schon die Treppen hoch, direkt in irgendein Zimmer, in dem ich bisher nur war, um es zu putzen.

Dort setzt er mich auf einen Stuhl vor einem kleinen Tischchen am Fenster, macht das Licht an und nimmt mein Gesicht in seine Hände. Sanft – nicht grob – dreht er es herum und betrachtet meine schmerzende linke Gesichtshälfte. »Der Bastard!«, knurrt er dabei, und obwohl er eindeutig wütend ist, weiß ich, dass er mir nichts tun wird.

Ich zucke nicht einmal zusammen. Seine Haare sind zerzaust, seine Augen dunkel und bedrohlich, er atmet sogar schneller. Und ich bin … na ja … nicht völlig entspannt, dafür ist seine Nähe zu intensiv, aber ich bin auf keinen Fall verängstigt.

»Wieso hat er das getan? Verdammt!«, zischt er mich an und ich sehe in meinen Schoß, es ist zu peinlich, das zuzugeben.

»Ich habe dich beobachtet …«

»Mich?«

»Ja.«

Er antwortet nicht, und so linse ich vorsichtig zu ihm hoch, bemerke, dass er lächelt – selbstzufrieden und so … schön … steht er vor mir und legt den Kopf schief. Anscheinend eine Angewohnheit von ihm. »Wieso hast du mich beobachtet?«

»Weil ich dich schön finde«, gebe ich ehrlich zu, denn etwas in mir drängt mich dazu, ihm immer die Wahrheit zu sagen. Es ist, als wäre der Schalter immer noch umgelegt.

»Du findest mich schön, hm?« Er lässt sich auf den anderen Stuhl gleiten – elegant und nur auf mich fixiert – und grinst mich fast schon verschmitzt an. »Und du kannst sogar sprechen! Dieser Dialekt ist göttlich …« Meine Wangen werden bei diesen Worten heiß. Ich weiß nicht mehr, was ich sagen oder tun soll, also starre ich lieber auf den Boden. Dann fällt es mir ein ...

»Du bist verletzt!« Wie eine Wilde stürze ich mich auf ihn und beginne, sein Hemd zu öffnen, dort, wo der Bräutigam ihm einen Hieb in den Magen verpasst hat, doch er lacht nur, als ich seine braun gebrannten Bauchmuskeln freilege und die zwei Colts …

»Also gestern bist du nicht so rangegangen.« Damit lehnt er sich lässig zurück und lässt es geschehen, beobachtet mich fasziniert. In dem Moment wird mir klar, was ich überhaupt tue!

Ich ziehe ihn aus! Dabei hat er das nicht gefordert! OH GOTT!

Als hätte ich mich verbrannt, erstarren meine Hände und ich sehe mit roten Wangen zu ihm auf. »Oh, tu dir keinen Zwang an. Du darfst gerne weitermachen, meine kleine Nixe …« Mit einer Bewegung zeigt er mir, dass ich freie Hand habe, woraufhin ich mir auf die Lippe beiße, erneut nach unten schaue, und … weitermache.

Jetzt viel langsamer knöpfe ich sein Hemd auf, während ich den Atem anhalte. Noch niemals habe ich so einen schönen männlichen Körper gesehen. Miguel hat einen Bierbauch, mein Vater hatte auch einen, mein Opa sowieso … ansonsten gibt es nur uns Schwestern …

Er ist nicht offensichtlich verletzt, was mich im ersten Moment beruhigt, als ich das weiße Hemd völlig geöffnet habe. Genau auf seiner rechten Seite, dem Rippenbogen, befindet sich eine Tätowierung. Ein Adler … fliegt dort scheinbar um seinen Körper und beobachtet sein Herz. Er ist wunderschön ausgearbeitet. In jeder einzelnen Linie ist das Talent des Künstlers zu sehen.

Ehe ich mich zurückhalten kann, habe ich die Finger ausgestreckt und seinen Schnabel berührt, der sich ein paar Zentimeter unter seiner linken Brust befindet.

Sein Atem stockt spürbar und ich sehe, wie seine Bauchmuskeln zucken, wie Gänsehaut seine Nippel steif werden lässt, während mir klar wird, wie sehr ich mich vergessen habe.

»Es tut mir leid!«, nuschle ich. Wieder errötend will ich meine Finger zurückziehen, aber er hält sie auf, und als er meine Hand in seine nimmt, durchfährt ein kleiner Stromstoß meinen Körper.

»Nein …«, murmelt er zärtlich. »Schon okay … du darfst mich anfassen, wenn du willst.«

Zaghaft sehe ich zu ihm hoch, aber das ist keine List, er ist ehrlich zu mir … und völlig entspannt. Er wird mich nicht gleich an den Haaren in das Bett schleifen und sich dort an mir zu schaffen machen. Er hat seine Bestie unter Kontrolle – eindeutig – und so wage ich es, fahre den Schnabel nach, das stechend gelbe Auge und die ausgebreiteten Flügel. Es ist, als würde der Adler über seinen Körper hinweg fliegen … als wäre dies sein Gebiet, auf das er achtet …

»Er ist wunderschön.«

»Danke.« Ich höre das Schmunzeln in seiner Stimme, doch er sagt nichts weiter … Zärtlich streiche ich weiter … bis zu seinen Klauen, die sich kurz über den Colts befinden. Mit einem Mal weiß ich nicht mehr, was ich tun soll, nur, dass ich nicht aufhören will, ihn zu berühren. Seine Haut ist so weich und sie kribbelt angenehm unter meinen Fingern.

»Ich … ich wollte mich bedanken …«, sage ich schließlich und ziehe meine Hand schweren Herzens zurück. »Dass … dass du mir geholfen hast.«

»Wer war der Bastard?« Seine Stimme klingt hart und ich sehe nur auf meine Hände, die ich in meinem Schoß falte.

»Miguel, mein Ehemann …«, gebe ich zu und höre, wie er die Zähne aufeinanderbeißt.

»Tut er so was öfter?«

»Was?«

»Dir seinen Willen aufzwingen!«

Ich zucke mit den Schultern.

»Antworte!«, knurrt er und ich gehorche – natürlich. Denn langsam wird er wieder wütend – diesmal auf mich – und das darf ich auf keinen Fall zulassen.

»Miguel tut, was Miguel tun will, und ich habe es hinzunehmen. Er ist schließlich mein Mann.« Sein darauf erklingendes Lachen ist hart und spöttisch.

»Okay!«, meint er plötzlich und erhebt sich.

Ängstlich folge ich ihm mit meinem Blick. Jetzt wird er mich natürlich wieder zu ihm zurückbringen, was ich nicht will – viel lieber möchte ich hier bei ihm bleiben –, doch selbstverständlich werde ich mich fügen.

Verzweifelt sehe ich zu ihm hoch, während er in das angrenzende Bad schlendert und dort mit etwas Desinfektionsmittel und ein paar Wattebäuschen zurückkommt.

Ich möchte fragen, was er denn mit *Okay* meint, aber ich lasse es. Es ist nicht an mir, Fragen zu stellen. Wenn er mir etwas sagen will, dann wird er das tun.

Er packt sich den anderen Stuhl, zieht ihn näher zu mir und nimmt mein Kinn wieder sanft in seine Hände.

»Beug den Kopf ein bisschen zurück.« Ich gehorche und fühle dann, wie er die Wunde an meiner Lippe versorgt. Dabei kommen mir fast die Tränen, denn noch niemals hat sich jemand um mich gekümmert. »Du wirst nicht mehr zu ihm zurückkehren«, meint er plötzlich und ich denke, mich verhört zu haben. Habe ich aber nicht, denn er murmelt weiter: »Du wirst stattdessen mit mir kommen und auf meiner Ranch arbeiten. Meine Mutter wird sich über ein bisschen Hilfe freuen.«

WIE BITTE? Ich sehe ihn skeptisch mit einem Auge an.

»Zu welchem Preis?«, frage ich, denn wenn das Leben mich eins gelehrt hat, dann, dass nichts umsonst ist.

Besonders nicht das Glück.

»Du wirst mir dienen …« Die verbissene, konzentrierte Art, wie er das ausspricht, macht mich nervös. Er tut so, als würde er es gar nicht merken, während er weiter meine Wunden versorgt. »Am Tag wirst du auf der Ranch arbeiten und in der Nacht wirst du mir zu Diensten sein – im Bett.«

Und da ist es wieder – natürlich. Selbstverständlich ist er auch eines dieser Monster, die nur DAS im Sinn haben.

Wie konnte ich jemals etwas anderes annehmen?

Ich bin so dumm und so naiv, dabei müsste ich es mittlerweile besser wissen! Es ist klar, dass er DAS von mir will. Keiner wollte jemals etwas anderes, für etwas anderes sind wir Frauen doch gar nicht da!

Geschlagen schließe ich die Augen, weil sie plötzlich wieder brennen.

»Hey? Mach die Augen auf, sieh mich an!«, befiehlt er mit einem Mal wieder völlig sanft. Doch ich schüttle den Kopf, ich möchte ihm nicht zeigen, wie sehr er mich gerade verletzt hat – wieso weiß ich ja selber nicht! »Es wird nicht so sein wie mit deinem Mann. Das verspreche ich dir!«

HA! Ich möchte ihn auslachen, kann mich aber gerade noch so davon abhalten. Sie sind alle GLEICH und immer grausam! Wieso muss er alles zerstören und mich anlügen? Ich dachte wirklich, er wäre anders … »Du glaubst mir nicht, aber ich werde es dir beweisen!«

Und dann … mit einem Mal senkt sich sein Mund auf meinen. Seine warmen, weichen Lippen streichen über meine – zärtlich, nicht hart … bittend, nicht fordernd … und absolut … *anders*, als ich jemals einen Mund auf mir gefühlt habe.

Natürlich erstarre ich völlig.

Doch er bewegt sich sanft weiter, lässt nicht nach … beugt sogar den Kopf ein wenig. Ich seufze leise, ohne zu wissen, woher dieser Ton kommt, aber es geschieht. Dann spüre ich sein Grinsen, gefolgt von seiner Zunge. Seine warme, weiche Zunge, die langsam über meine Unterlippe streicht, doch nicht mehr. Er küsst mich noch einmal, wobei er ganz sanft seine vollen Lippen auf meine drückt, dann weicht er zurück.

Damit zeigt er mir, wie es sein könnte, gibt mir einen kleinen Vorgeschmack. Als er direkt an meinem Mund haucht, spüre ich ihn immer noch auf meinen Lippen. »So ist es mit mir.«

Damit steht er auf …

Irgendwann öffne ich wieder meine Augen, aber da hat er das Zimmer bereits verlassen, sodass ich allein im schummrigen Licht sitze.

Mein Kopf ist völlig benebelt, mein Herz rast, mein Bauch schwirrt, und gleichzeitig fühle ich mich so … lebendig, aber auch zittrig. Bis in meine Grundfeste erschüttert.

Kann es tatsächlich sein, dass das hier SCHÖN war?

Vorsichtig gleite ich mit meiner Zungenspitze über meine Unterlippe. Als ich auf seinen Geschmack treffe, den er auf mir hinterlassen hat – so süß und doch ein wenig herb, so anziehend, so … berauschend –, entkommt mir ein winzig kleines sehnsüchtiges Stöhnen.

Ja … es war tatsächlich schön – genau genommen das Schönste, was ich jemals erlebt habe und ich will mehr davon ...

13212763R00139

Printed in Poland
by Amazon Fulfillment
Poland Sp. z o.o., Wrocław